제11회 동서문학상 수상작품집

삶의 향기

제11회
동서문학상
수상작품집

삶의 향기

Contents

총평	향기 나는 삶의 흔적	김홍신	8
심사평	소설 부문	홍기삼, 정종명	11
	시 부문	김후란, 오세영	13
	수필 부문	이유식, 이태동	15
	아동문학 부문	이영호, 김완기	17

소설 019

대상	늙은 뱀 이야기	전성옥	20
은상	갑을의 시간	윤정은	41
은상	자두 맛 사탕	한진수	67
동상	실타래	이하정(이숙희)	89
동상	달콤한 꿈	김소연	111
동상	시간의 끝	이현미	137

시 159

금상	모시옷 한 벌	임미형	160
은상	몸으로 시를 쓰는 아기	조여랑	163
은상	풍경風警	김수화	166
동상	풍란	박경자	170
동상	입덧	이혜순	174
동상	뻘배	고영희	178

수필 183

금상	스타킹	김경희	**184**
은상	두 개의 문	이경화	**190**
은상	속돌	안희옥	**201**
동상	조각보	김제숙	**209**
동상	포옹	손훈영	**216**
동상	이별의 능력	권혁주	**225**

아동문학 233

금상	하늘에 닿은 종이비행기	이영아	**234**
은상	등이 굽은 이유	하미경	**246**
은상	세 번째 눈	임관오	**251**
동상	혼잣말	최은정	**265**
동상	꼬마 요리사	최빛나	**269**
동상	월정사 잣나무	조계향	**283**

2012년 제11회 삶의향기 동서문학상 수상자 명단 **287**
동서문학상 연혁 **313**

제11회
삶의 향기 동서문학상

심사평

총평   향기나는 삶의 흔적   김홍신

심사평   소설 부문   홍기삼, 정종명
         시 부문   김후란, 오세영
         수필 부문   이유식, 이태동
         아동문학 부문   이영호, 김완기

총평

향기 나는 삶의 흔적

김홍신
(소설가, 삶의향기 동서문학상 운영위원장)

　삶을 어찌 말로 다 표현 할 수 있겠습니까. 인생은 죽음 때문에 지독하게 매혹적이고 사랑 때문에 신묘하며 처절한 고통조차 희열로 둔갑시킵니다. 그래서 종교, 철학, 예술이 생겨날 수밖에 없습니다. 예술은 고뇌의 승화, 고통까지도 흥으로 끌어올리는 구체적인 행위입니다. 오욕칠정을 삭이고 보듬고 아우르는 거대한 보자기가 바로 문학입니다.

　사람은 누구나 세상에 근사하게 흔적을 남기고 싶어 합니다. 문학은 향기 나는 삶의 흔적입니다.

아프리카 스와힐리족은 사람이 죽어도 누군가가 기억하고 있으면 아직 죽지 않은 사사(sasa)이고 아무도 기억해주지 않으면 비로소 진짜 죽은 자마니(zamani)라고 합니다. 문학이란 사람이 떠나도 그의 작품이 오래도록 남기 때문에 많은 사람들에게 사사로 기억되는 것입니다.

한반도의 8배나 되는 사하라 사막을 모래바다라고 합니다. 모래폭풍이 휩쓸면 아름드리 나무기둥이 흔적조차 없어지고 태양은 모든 것을 태우는 용광로 같으며 가도 가도 물 한 모금이 없습니다. 그런 사하라 사막을 최초로 횡단한 탐험가에게 가장 고통스러웠던 게 뭐냐고 물으니 "신발 속의 모래 한 톨"이라고 했습니다.

사막에서 신발을 벗으면 많은 모래가 들어가기 때문에 신발과 바지를 꽁꽁 여며야 합니다. 모래 한 톨의 괴롭힘은 혹독한 열사, 목마름, 배고픔을 견디며 빨리 목적지에 도착해서 모래를 빼낼 작정으로 횡단하게 한 것입니다.

인생도 그렇습니다. 누구나 영혼과 육신에 모래가 몇 톨씩 박혀 있습니다. 빼버리려 애쓰면 더 많은 모래가 들어갑니다. 살살 달래서 데리고 가는 게 바로 지혜입니다. 문학은 우리가 힘들어하는 그것이 바로 모래라는 걸 알려주고 살살 달래서 데리고 가는 묘미를 일러주는 것입니다.

벌써 23년째, 이 땅의 여성들의 가슴을 쿵쾅거리게 해주는 〈삶의향기 동서문학상〉이 11번째의 멋진 장정을 마쳤습니다. 대한민국 커피의 상징이자 전설인 동서식품은 한국문단에 새로운 문학상의 이정표를 세웠습니다. 〈동서커피문학상〉에서 과감히 '커피'를 빼내는 용단을 내렸으며 한국문단의 상징인 한국문인협회가 발행하는 정통문예지 〈월간문학〉에 시, 소설, 수필, 아동문학의 대상과 금상의 당선자들을 등단시키는 기쁨을 공유하고 있습니다.

우리 문학계의 존경 받는 큰 별들께서 심사를 하면서 수상작품들을 현대문학의 전범적 가치를 찾은 듯한 수작이라고 아낌없는 평가를 할 만큼 뛰어난 작품들이었습니다. 머지않아 한국문단을 빛내고 세계문단의 찬란한 별이 될 것입니다.

제게 향기로 다가와, 무려 19,270편이나 응모해주신 응모자들과 당선자들, 곱게 가슴을 열어주신 심사위원님들, 그리고 혼이 고운 여성들과 삶의 향기를 나누고 사회공헌의 추임새를 넣어주신 동서식품의 다사로운 헌신이 참으로 고맙습니다. 이 땅의 기쁨이 되어주신 모든 분께 고개 숙입니다.

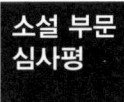

인생을 녹여내다

홍기삼, 정종명

예심을 거쳐 넘어 온 작품이 총 26편이었다. 우열을 가리기 어려울 정도로 응모작 모두가 고른 수준이었다. 이 중에서 띄어쓰기, 맞춤법을 기본으로 하는 문장력에 흠이 눈에 띄는 작품 13편을 먼저 골라내었다. 여기서 다시 '좋은 작품'이라는 평가를 받은 7편을 추려내어 재독(再讀)에 들어갔다.

이혼을 요구하던 남편이 아들과 함께 교통사고로 죽는 이야기인 〈시간의 끝〉, 스피디한 사건 전개가 돋보였던 〈달콤한 꿈〉, 소외감과 외로움을 주조로 삼은 〈실타래〉 등 3편을 동상으로 결정하는 데는 별 논란이 없었다.

최종으로 남은 작품은 3편. 바람둥이 사장과 사모님 사이를 오가면서 교묘하게 이득을 챙기는 〈갑을의 시간〉, 장례식장에서 제사상 차리는 여자 이야기인 〈자두 맛 사탕〉은 재미있게 읽히고 또 작품성도 인정받았으나 〈늙은 뱀 이야기〉에 미치지 못한다는 의견이 대두되었다.

〈늙은 뱀 이야기〉는 마지막에 배치한 술병이 다소 부자연스럽다는 지적에도 불구하고, 탄탄한 문장력과 현대 단편소설의 전범이라는 평가를 받으면서 영예의 금상을 차지했다. 이 작품은 또 시, 아동문학, 수필 부문과 겨룬 경쟁에서도 여러 심사위원들의 높은 호평을 받으면서 제11회 삶의향기 동서문학상 대상을 차지하는 영광을 안았다.

입상자 모두에게 축하의 박수를 보낸다.

시 부문 심사평

세계를 주관하는 언어

김후란, 오세영

　투고 된 만 여 편의 작품들 가운데 예심을 거쳐 올라 온 26편의 작품을 놓고 심사숙고한 끝에 임미형 씨의 〈모시옷 한 벌〉을 금상으로, 기타 조여랑 씨의 〈몸으로 시를 쓰는 아기〉와 김수화 씨의 〈풍경〉을 은상 등으로 뽑는다.

　〈모시옷 한 벌〉은 항용 신인들이 과시하기를 좋아하는 수사적 객기나 허세가 없이 맑고도 진솔한 언어로 사물이 지닌 내밀한 정신의 깊이를 잘 드러내 보여 주었다. 그러나 보다 중요한 미학적 성취는 신선한 상상력과 그것을 감각적으로 잘 표현한 수사학에 있다. '부채살'과 '꽃잎'과 '매미 날개'와 '연꽃'으로 이어지는 상상력의 오디세이가 아름답기 그지없다. 전체적으로 시상 자체도 완결되어 있다.

〈몸으로 시를 쓰는 아기〉는 여성만이 지닐 수 있는 감성과 통찰이 잘 드러나 있는 작품이다. 독특한 개성과 깔끔한 언어 감각이 돋보인다. 〈풍경〉은 사물에 대한 여러 패러다임의 관념적 유희가 재미있었다. 중첩되는 의식의 전개를 영상으로 처리하는 기법이 훌륭하다.

전체적으로 볼 때 대부분의 투고 작품이 문단의 유행 풍조에 편승하고 있지 않나 하는 생각이 들었다. 일상의 사소한 에피소드를 기술한다든가, 과거나 유년에 대한 시인 자신의 회상을 감상적으로 묘사한다든가 하는 것 등이다. 시는 이야기가 아니다. 이미지나 은유를 통해 세계를 주관화 하는 언어이다.

수필 부문 심사평

새로운 의미 발견의 문학성

이유식, 이태동

　예심을 거쳐 올라온 작품은 모두 26편이었다. 심사는 소재 및 주제, 구성능력, 문장력 그리고 새로운 의미의 발견과 같은 문학성을 기준으로 이루어졌다.

　전체적으로 보아 작품들의 소재가 너무 진부하고 주제를 형상화하는 문장력 또한 미흡한 점이 없지 않았다. 따라서 미학적 감동을 기대 하기는 어렵다는 느낌을 받았다.

　그러나 몇몇 작품들은 일정한 수준을 보이고 있는 것은 이번 응모에 능력 있는 사람들이 참여했다는 것을 나타내 주었다. 특히, 금·은·동상을 고를 때는 우열을 가리기 힘들었다. 또 시각이나 관점에 따라 우수성의 편차가 있기 때문에 일단 심사위원들의 종합적인 심사 기준을 바탕으로 해서 수상작들을 결정했다.

금상을 받은 김경희의 〈스타킹〉은 소재의 선택이 신선하고 그것을 형상화하는 문장이 지적이고 경쾌하다. 얼핏 보면 이 작품은 여성의 관능적인 미의식을 기술하는데 그치는 것 같지만, 이것이 나타내 주고 있는 도전적인 페미니즘적인 색채는 발랄한 생명력과 함께 현대 감각으로 넘쳐나고 있다.

은상을 받은 이경희의 〈두 개의 문〉은 주제뿐만 아니라 문장이 금상 작품과는 달리 전통적인 색채를 띤 작품이다. 화자가 폐암으로 죽은 아버지의 고통을 다루는 문체가 좀 진부한 느낌을 주었지만 특이하게 남성의 시각에서 바라본 아버지의 죽음과 6년 만에 가까스로 얻은 아이의 탄생을 교차 시킨 구조는 신화적인 것이기 때문에 보편적인 삶의 궤적을 말해 준다는 점에서 의미 부여를 할 수 있었다. 또한, 화자의 시각을 바꿔본다는 점이 수필의 다양성을 확장시킬 수 있다는 부분에서 높은 점수를 줬다.

동상을 받은 김제숙의 〈조각보〉, 손훈영의 〈포옹〉 그리고 권혁주의 〈이별의 능력〉도 분위기 있는 감성적인 언어와 독특한 은유의 사용이 돋보였다.

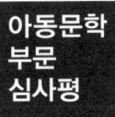

선한 눈빛의 풋풋한 세상보기

이영호, 김완기

아동문학에 대한 애정과 관심 탓인지 응모작이 많았다. 우주 공간에 존재하는 것들의 의미 찾기, 일상의 일에 함께 호흡하며 체온을 나누는 현실적인 작품이 두드러졌다.

아쉬운 건, 기존의 틀에 맴돌기 보다는 선한 눈빛의 풋풋한 세상보기, 엉뚱한 발상의 새 것 찾기이다.

동시 부문에서는 재미위주의 기교적 언어묘사에서 벗어나 내면의 깊이를 건져 올린 흔적들이 돋보이긴 하지만 대체로 산만하다. 자연이건 일상이건 속맛을 정갈하게 그려내는 선명성과 함축미에 힘써야 하겠다.

동화부문에서는 더불어 살아가는 생활의 한 단면을 통해 서로 보듬고 배려하는 사랑과 나눔의 얘기가 많았고, 풍기는 맛도 포근하다. 다만 사실적 상황묘사에 치우치다 보니 긴장감이 느슨한 작품이 많았다.

본심에 오른 작품 중 끝까지 눈길을 끈 작품은 동시에서 〈등이 굽은 이유〉, 〈혼잣말〉, 〈월정사 잣나무〉 등이고 동화에서는 〈하늘에 닿은 종이비행기〉, 〈세 번째 눈〉, 〈꼬마 요리사〉 등이 있다.
〈하늘에 닿은 종이비행기〉는 구성이 탄탄하고 척박한 현실에 훈훈한 정을 가슴 뿌듯하게 표현 하면서, 동화적 분위기를 풍기고 있어 금상으로 올린다.

동심으로 세상을 아름답게 만들어가는 귀한 작업에 정진하길 바란다.

소설 부문

늙은 뱀 이야기	전성옥
갑을의 시간	윤정은
자두 맛 사탕	한진수
실타래	이하정(이숙희)
달콤한 꿈	김소연
시간의 끝	이현미

수상소감

대상

늙은 뱀 이야기

전성옥

오래된 우물가에 서서 두레박줄을 잡고 있습니다.
두꺼운 나무로 만든 우물 뚜껑은 오랜 햇살과 서러운 빗발을 겪어 내느라 많이도 바래 있습니다.
"드르륵~~~" 묵직한 나무뚜껑을 지긋이 밀어냅니다.
깊은 우물 속에서 싸아한 공기가 안개처럼 천천히, 눅눅히… 솟아오릅니다.

문득 문득 마음 졸이곤 했었습니다. 우물이 아직 그 자리에 있을까? 두레박을 내리면 차고 청량한 물을 담아 올릴 수 있을까? 우물벽을 쌓아올린 돌들에는 푸른 이끼가 덮여

있었는데 담요결 같던 이끼들도 여전할까? 우물거미는 지금도 거미줄을 짜고 있을까? 조그만 거미줄에 맺혀 있던 솜털 같은 물방울들도 여전할까? 아직도 여전할까.

올 봄, 오래 묵혀 두었던 글쓰기를 다시 시작하며 두렵고 떨렸습니다.
시간이 지나면서, 두려움은 평화가 되었고 한 자 한 자 새겨지는 글자는 희열이 되었습니다.
여름과 가을…… 참으로 행복한 시간들이 흘러갔습니다.

벅찬 상을 받았습니다.
허점이 많은 작품을 뽑아주신 심사위원님들께 깊은 감사를 드립니다. 더욱 정진하겠습니다.
천년바위처럼 곁을 지켜준 나의 '평생친구' 남편에게 사랑의 말을 전합니다.
부경대 수필아카데미 박양근교수님과 동기 여러분에게 감사의 말을 전합니다.
그리고, 내가 신뢰하는 오직 한 분이시며 '나를 나 되게 하신' 그 분의 은혜를 잊지 않겠습니다.

　나무에 수액이 오르듯이 손끝의 힘줄을 타고 천천히 올라오는 물기를 느낍니다.
　우물이 온 몸의 힘으로 제 손을 끌어당기며 말합니다.
　물을 길러 오라고, 두레박을 제 가슴 깊은 곳으로 내려 보내 보라고…….

대상

늙은 뱀 이야기

전성옥

후두둑! 빗방울이 서더니 이내 굵은 유리막대 같은 빗발이 흙마당에 박히고 있다. 아침녘에 하늘이 무겁게 내려오고 제비들이 자맥질을 했다. 제비들은 마당을 스칠 듯 내려왔다 빙글 돌며 위로 솟구쳤다. 오후로 들어서자 비가 시작되었고 이제 빗발은 흙을 튀기며 땅을 후벼 파고 있다. 송씨는 아래채 부엌에서 불씨를 살리고 있다. 아궁이 속 도톰한 재언덕 속에 묻어 두었던 불씨를 아이가 동무를 불러내듯 가만 가만 불러낸다. 재를 헤치고 나즉하게 입김을 불어 불꽃을 키운다.

옅은 황토색 모래마당이 한지처럼 젖어든다. 대문간에 서 있는 배롱나무는 빗발의 성화에 잎을 떨구며 추레하게 서있다. 나무는 늦은 봄에서 여름의 끝자락 까지 새색시 입술처럼 섬세한 붉은 꽃을 뭉텅뭉텅 피워 올렸었다. 비를 피하려 낯선 집 처마를 찾아드는 남루한 길손 같은 저 나무에 언제 그런 화려한 날이 있었을까.

열어 놓은 대문으로 암록색 승용차가 젖은 흙을 짜작짜작 눌러 밟으며 느릿하게 들어온다. 차는 익숙하게 후진하여 배롱나무 아래 멈춰 선다. 차가 움직이는 기척에 젖은 잎들이 우루루 떨어진다. '끼이익!' 사이드를 채우는 소리와 동시에 문이 열리며 우산도 켜지 않은 미향이 긴 머리를 출렁이며 넓은 마당을 가로질러 송씨가 있는 부엌으로 뛰어 들어온다. 올 굵은 감색 가디건에 빗방울이 가득하다.

미향은 솔가리들을 한 곳으로 모은 뒤 그 위에 풀썩 앉는다. 아궁이 속 불꽃이 펄럭 날아오른다.

"야…… 따뜻하네! 엄마 불 때고 계실 줄 알았어."

"젖은 채로 바닥에 앉으면 어쩌냐, 겉옷이라도 벗고 앉지……"

아궁이 앞에 가늘고 흰 열 개의 손가락을 활짝 펴고 불을 쬐는 미향의 얼굴에 불그림자가 닿는다. 불그림자는 미향의 얼굴과 연기 윤이 검게 오른 천정과 벽을 너울너울 오르내린다.

"엄마, 진대는?"

"그 아이도 나이가 드니 비오는 날은 움직이기 싫은가…… 어제 저녁부터 안 보이네. 옆집을 갔는가……"

송씨의 오래된 집은 도시 한 가운데 있다. 완만한 오르막을 감아 도는 6차선 도로를 가운데 두고 맞은편은 유명브랜드의 대단지 아파트가 있고 집 뒤로는 산언덕이 이어져 있다. 산은 사열하는 군인들처럼 꼿꼿하게 선 편백나무들로 가득하다. 편백숲은 두 개의 산 능선을 넘어 수목공원과 닿아있다. 사정을 모르는 채 도로를 달려가는 사람들에게는 그저 공원으로 가는 굽은 길의 어귀일 뿐이고, 조금 관심 있는 사람들은 위세 당당한 어느 가문의 부속 절이 있는 정도로만 안다.

　미향이 초등학생이던 이십여 년 전, 산 중턱에 있던 작은 절 화지사는 송씨의 집 앞쪽으로 옮겨 앉았다. 애초에 재실관리를 겸해서 세워진 절이라 문중의 결정에 따라 속세로 한 발 더 내려온 것이다. 도로와 접한 곳에 육 층짜리 종친회관이 세워지고 넓은 주차장이 확보되었다. 주차장이 끝나는 곳에서 얼마간의 길을 지나면 크고 웅장한 두 채의 재실이 있고, 진입로 좌우로 늘씬한 편백이 서 있다. 재실이 가까워지면 낮은 키의 불두화와 푸른 수국이 편백의 자리를 대신하고 있다. 덕분에 재실 대문은 한층 높고 견고해 보인다. 가슴에 커다란 태극을 그려 넣고 가문의 위세는 제 한 몸으로도 충분히 말할 수 있다는 듯 자못 당당하다. 반면 뒤에 있는 화지사는 아담하고 정갈한 세 동의 건물이 낮으막하게 엎드려 있다. 올망졸망한 모양새가 마치 재실의 부속건물처럼 보인다. 그 뒤로 차 한 대 지나갈 정도의 좁은 길이 화자사 담장을 따라 이어져 있고 길이 끝나는 곳에 기억자형의 기와집이 산을 등지고 있다. 위치상으로는 화지사 담장을 넘으면 곧바로 송씨의 집이지만, 재실에 가리고 절 뒤에 숨어버린 이 집은 세상과 멀어진 오지가 되어 산그늘에 잠겼다.

　비가 오는 날이면 '조선천지에서 비 오는 풍광은 우리 집이 최고'

라며 이 산기슭 집으로 미향이 들어서곤 했다. 암록색의 작은 차를 몰고 흙탕물을 튀기면서. 송씨가 무릎을 짚고 일어나며 말한다.

"나가자. 차 한 잔 마셔보자, 비가 오는구나."

송씨는 사그라진 불더미에서 빨간 숯덩이 몇 개를 모아 도톰하게 재를 덮고 몽당비로 부엌바닥을 싹싹 쓸어 아궁이 속으로 밀어 넣는다. 다시 물바가지를 들고 아궁이 앞을 빙 돌아가며 물을 찍어 뿌린다. 차 준비를 하러 안채로 건너가는 미향의 등 뒤로 혼잣말을 하는 송씨의 목소리가 닿는다.

"옛날어른들이 그랬다. 단정치 못한 여자가 이웃으로 불씨 얻으러 다니고, 정갈치 못한 여자가 재 간수를 잘못해 부엌 태우고 헛간 태운다고, 불씨도 생명이라……"

이제는 물려받을 이 없는 불씨를 여전히 간수하는 늙은 엄마, 미향의 마음은 물속의 녹말처럼 가라앉는다.

받침접시 없는 머그잔을 양손에 하나씩 들고 아래채로 나오던 미향은 부엌문 앞에서 걸음을 멈춘다. 뒤안으로 넘어가는 부엌 뒷문에 뱀이 한 마리 보인다. 한 뼘이 채 안 되는 낮은 문지방에 굵은 뱀이 몸을 걸치고 있다. 누르스름한 빛깔에 등을 따라 연한 쑥색의 얼룩무늬가 이어져 있고 머리가 뭉툭한 낯익은 뱀이다. 몸을 두 겹으로 접어서 머리와 굽은 허리를 부엌 쪽으로 늘이고 있다. 미향은 빙긋이 웃는다.

"엄마 진대 저기 있네, 부엌 뒷문에"

그사이 쪽마루에 나와 앉은 송씨는 무심히 말한다.

"날씨가 서늘하니 따뜻한 곳을 찾아 왔겠지."

그들 모녀가 진대라고 부르는 이 구렁이는 얼마나 오래인지 정확히는 모르지만 미향이 집을 떠나기 전 부터 이 집 마당식구로 함께 살고 있다. 개나 소처럼 곰살맞게 사랑을 받는 것도, 먹을 것을 주어 키우는 것도 아닌, 그저 한 집에서 서로에게 성가시지 않고 제 편한 대로 살아오고 있었다. 뱀은 여기뿐 아니라, 이웃한 화지사와 인적 없는 재실, 집 뒤의 산언덕까지 마음 내키는 대로 다니지만 송씨의 집을 제 집 삼은 듯 어디를 갔다가도 꼭 여기로 돌아오곤 했다.

집이 자리한 곳이 산기슭이라 미향에게 뱀은 익숙한 동물이었다. 그렇지만 친근한 동물도 못 되었다. 어릴 때는 이 긴 짐승과 엄마가 말을 주고받는 것이 싫었다. 혹시 다른 사람이 알면 중세처럼 마녀사냥이라도 당하지 않을까 조바심도 났었다. 절집아이라는 학교친구들의 놀림도 싫었다. 미향은 고등학생이 되자 성당을 다니기 시작했고, 대학을 가면서 집을 떠나왔다. 어머니 송씨 역시 성장한 딸이 산기슭 외딴집에 있는 것을 원치 않았다.

팍팍한 하루일과를 마치고 혼자 사는 아파트로 돌아가노라면 바람에 흔들리는 시누대가 생각났다. 여름밤 산언덕을 뽀얗게 감싸 안던 천리향 향기도 그리웠다. 흘러내리는 기왓장 사이로 와송이 솟아오르는 낡은 집도, 얼굴만큼 큰 꽃을 툭툭 터트리던 목단도, 마당을 천천히 기어가던 뱀의 뭉툭한 얼굴도 모두 그리웠다.

하지만 진대가 모두에게 친근한 존재는 못되었다. 큰 올케는 뱀을 처음 보고 비명을 지르며 기겁을 하였고, 마루 위를 기어가는 진대의 모습을 본 작은 올케는 아예 그 자리에 까무러쳤다. 뱀을 영물이라고 하더니 정말 그러한가, 명절이나 휴가에 올케들이 오게 되면 진대는 그들이 갈 때 까지 흔적 없이 사라지곤 했다. 그러나 오래 전 부터 진대를 보아온 미향이나 송씨가 있을 때는 아무렇지도 않은 듯 마당 한 가운데 배를 짤짤 끌며 기어가기도 하고, 돌담에 너부러진 채 해바라기를 하고 있기도 했다. 화지사 스님들도 제 친구쯤으로 여기는 눈치였다. 절 마당을 구불구불 기어 다녔고, 양지바른 요사채 마루에 올라앉았다가 스님들이 보는 앞에서 아래로 툭 떨어지기도 했다. 어느 해 가을인가는 시래기를 삶거나 물을 데우는 허드레 무쇠솥 안에 몸을 감고 있었다. 스님들은 그 모양을 보고 진대처사께서 추위를 타신다며 껄껄대고 웃었고 그 이후로 솥을 사용하고 나면 솥뚜껑을 적당히 열어놓아 진대가 마음대로 들고 날 수 있도록 해 주었다. 가끔씩, 진대는 온기가 남아 있는 솥 속에 슬그머니 들어갔다가 솥이 식을라치면 느릿느릿 기어 나오곤 했다.

　빗발은 여전하다. 모녀는 커피를 마시며 굵게 떨어지는 낙수를 보고 있다. 오랜 세월 사람에게 밟혀 온 모래마당에 자박하니 물이 차 있다. 얇게 고인 빗물 아래 금모래알들이 아른아른 흔들린다. 지붕처마를 따라 옴팍옴팍 파인 낙수받이 홈도 헐거운 구슬목걸이처럼 이어져 있다. 지붕은 칠이 벗겨진 기와가 느슨하게 이어져 있고 곳곳에 희끄무레한 와송들이 탑처럼 삐쭉삐쭉 솟아올랐다. 처마를 지탱하고 있는 기둥에는 바늘로 찌른 듯한 좀구멍이 가득하고, 서까래는 고깔모양의 말벌집을 등롱처럼 달고 있다. 회를 바른 벽도

군데군데 떨어져 나가 붉은 황토살이 보인다. 모녀가 찻잔을 놓고 앉은 마루만이 살아 있는 듯 나뭇결이 반들거린다. 반면, 남향으로 서 있는 안채는 유리가 끼인 스텐새시를 말끔하게 달고 있다. 새시 안쪽으로 폭 좁은 소나무판자로 길게 마루가 깔린 것은 예전 그대로지만, 나머지는 모두 현대식으로 바뀌었다. 송씨는 안채를 수리하며 말했다. '아래채는 그냥 두자. 불 때는 아궁이를 하나는 남겨 두어야지, 방바닥 밑으로 물호수가 깔리는 것도 반갑잖아. 나야 천주님 믿는 사람이라 그런 것과는 상관이 없지만 옛날사람들은 집터나 묘터를 잡을 때 밑에 물이 있나 없나 살피고 마른땅을 명당이라 쳤는데, 요즘은 집집마다 부러 물을 깔고 있으니, 세월 따라 어쩔 수 없는 일이다만……' 그래도 송씨는 꼼꼼히 챙겨가며 집을 고쳤다. 이제는 현대식이 익숙해져버린 자식들 불편하지 말라고, 무엇보다 시집 온 며느리들이 고생할까 부엌을 시작으로 화장실까지 말끔하게 바꾸었다. 그렇지만 혼자 있는 송씨는 대부분의 생활을 아래채에서 했다. 밤이 되면 아궁이에 군불을 때고 까맣게 자리가 탄 아랫목에서 잠을 자곤 했다.

 이끼옷을 입은 돌담장은 비를 머금고 더 무거워 보인다. 담장 아래는 생기를 모두 소진해 버린 맨드라미며 금숭화 따위의 여름 화초들이 웅숭거리며 떨고 있다. 제철인 당국화만 가느다란 목 위에 꽃송이를 달고 있다. 팥죽색과 청보라색의 꽃들이 빗발에 고개를 잘랑잘랑 흔들며 서 있다. 추워 보인다. 언제까지고 정물처럼 움직이지 않을 것 같던 마당으로 우산을 받쳐 든 스님이 들어선다. 디

딤돌을 밟고서 곧장 모녀가 앉은 아래채로 온다. 회색승복 안에 몸이 들어있기나 할까. 대님을 맨 발목이 한 줌도 안 돼 보인다.

"하하! 모녀가 다도를 즐기고 계셨구랴."

"다도는 무슨 다도, 그저 커피 한잔 마시고 있는 중이지요."

송씨는 들이킨 커피를 목울대를 눌러 급히 삼키고는

"아이고! 저 놈의 우산, 금방 다시 젖을 텐데 털기는 왜 터시는 지……"

죽담 위에 올라서서 우산을 터는 스님에게 역정을 낸다. 이웃한 화지사의 정운스님이다. 미향을 보는 정운스님의 눈이 가늘가늘해진다.

"집으로 가려는데 미향이보살 차가 보이기에 들어 왔지요."

미향도 환한 얼굴로 인사를 하며 말했다.

"스님도 커피 드려요? 아니면 녹차를 드릴까요?"

"아무래도 같은 향에 취하는 게 좋을 것 같구만. 핫하."

미향은 차를 준비하려 건너가며 아래채 부엌을 들여다본다. 진대는 여전히 그 자리에 그 자세로 걸치고 있다. 사람으로 치면 한없이 불편한 자세인데 뱀은 아무렇지 않은 모양이다. 경우에 따라 몇 시간이고 그냥 있기도 했다. 처마 밑으로 떨어지는 낙수가 투명한 유리발을 쳐 놓았다. 발 너머에서 스님과 엄마는 무언극을 하고 있다. 진대는 들리지 않는 풍경을 감지해 내려는 듯이 혀를 널름대며 여전히 부엌 턱에 몸을 걸치고 있다.

"미향이보살은 비 덕분에 또 왔는가?"

딸깍! 받아 든 찻잔을 마루에 놓으며 정운스님이 말한다. 쟁반을 들고 선 미향을 올려다본다. 눈가에 잔주름이 모이고 홀쭉한 볼로 입꼬리가 올라간다.

"김보살님은 좋겠구랴, 이렇게 비가 오면 따님과 티타임도 하시고 오······."

"아이고 스님! 우린 보살이 아니요. 나는 천사요 천사, 저 아이는 미카엘라고요!"

송씨는 고함을 치듯 자신들의 영세명을 정운스님 귀에 외친다.

"보살이 달리 보살이요? 중생을 귀히 여기니 보살이지요. 게다가 보살님들 묵주 굴리는 것과 우리네 염주 굴리는 게 무슨 차이가 있소? 맞지, 미카엘라보살?"

오래 전, 미향의 아버지는 커다란 등에 조그만 미향을 붙여 업고 정운스님을 찾아 화지사로 오곤 했다. 어린 미향은 얼굴을 온통 덮어 내리는 노릇한 잔머리 속에 까만 눈망울이 반짝이는 귀여운 아이였다. 통통한 작은 손으로 아버지의 어깨를 잡고, 고개를 옆으로 내밀어 정운스님을 바라보며 방긋이 웃었다. 미향을 절 마당에 내려놓고 두 사람은 차를 마시며 바둑을 두었다. 미향은 마당을 자박거리며, 철따라 감꽃을 주워 먹기도 하고 떨어진 단풍잎을 모으기도 했다. 여름이면 자주닭개비의 꽃몽오리를 콕콕 눌러 꽃물을 짜며 놀았다. 절식구들은 손과 옷을 파랗게 물들이고 노는 미향의 작은 입에 간식거리들을 넣어 주곤 했다.

미향의 아버지는 오래 전에 세상을 떴다. 친구가 떠나자 정운스님도 화지사를 떠났다. 칠팔 년을 떠돌던 정운스님은 문중절인 화지사로 다시 돌아왔고, 그 해 가을 먼저 간 친구를 대신해 미향의 초등학교 마지막 운동회를 따라왔다. 정운스님은 미향의 손을 잡고 장삼자락을 펄럭이며 달렸다. 결승선을 통과한 뒤 손목에 찍어주는 별도장도 미향과 같이 받아 찍었고, 공책 두 권을 주는 줄 앞에도 나란히 서서 기다렸다. 정운스님은 소맷자락 아래 자기 손목을 만져본다.

"약공양하고 오시오? 이 우중에?"

송씨는 정운스님의 상념을 툭 깨어버린다.

"약공양은 무슨 약공양, 보살님이 저기 저놈의 진대를 잡아서 고아 주면 그때나 약공양을 들까. 하지만 중생을 귀히 여기는 안젤라보살이 진대를 고아줄리 만무하니 아무래도 내 평생에 약공양은 틀렸지 싶소!"

"스니임…… 진대 듣겠네, 저기 부엌 문지방에 아직 있는데."

미향은 새까만 눈썹을 미간 사이로 모으며 찡그렸고 송씨는 퉁명스레 되받았다.

"스님이야 약공양 안 하셔도 신수가 훤 허시니 괜찮소 괜찮아. 나 같은 안늙은이가 걱정이지…… 하기야 뭔 걱정이 되겠소? 이제는 가는 것도 반가운데……"

송씨의 말꼬리가 아련하다. 언제부터인가 그랬다. 흐릿한 새벽안개 속에 잠이 깨어 날이 밝기를 기다리며 혼자 누웠노라면 그랬었다. 이제는 땅 위의 수고를 그치고 싶었다. 운동을 겸해 마른삭정이를 주우러 산을 오를라치면 좀 떨어져 누운 남편에게 가보곤 했다. 아스팔트가 녹 듯 찐득하게 가슴이 녹아나던 지난날들과는 달리 이제는 무심하고 담담했다. 그때 정운스님이 남편의 자리를 잡아 주며 이러저러하니 여기가 정처사 신후지지로 적격입니다 하고 말했었다. 그때나 지금이나 그런 이유들에 마음이 기울지는 않았지만 근자에 와서는 남편의 누운 모습이 편안해 보였다.

찻잔을 쥐고 있는 미향의 손이 가만히 정지해 있다. 눈으로는 비 내리는 마당을 보고 있지만 귀는 두 노인의 이야기에 쏠려 있다.
"그러니까 스님! 말 난 김에 얘기하리다. 내가 천당 가고 나면 이 집을 헐어주시오. 스님도 그랬고 다른 이들도 그렇게 말해 왔잖소? 우리 집이 양택자리로 명당이라고, 나야 그런 말에 별 신경이 안 쓰이더라만…… 여하튼 헐어서 칸 수 많은 집을 지어 주시오. 좋은 터에 여럿 살면 그것도 보시 아니겠소? 하기는 올 사람이나 있을런지. 누가 나처럼 절 뒤에 갇혀 살고 싶겠소? 문중에서 승낙을 할 것 같지도 않소만…… 그래도 모를 일이니."
"보살님은 아직 까딱없으시니 그런 걱정일랑 나중에 해도 늦잖소. 가실 준비를 벌써 하오? 애틋한 정도 없으실 텐데 정처사에게……"
"아이고오! 정운스님은 득도 하시려면 아직 한참 남은 모양이오. 평생 봐 온 사람 신수도 모르시니 여태 목탁은 뭐 하러 치셨을꼬?"
"득도요? 산속으로도 아니 가고 이렇게 대로변에서 자동차소리를 노래삼아 밤낮 듣고 있으니 득도는 애초에 생각지도 않았지요. 엇허! 그리고 정처사는 극락에 있고 보살님은 천당에 가실 테니 가봐야 만나시지도 못하오!"

"극락이나 천당이나, 염주나 묵주나…… 어찌되던 간에 나중 일이나 부탁 좀 해 놓읍시다."

"엄마는 별소리를 다 하시네, 노망이라도 하실라나 봐!"

미향은 발끈하며 송씨를 흘겨본다.

"저런 저런…… 이럴 때는 영락없이 제 아버지 얼굴이지! 굵은 눈썹 꾸불거리는 것 봐라. 아이고 그 험한 세월들! 골골대는 남편에 아이 넷에 마누라는 고생으로 날이 새고 시름으로 날이 지는데, 정작 본인은 어찌 그리 편하시던지…… 지금 저 아이처럼 눈썹 꾸부리고 앉으면 몇 시간이고 바둑판만 들여다보시지."

미향은 빈 찻잔들을 챙겨들고 부엌으로 향한다.

"그러니 정운스님! 그때나 지금이나 내 일은 내가 알아서 해야지요…… "

두 노인의 목소리가 빗소리에 녹아든다. 불을 땐 부뚜막은 따뜻하고 손때에 절어 반들반들 하다. 미향은 찻잔들을 씻어 놓고 아궁이 앞에 쪼그리고 앉는다. 문지방에 걸터 쉬던 진대는 정운스님의 약공양타령에 화가 났는지 가고 없다. 부지깽이를 찾아 쥐고 재무덤 속을 이리저리 헤친다. 숨어있던 불씨가 빨간 맨살을 드러낸다. 입김을 훅 불어 넣고 솔가리를 한웅큼 아궁이 속에 뿌려 넣는다. 짜그르르…… 마른 솔잎들은 이내 타 들어간다. 잠시 뒤 송씨의 목소리가 들린다.

"미향아! 여기 스님 가신단다."

옷을 털고 일어서는 미향 앞에 정운스님이 먼저 와 있다. 머리를 깎았지만 대머리가 확연하게 표 나는 정운스님을 보며 미향이 빙그레 웃는다. 귀 뒤편으로 짧은 흰머리가 듬성듬성 보인다.

"거 보세요 스님! 진대가 저기 있었는데 스님이 약공양 타령하시니 도망가고 없는 거……"

미향이 손가락으로 부엌 뒷문을 가리키며 말한다.

"가면 어딜 갔을라고, 여기가 제 집인데. 그리고 그 노래 부른지는 십 년도 넘었으니 걱정 말아라."

"스님, 엄마가 하시는 말 마음에 담아두지 마셔요."

정운스님은 끙 하고 돌아선다.

"미향이도 집에 오고 진대도 제 구멍으로 들어갔으니 나도 내 집에 가야겠구나."

돌아서서 우산을 펼치며 덧붙인다.

"우리 집에도 언제 한번 오너라."

잠시 뒤 고동색 체크무늬 우산이 담장 너머로 느릿느릿 흔들리며 내려간다.

도무지 살가워 보일 것 같지 않던 그 흉물스런 짐승이 송씨에게 다가왔다. 한여름 더위가 정점에서 꺾이고 장독대 옆 돌배나무에 어린아이 주먹만 한 풋배가 열릴 때였다. 송씨의 가슴 밑바닥에 잠긴 굳은 눈물을 천천히 풀어내며 뱀은 그렇게 다가왔다.

송씨의 집은 산언저리의 지형 그대로 터를 잡고 지은 집이라 안채 뒤편으로 야트막한 언덕이 담장 안으로 들어와 있다. 그곳에는 쪽파와 풋고추 상추, 근대 등의 푸성귀를 심은 작은 채전이 있고,

반대편 귀퉁이에는 모과나무도 두 그루 서 있다. 담장 아래 습한 곳에는 노랑창포와 자주빛붓꽃이 무성하게 자라 올랐다.

 붓꽃이 한창 피는 여름, 쪽파를 뽑으러 채전으로 향한 송씨는 화들짝 뒤로 물러났다. 붓꽃 무더기 아래서 커다란 뱀을 본 것이다. 놀란 마음에 쫓아버리려고 부지깽이를 들고 다시 나왔으나 뱀은 평소에 보았던 뱀들과 다른 모습을 하고 있었다. 기묘한 얼룩무늬가 천천히 맴을 돌고 있었다. 사람의 기척을 느꼈는지 뱀은 맴돌기를 멈추고 머리를 세웠다. 산꿩의 알만한 갸름하고 하얀 알 대 여섯 개 쯤 모아 주위를 빙 둘러 감고는 서서히 몸을 움직이며 경계하는 눈빛으로 송씨를 쳐다보고 있었다. 뱀은 알을 지키고 있었다. 뒷담 아래 축축한 붓꽃 무더기 속에서 알을 품고 있던 뱀과 눈을 마주치자, 송씨는 들고 있던 부지깽이를 등 뒤로 감추었다. 부엌으로 들어온 송씨는 가슴을 안고 오래 오래 소리죽여 울었다. 오년 전 홍역으로 떠나보낸 첫아이를 생각하며 울었다. 저 뱀처럼 새끼를 지키지 못한 자신을 원망하며 울었다. 그날 이후 송씨는 한동안 뒤안 출입을 하지 않았다. 큰소리조차 내지 않았다. 얼마 후 뱀은 말캉하고 하얀 알껍질만 남겨둔 채 떠났고, 그 여름이 끝날 무렵 송씨는 태기를 느꼈다. 첫아이를 보내고 오래 기다려온 아이였다.

 그 뒤로 송씨는 뱀을 보게 되면 놀라지도 도망가지도 않았다. 가끔씩 큰 구렁이를 만나면 붓꽃무더기 아래의 그 뱀인가 반가워하며 자식들의 안부를 묻곤 했다. 적의가 없는 것을 느껴서일까, 그 해 뱀이 많아서 일까 그날 이후 송씨의 집은 뱀이 흔했고, 그 중에서 자주 보이는 큰 구렁이에게는 진대라는 이름을 붙여주고 말을 건네기도 했다.

"너는 얼마나 깨끗한 짐승인지…… 언제보아도 티끌하나 없이 정갈하고, 먹는 것도 그렇지 아무리 많이 있어도 배고프지 않으면 개구리 한 마리 안 잡아먹는 너는 참 어진 짐승이라."

"진대야, 진대야! 사람은 해롭게 하지 말고 양식 축내는 곳으로만 다녀라."

진대라 불린 뱀은 알았다는 듯 몇 번씩이나 혀를 널름널름하며 대답을 했고, 약속을 지켜주었는지 뱀이 겨울잠을 자러가기 까지 집 안에 쥐라고는 찾아 볼 수 없었다. 그 후 새댁이었던 송씨가 할머니가 되도록 진대라 불린 뱀도 몇 대를 이어서 나타났다 사라졌다. 덕분에 송씨는 화지사 스님들 사이에 진짜보살로 통했다. 그 호칭은 미향을 따라 독실한 카톨릭신자가 된 이후에도 송씨의 의지와는 상관없이 계속 그렇게 불려왔다.

이듬해 늦봄, 옷을 단출하게 차려입은 송씨는 오래 된 자신의 집을 떠났다. 미향은 많이 울었다. 장례와 삼우제를 마치고 서울로 올라가는 오빠들을 마중하며 울었다. 정운스님의 얼굴을 보고 또 울었다. 아버지와 나란히 누워 있는 엄마의 붉은 등을 보고 가슴을 녹여가며 눈물방울을 쏟아냈다. 엄마의 죽음 앞에서 영화나 드라마 속의 고상한 상주들처럼 그렇게 우아하게 슬퍼 할 수는 없었다.

삼우제를 끝낸 미향은 화지사 요사채 한 칸으로 옮겨왔다. 송씨의 장례일정 내내 제대로 된 잠을 자지 못했던 미향은 이틀을 내리 잤고, 잠의 끝머리에서 부터 오래 앓아누웠다. 그 사이 화지사 섬돌 사이에서 자주닭개비가 피고 있었다. 연초록 난초잎이 뻗어 오르고 가운데 꽃대가 솟았다. 꽃대 끝에 조롱조롱 작은 꽃봉오리들이 맺히고 석장의 청보라색 꽃잎과 노란꽃술을 가진 꽃들이 피어났다. 늦은 아침, 헐렁한 옷을 걸친 미향은 죽담아래 쪼그리고 앉아 하나, 둘 꽃봉오리들을 눌러 손바닥 위에 푸른 잉크빛 꽃물을 받았다. 손바닥에 담긴 푸른 꽃물은 천천히 가슴으로 스며들었다.

밥이 넘어가지 않는다. 국에 말아 놓은 밥도 물을 마셔가며 겨우 삼키고 있다. 먹는 행위를 잊어버리려 일부러 텔레비전에 신경을 둔 채 밥알을 삼키고 있다. 이틀 뒤 집을 헐어내기로 했다. 오래된 엄마의 살림살이들은 간직할 몇 가지만 남겨두고 모두 처리를 했다. 태울 것은 태우고 버릴 것은 버렸다. 안전화를 신은 작업인부들이 사전작업을 위해 어제부터 집을 들락거리기 시작했다. 내일쯤에는 포크레인도 올라 올 것이라 했다. 머리가 아프고 밥이 넘어가지 않는다. 아침까지 견딜 정도의 칼로리는 섭취했다는 생각에 수저를 놓는다.

산기슭의 밤은 아직 싸늘하다. 오소소 돋는 팔의 소름을 손으로 문지르며 방으로 돌아온 미향의 눈에 텔레비전 화면이 들어온다. 깍지 끼고 있던 양팔이 투둑 풀어져 내린다. 기다란 작대기에 굵은 뱀을 걸고 있는 남자의 모습이 보인다. '주택가에 희귀한 능구렁이 출몰'이라는 자막이 뜬다. 굵고 긴 몸체와 뭉툭한 머리는 한눈에 보아도 독사가 아님이 분명해 보이는데 남자는 필요 이상으로 작대기를 멀리한 채 카메라를 바라보고 있다. 뱀은 별다른 저항 없이 축 늘어져 있다. 아직은 자신이 살아 있음을 알리려는 듯 꼬리만 조금 말았다 폈다 할 뿐이다. 분명히 낯이 익은 뱀이다. 텔레비전 화면이라 등 부분에 있는 푸르스름한 얼룩을 확인 할 수는 없었지만 뱀은 분명히 '진대'였다.

 마음처럼 몸이 움직여 주지 않는다. 아니 몸처럼 마음이 움직여 주지 않는다. 밤새 잠을 설치며 생각했고 날이 새면 곧장 그 동네로 가보리라 마음먹었다. 그러나 미향은 점심때가 지나도록 방에 웅크리고 있다. 얼굴을 무릎에 묻고, 무릎은 두 팔로 감싸 안고 동그랗게 말려있다. 오후로 접어들자 바깥이 소란스럽다. 털컥대는 기계음이 들리고 크고 짧게 말하는 남자들의 목소리도 섞여 들린다. 미향은 손을 풀었다. 무릎도 풀었다. 자동차 키를 찾아 들었다. 화지사 담장을 돌아 천천히 내려온다. 커다란 사마귀 같은 포크레인이 주차장을 지나 편백길로 올라오고 있다. 미향의 집을 향하여 우둑우둑 올라오고 있다.
 뉴스에서 알려준 곳은 멀지 않은 이웃 동네다. 도로를 따라 가면 완만한 커브를 돌아 버스정류장을 세 개쯤 지나야 하지만 집 뒤의 등산로로 넘어가면 바로 고개 아래에 있는 곳이다. 동네 과일가게에서 어제 뱀을 발견한 사람을 물었다. 또 몇 사람에게 더 물었다. 다시 차를 움직여 도시가 끝나가는 곳에서 진대를 만났다.
 낯 선 곳이다. 문을 열고 들어가자 사슴이 보인다. 가지가 핀 뿔을 머리에 달고 낯선 사람을 잔뜩 경계하는 모습으로 서 있다. 노란색 유리눈알이 번득인다. 날개를 펴고 털을 부풀린 올빼미가 머리 위에서 내려다본다. 먼지 덮인 회색거북도 바닥에 굳어있다. 맞은편 선반에는 짙은 회색털의 족제비가 기다란 몸을 낮추고 숨을 곳을 찾고 있다. 족제비가 기어가는 선반 위 아래로 크고 작은 유리병들이 어지럽게 놓여 있다.

 진대의 모습은 낯설다. 잔디가 깔린 담장 밑을 배를 짤짤 끌며 기어가거나, 부엌 문지방에 몸을 두 겹으로 걸치고 쉬던 예전의 모습이 아니다. 지금껏 한 번도 본 적 없는 모습이다. 마알간 술이 담긴 유리단지 안에 양수에 떠 있듯이 가만히 잠겨 있다. 머리에서 한 뼘 쯤 되는 부분은 많이 부풀어 오르고 피부도 벗겨져 있다. 아랑곳 하지 않는 모습이다. 오래 사용했던 몸은 어디에 어떻게 두어도 상관없는 듯하다. 바람소리 나는 혼은 푸른 수국덤불을 지나고, 허물어진 돌담장을 천천히 넘은 뒤 화지산 언덕길을 구불구불 기어오르고 있다. 차륵차륵…… 시누대 잎이 흔들린다.

수상소감

소설 부문 은상

갑을의 시간

윤정은

시작은 두통이다. 지끈거리는 뒷골을 타고 올라오는 머리 통증에 '뇌에서 싹 터 꽃이 피려나'라는 생각이 들었고, 소설은 그렇게 시작되었다. '머리에 꽃 피는 여자'라는 제목을 먼저 짓고 소설 속에서 지수가 지훈에게 첫 데이트 신청을 받는 날 병원을 예약했던 시점에서 뇌 검사를 해보아야 했다.

헌데, 소설 속 그녀는 자신에게 생명을 부여한다. 살고 싶은 대로 개척하겠다며 나를 이끌기에 저 살고 싶은 대로 살라고 그냥 두었다. 현실에서 살고픈 대로 살기 어려운데, 소설에서라도 살고픈 대로 살아보아야 하지 않겠는가. 두었더니 억눌렸던 욕망을 표출하였고 이곳 동서문학상까지 찾아

왔다. 이렇게 꿈같은 상을 선물로 가져다주다니.

시대적 현실 앞에 선 '욕망'을 이야기하고 싶었다. 우리는 어디에서나 '갑과 을'의 주종관계가 바뀔 수 있다. 계약서에 명시된 관계를 떠나도 미세한 선처럼 보이지 않는 권력관계가 존재한다. 가정에서 누군가는 갑의 권력을 누군가는 을의 권력을 가졌지만, 이는 언제든지 바뀔 수 있다. 사회에서도 갑과 을의 위치는 바뀐다. 예를 들어 상점에 들어서는 순간 갑과 을의 권력관계는 시작되며, 이들의 역할은 언제든지 바뀔 수 있다. 하지만 영원히 갑일 것만 같은 이들의 견고한 성은 어찌 침투할 수 있을까? 깰 수 없다면 새로운 역할을 생성함이 좋지 않을까? 해서, 갑을 탐하는 주인공은 자신의 방식으로 '갑을'이라는 새로운 주종관계를 형성시킨다. 그리고 아직 29년 11개월 25일 11시간 29분 30초를 살고 있는 그녀는 다시 새로운 인생을 살게 될 것이다.

나의 가장 큰 욕망은 소설이었다. 시를 쓰던 십대시절부터 꿈꾸던 '소설 짓는 사람'은 늘 동경의 대상이자 가고픈 자리였다. 소설을 읽으며 세상을 배웠고, 소설을 읽으며 치유 받고, 소설을 읽으며 서른이 됐다. 자기계발서를 출간하는 작가로 살면서도 소설에 대한 열망과 욕망은 성질 난 물처럼

들끓었다. 들끓던 물이 동서문학상으로 인해 따뜻하고 알맞은 물이 됐다. 언젠가 이 물이 다시 차가워지고, 얼음 얼고, 수증기로 분산되어 버릴 수도 있겠다만 물은 공기를 돌아 다시 채워질 것이기에 지레 겁먹지 않고 오늘의 온기를 감사하게 즐기련다. 좋은 문학축제를 마련해주시고, 상을 주신 삶의향기 동서문학상 운영위원회 관계자분들에게 먼저 깊은 감사를 보낸다. 살며 들었던 그 어떤 달콤한 말보다, 가장 달콤했던 수상소식을 전해주시다니. 그리고 나를 세상에 발붙이게 지탱해주는 수많은 책의 저자들과 곁에서 일상을 함께 살아나가는 사랑하는 이들에게도 애정을 담아 깊은 감사를 보낸다. 오늘은, 나를 미워하거나 관심 없는 이들까지도 감사하고픈 날이다. 이 글이 당신을 잠시나마 스치는 순간, 그마저 감사하다. 문학은 이리 사람을 살게 한다. 행복하다.

소설 부문 은상

갑을의 시간

윤정은

*

보이지 않는 것은 보이는 것보다 아름답다. 보이지 않는 바람이 분다. 하얀 모래와 검은 속을 드러낸 석회암 돌에 비취색 파도가 부딪힌다. 아름답다. 바다는 말이 없다. 말이 없는 바다는 바람으로 나를 감싸 안는다. 잃어버린 것들을 한 자리에 모아 속을 알 수 없는 깊음으로 품고 있는 바다. 그 품으로 한 걸음, 한걸음 발걸음을 옮긴다. 그 품에 힘껏 안긴다. 물이 차오른다. 종아리를 덮던 물은 엉덩이를 넘어 허리와 가슴으로 올라온다. 목구멍을 넘어 인중 바로 밑까지 물이 차올랐을 때, 가만히 멈추고 바다의 숨결을 느낀다. 눈을 감았다 뜬다. 시선을 오른쪽에서부터 왼쪽으로 찬찬히 돌려 하늘을 바라본다. 아름답다. 모든 아름다운 것에는 끝이 있다. 그러니 아쉬워 말자. 언젠가 모든 것은 끝이 날 테니. 다시 걸음을 옮긴다. 발걸음을 헛디뎌 휘청거린다. 온몸이 물에 잠기기 직전 하늘을 향해 두 손을 뻗는다. 처음부터 손이 아니라 날개였던 이것을 휘저으며 바다의 깊은 품에 잠긴다. 젖은 날개는 꽃처럼 흩날리며 미소 짓는다. 행복해ㅡ

*

핸드폰이 울린다. 핸드폰이 울려봤자 나는 말을 할 수 없다. 말을 잃었다. 아니, 말이 나를 떠났다. 아무리 애를 써도 목구멍에서 단어가 올라오지 않았다. 혀는 간사하다. 단어를 내뱉지 못해도 맛을 느낀다. 이율배반적이다. 캐러멜의 달콤함, 고추의 매움, 과자의 바삭함, 자두의 싱그러움, 커피의 씁싸름함까지. 익숙한 욕망을 가진 혀는 뱀처럼 음식물을 휘감지만, 말은 휘감지 못한다. 혀는 자신의 역할 태만을 자책치 않는다. 그가 떠나고, 말이 떠나고 이제 무엇이 떠날 차례인가. 말을 잃은 나는, 두 평 남짓한 공간의 반을 차지하는 네모난 침대에 누워 시간을 소비할 뿐이다. 잃어버린 것들은 모두 어디로 가는 것일까? 길을 잃은 그것들이 모여 있는 곳을 알 수 있다면 좋을 텐데. 무엇을 찾고 싶은 지는 잘 모르겠지만. 천장 정면을 보며 누워있던 몸을 오른쪽으로 돌려 눕는다. 언제쯤이면, 이 지겨운 날이 끝나려나. 자고 일어나면 머리가 하얗게 샌 노인의 계절이었으면 좋겠다. 29년 11개월 25일 11시간 29분 30초를 지나는 밤이다.

*

쏴아아...

빨간 고추장 물이 배어 제색을 잃은 노란 수세미에 퐁퐁을 두 번 펌프질한다. 물을 살짝 묻혀 양손으로 수세미에 하얀 거품을 만든다. 송글송글 거품이 낀 수세미로 접시를 슥슥- 문지른다. 눌러 붙은 파가 씻겨 내려간다. 조잡하게 알록달록한 꽃무늬가 그려진 싸구려 밥그릇에 들러붙는 밥알도 씻긴다. 그릇은 그 집 안주인의 경제적 수준을 나타낸다. 젓가락까지 세제 칠을 하고 나서 물을 튼다. 나는 이 물소리가 좋다. 흐르는 수돗물에 하얀 거품으로 찌든 찌꺼기를 씻어내는 행위는 성스럽기까지 하다.

때론 끼니를 챙겨 먹는 일이 고역처럼 느껴진다. 꾸역꾸역, 입에 음식물을 밀어 넣으며 해내야 할 어떤 의무를 다한 것 마냥 안도감이 든다. 산다는 건 밥을 얼마나 충실히 해결하느냐에 달린 것인가. 끼니를 해결하고 설거지를 할 때면 '살아있음에 대한 최소한의 예의를 지키는 의식'을 올리는 느낌이다. 개수대에 모인 음식물 쓰레기를 집어 검은 비닐봉지에 탈탈 털어 넣는다. 물에 젖은 고무장갑을 벗는다. 오른손으로 흘러내린 머리를 쓸어 올린다.

쉰 내... 고무장갑에 물이 들어갔던 걸까? 대충 손을 다시 씻고 주전자에 커피 물을 올려놓고 기다린다. 물은 빠르게 성질을 내며 끓는다. 김을 내며 팔팔 끓어오르는 물은 아빠를 닮았다. 아빠는 꼭, 성난 주전자처럼 화를 냈다. 장사가 안 된다고 화를 냈고, 우리 집이 너무 덥다고 화를 냈고, 엄마가 답답하다고 화를 냈다. 마치 화를 내기 위해 태어난 사람 같았다. 아빠가 화를 낼 때면 나는 방문을 꼭 닫았다. 어차피 말을 하면 아빠는 또 화를 냈다.

"이년이! 애비가 하라면 하는 거지, 어른이 말하는데 어디서 함부로 대들어!"

라고 했다. '미친놈...' 말을 삼킨다. 나는 별 볼일 없는 수능점수를 받고 명목상 재수를 시작한지 반년이 지났다. '재수 학원 등록비가 필요해요'라는 말도 삼켰다. 숨이 막힐 때면 종일 도서관에 틀어박혀 책을 읽다 해가 지면 집에 들어갔다. 도서관이 문을 열지 않는 날이면, 서점에 간다. 서점은 그야말로 천국이다. 아침 9시부터 밤 10시까지 아무도 나를 싫어하지 않는 장소이다. 나중에 (그럴 일이 있을지는 모르겠지만) 돈을 많이 벌면 이 서점에 있는 책을 몽땅 사야지. 운이 나쁜 날은 나의 귀가 시간이 엄마와 아빠가 저녁밥을 먹고 있는 시간과 겹친다. 그들은 고개도 돌리지 않고 충실히 음식물을 씹으며 말을 뱉는다.

"밥은."

밥은. 밥은.. 밥은... 먹지 못했다. 하지만 나는 '먹었다'고 말한다.

네모난 방문을 닫고 들어가 그들의 식사가 끝나기를 기다린다. 문틈으로 풍기는 음식냄새에 고프다 못해 저린 배를 부여잡고 입맛을 다시며 맛을 상상한다. 잘 익은 고등어구이의 고소하고 따뜻한 살을 발라 갓 지은 하얀 쌀밥을 입에 넣고 오물오물 씹는다. 젓가락으로 아삭한 김치를 반으로 잘라 입에 넣고 개운한 소고기 무국을 그릇째 들고 후루룩 마신다. 부모의 식사가 끝나는 순간이야말로 유일하게 내가 집에서 필요한 순간이다. 방문 가까이 귀를 대고 동정을 살피던 나는 잽싸게 뛰어나가 해야 할 일을 한다. 분홍색 세숫대야에 아무렇게나 놓인 그릇을 노란 수세미에 퐁퐁을 묻혀 닦을 때면 아무도 나를 싫어하지 않았다. 누군가 나를 싫어하지 않는 다는 것은 평화이자 안도이다. 이 집에서 나는 유령처럼 숨만 쉬어야 한다. 그들은 대체 왜 나를 미워하는 것일까? 수 만 번 생각해봐도, 알 수 없다. 부모의 가난이, 부모의 불화를 내 탓으로 돌렸다.

"뭐하는 거야! 제대로 앉아서 먹던가!"

물컵을 든 엄마라는 여자가 소리 지른다.

"아... 아니 예요... 남아서 버리는 게 아까워서요... 친...구가 밥 사줬어요!"

식욕은 저주스러운 것이다. 간혹 그들이 반찬을 미처 치우지 않고 나갈 때면 그 찰나를 이용해 몰래 혀를 위로한다. 허겁지겁, 허기진 배가 기뻐 요동칠 때 그녀에게 걸렸다. 한심하다는 눈초리로 그 여자가 사라진다. 그녀도 알 것이다. 내게 친구 따윈 없다는 걸. 설거지를 마치고 조용히 방 안에 들어와 도서관에서 빌려온 책을 폈다. 현실과 다른 세상으로 도피-다. 그래서 집에서 읽는 책은 소설이어야 한다. 소설 속에서 나는 하늘을 난다.

*

 그들이 내보낸 전남 땅끝 마을에서 대농장을 운영한다는 마흔 살 노총각과의 선자리에 끌려 나왔다. 그렇게 나를 싫어하면서도, 부자인 남자에게 시집을 가 그들의 가난을 종결시켜 주길 바란다. 내가 이들의 희망인 것일까? 그는 내 젖가슴에 눈을 두고 누런 이를 드러내며 씨익- 웃는다. 그를 따라 억지로 웃는다. 커피숍에는 어울리지도 않게 비욘세의 〈crazy in love〉가 흐른다. 할 말이 없다. 할 말이 없다. 그냥 저 남자에게 시집이나 가버릴까? 아직 나는 스무 살 이지만, 스무 살 차이가 뭐 대수라고.

 "지는 평생 소만 키워, 힘쓰는 일은 자신 있습니더. 글고 지수씨 시집오시면 장인어른이랑 장모님께 한 달에 200만 원 정도 씩 용돈을 드릴라고 합니더. 돈 벌어 다 모하겠어예."
 누렁이가 웃는다. 전라도에 산다던 누렁이는 경상도 사투리를 쓴다. 누렁이가 그들에게 돈을 주겠단다. 돈을 주면 그들은 더 이상 나를 미워하지 않을까? 돈을 받으면, 우리는 행복해질까?
 "아... 네..."
 누렁이는 말을 잇는다. 새까맣고 힘이 센 손으로 어울리지 않는 꽃무늬 커피잔을 들고, 촌스럽게 입을 우- 하며 벌려 커피를 들이키며.

"그리고, 혼수 같은 거는 필요 없심니더. 이래 어리고 탱탱한 분을 마누라로 맞는데, 마! 지가 다 알아서 할테니께 걱정 마이소."

탱탱하다. 난생 처음으로 남자에게 듣는 첫 칭찬이 탱탱함이라니.

"아하하하하하하하하... 아하하하"

눈물까지 찔끔 흘려가며 웃는 나를 누렁이는 의기양양하게 바라본다.

"저, 화장실 좀 다녀올께요."

고개를 숙이며 예의바른 인사를 하곤 가방을 들고 네모난 버스를 타고 그대로 집으로 돌아왔다. 빈집은 문을 열자마자 8월의 열기가 훅- 하고 느껴진다. 안방 장롱 문을 열고 여행 가방을 꺼낸다. 몇 벌 되지도 않는 옷가지를 챙긴다. 서랍을 열어 속옷을 꺼낸다. 색이 바래 검정 보풀이 핀 하얀 면 팬티를 만지작거리다 웃음이 터진다. 아하하하하하. 이번에는 안방 화장대 서랍을 열어 검정색 보석함을 연다. 현금다발로 이백만원이 나온다. 정성스럽게 백만 원을 세어 돈을 신문지에 말아 가방에 넣었다. 짐은 간단했다. 마지막으로 부엌으로 가 냉수를 한잔 마시고 분홍색 세숫대야에 컵을 놓는다. 설거지는 하지 않을 것이다. 감옥문 같은 네모난 철문을 열고 집을 나왔다. 2건의 부재중 전화와 욕설을 담은 문자메세지로 부모는 나의 독립을 열렬히 환호했다. 해.방.이.다.

고개를 들어 하늘을 바라본다. 눈부시게 파랗게 쨍한 하늘에 눈을 감는다. 큰 숨을 들이쉬며 제일 처음 오는 버스를 탄다. 이 버스의 종점에 내려 살아야지. 이제부터 나는, 인생을 방관치 않을 것이다.

*

　버스의 종착지는 〈낙성대 입구〉이다. 한 달에 30만 원 짜리 고시원 방 한 칸을 얻어 502호 여자가 되었다. 502호에는 창문이 없다. 짐가방을 내려놓고 제일 먼저 한 일은 하늘색 색지를 사와 창문을 그려 붙였다. 하루에 세끼를 먹지 않아도 되는, 그저 그런 날들이 흘러간다.

　'누렁이랑 살면 커다란 침대도 사주고, 네 바퀴가 굴러가는 차도 사주었을 텐데'
　두 달째 월세 내는 날 누렁이 생각을 하며 일을 하기로 결심했다. 고졸 학력에 돈도 없고 자격증도 없는 스무 살짜리 여자를 받아주는 곳은 별로 없다. 바라는 게 있다면 네모난 내 책상이 있는 곳에서 근무하고 싶다. 인터넷을 뒤져 입사지원을 하고, 몇 군데 면접을 보곤 직원이 3명밖에 없는 구로동의 작은 무역회사에 취직했다. 이력서 특기 란에 쓸 게 없어 〈설거지〉라 쓴 게 내가 뽑힌 이유이다. 사장은 자주 사무실을 비웠고, 내가 할 일은 전화를 받고 메모를 하고, 책을 읽고, 신문을 읽고, 가끔씩 오는 사장과 그의 손님에게 커피를 타주는 일이다. 때론 커다란 곰처럼 생긴 영업사원 남자의 많은 수다를 들어주는 일도 업무였다. 가끔은 동대문 시장을 돌며

거래처에 샘플로 보낼 물건을 구해왔다.

성공은 무수한 실패 가운데 얻어 걸리는 경우의 수일뿐이다.
몇 년 동안 책에서 읽은 문구를 외우며 다니던 사장은 사무실에 커피를 마시러 오던 손님에게 투자를 받아 시설을 증축했고, 대기업에 대량 납품을 따내며 회사는 갑자기 커져갔다. 매출도 늘고, 직원도 늘었다. 딱히 갈 곳도 없어 직함을 붙여 주는 대로 앉아 있었다. 본의 아니게 '교육팀장'이라는 직함을 달았다. 교육 이래 봤자, 주로 신입사원에게 〈대표님이 싫어하시는 행동〉과 〈대표님이 좋아하시는 행동〉 따위의 것들을 가르친다. 외부 교육업체를 선정해 그들에게 돈을 주면 알아서 교육을 해준다. 팀원들이 올리는 서류에 사인만 하면 될 뿐이다.

오전 6시 반에 눈을 뜨면 습관적으로 출근을 했고, 오후 7시면 퇴근을 했다. 달이 가고 년이 바뀌어 월급도 올랐다. 그저 그렇게. 특별한 일도, 놀라울 일도 일어나지 않는 하루하루가 지나간다. 사장은 '팀장직함에 맡는 옷을 입어야 한다'며 가끔 카드를 건넨다. 그의 카드로 계절이 바뀔 때마다 백화점에서 옷을 산다. 두 달 치 방세, 혹은 넉 달 치 방세격인 옷을 카드로 긁으며 묘한 쾌감을 느낀다. 오르가즘이 이런 기분일까? 마네킹에 걸린 옷을 입으면 몸에 그대로 잘 맞았다. 마네킹과 같은 사이즈가 착 들어맞는 옷을 입고 거울 앞에 서 있는 나는 모르는 여자다.

"어쩜, 너무 잘 어울리세요. 손님은 이미지가 고급스러워서 딱 어울리시네요. 이게 오늘 나온 신상품이고 한정판이라 쉽게 구하시기 어려운거예요."

간드러지는 칭송을 받고, 카드를 내밀면 그들은 허리를 굽혀 내게 인사한다. 아니, 손에 들고 있는 카드님에게 인사 한다. 엄마라는 여자도 평생 이렇게 허리를 굽히며 살았을까. 그녀는 백화점 식품코너에서 반찬을 판다.

카드에 대한 대가는 암묵적으로 사장이 3개월에 한번 주기로 갈아 치우는 연하 애인을 묵인해 주는 업무이다. 사장보다 3살 연상인 사장의 아내는 하루에 한 번씩, 내게 사무실로 전화를 건다.

- 서팀장, 사장님 오늘 스케줄 어떻게 돼?

침을 삼킨다. 수화기에 들리지 않게.

- 두시에 명화실업 미팅 있으십니다. 오늘은 평택 공장에 다녀오셔야 해서, 아마 늦으실 거예요. 사모님.

- 그래? 평택 공장은 왜? 지난주에 다녀오지 않았어?

미심쩍은 그녀의 목소리에 나는 보이지 않을 미소를 희미하게 지으며 이야기한다.

- 요즘 미국시장에서 주문물량이 늘었어요. 사장님이 사모님 새 차 뽑아드릴 모양 이예요, 카탈로그 보시던데요.

- 어머, 그래~? 아우, 우리 사장님은 통 일 얘기를 집에 안 해서~ 알겠어~ 김팀장 수고해~ 통장으로 용돈 좀 보낼게~ 팀원들

이랑 맛있는 거 사먹어.

　살은 성대에도 찌나. 그녀의 목소리를 들으면 절로 속이 거북해진다. 3년 사이 부쩍 늘어난 사모의 배 둘레를 생각하며 몸을 부르르, 떤다. 노란색 노트패드에 모나미 볼펜으로 끄적인다. 〈이.중.스.파.이〉 쓰인 글씨를 죽- 긋는다.

　〈이.중.스.파.이〉 x , 〈평화유지자〉 o

　결혼이란 무엇일까? 사장과 사모는 결혼제도를 유지하기 위해 얼마나 많은 노력을 하는가. 사랑을 잃은 사장은 젊은 애인을 통해 로맨스를 충족하며 가정을 지킨다. 사랑을 잃은 사모는 사장의 돈을 통해 아직 사랑이 남아있다 믿는다. 서로를 사랑하지 않는 두 사람이 한 집에 살며 속고 속인다. 격렬하게 미워하고 의심하며 때론 집착하고 구속한다. 이들에게도 찬란했던 사랑의 시절이 있었을 텐데. 내 부모라는 사람들도 한때는 서로를 열렬히 사랑했던 적이 있었겠지. 결혼 이란 걸 하게 되고, 나 같은 게 태어나고, 서로를 미워하게 되고. 다정하고 찬란한 사랑이 넘치는 화목한 가정은 주말 드라마에나 나오는 환상이 아닐까.

　'후... 발주 넣어야지.'

　습관적으로 작은 한숨을 내쉬고 컴퓨터를 켠다. 수년간 매일 하는 같은 행위의 노동은 뇌가 기억하지 않아도 몸이 자동적으로 반사한다. 굳이 기억을 꺼내려 하지 않아도 체취가 남는 헤어진 연인의 느낌처럼. 이메일을 체크하고, 엑셀파일에 숫자를 입력하는데 전화가 울린다.

- 팀장님, 비서실입니다. 지금 사장실로 오셔서 대기하시랍니다.

대답을 하기 전 전화가 끊긴다. 싸가지 없는 기집애... 전화기를 내려놓고 '저장' 버튼을 누르며 문서를 닫는다. 입사한지 얼마 되지 않았을 때 종종 '저장하기'를 잊었다. 야근까지 해가며 작성한 문서가 30초 만에 날아가 버려, 밤을 새 다시 그 문서를 만들었던 끔찍한 기억이 있다. 그날 이후, 나는 틈만 나면 '저장하기'를 눌렀다. 저장, 저장, 저장... 저장 강박증에 걸린 사람처럼 저장을 했다. 심지어 헤어진 연인들의 문자도 저장해 컴퓨터로 옮긴다. 사랑이 끝나도 '저장하기'를 통해 추억은 남는다.

"서팀장, 벌써 와있었어? 삼성 이과장이랑 얘기가 길어져서, 허허허"

구겨진 손수건으로 땀을 닦으며 들어오는 사장의 얼굴이 상기되어 있다. 사장에게 살짝 고개를 숙여 인사를 한다. 고개를 들다 사장의 베이지색 면바지 지퍼 부분에 눈길이 멎는다. 동전보다 작은 크기로 오른쪽 지퍼 옆이 젖어 번지고 있다.

"방금 왔습니다, 사장님. 사모님께서 전화 하셨습니다. 사모님께 사드릴 차의 카탈로그를 보시고 계시다 말씀 드렸고, 오늘 평택 공장에 들러 퇴근이 조금 늦으실 거라 했습니다.

"그래~? 잘했어. 서 팀장 덕분에 내가 마음 편히 영업 할 수 있다니깐, 허허허"

 매주 화요일이면 애인과 저녁시간을 보내는 사장의 패턴을 알고 있다.

 "더 지시하실 사항 없으시면 나가보겠습니다. 혹시 평택 공장 방문 요일이 변경되시면 다시 말씀해 주세요."

 새삼스럽게 얼굴이 빨개지는 사장을 뒤로 하고 네모난 문을 닫는다. 갑과 을의 권력관계에서 이 순간만큼은 내가 갑이다. 약점을 쥐고 있는 자와 약점을 잡힌 자. 세상에는 수많은 갑과 을의 권력관계가 존재한다. 굳이 계약서상에 명시 되지 않더라도, 상대방에게 아쉬운 게 있는 사람은 자연스럽게 을이 된다. 주종의 관계는 언제든지 바뀔 수 있다. 가정에서, 친구사이에서, 회사에서, 연인관계에서, 하다못해 식당에서도 갑과 을의 관계는 지속된다. 갑과 을은 본인들도 의식하지 못한 채 역할놀이를 반복한다. 물론, 역할놀이의 흐름에 끼지 않는 이도 있다. 잃을게 없는 사람이다. 잃을 게 없는 사람은 소유하고픈 욕망도 없다. 잃을 게 없으니 구태의연하게 고개 숙이지 않는다. 따지고 보면, 이런 유형이 진정한 갑이 아닐까. 생각을 깨며 손에 들고 있는 네모난 핸드폰이 진동으로 몸을 떤다. 화장실로 걸어가며 전화를 받는다.

 "빌어먹을, 자식 년이 낳아주고 키워줬으면 은혜를 몰라! 다른 집 딸들은 매주 지 엄마 데리고 맛있는 거 먹으러 다니고, 매달 용돈도 잘 준다더만 에구 내 팔자야... 그 부자총각한테 시집만 갔어도 우리가 이러고 안 살잖아! 이 썩을 년아"

전화를 귀에서 떼고 검지손가락으로 화장실 문을 두드린다. 톡, 톡, 톡톡, 톡톡 톡톡. 아마 이다음 이야기는 김밥 집 딸은 한 달에 30만원, 대림아파트 딸은 결혼도 안하고 유치원을 하는데 잘 되서 한 달에 천만 원씩을 번다더라. 그래서 그 딸이 살림을 책임진다더라. 엄마를 애기 취급 한다더라—겠지.

나는 그녀의 역겨운 두 가랑이 사이에서 나왔다는 이유만으로 전화기를 향해 아무런 항변을 하지 못한다. 부모를 선택해 태어날 수 있다면 얼마나 좋을까. 혹은 세상에 나오기 전, 인생을 미리보기 해 태어남을 결정할 수 있다면 얼마나 좋을까. 그들이 내 부모인 시간은 대체 언제 끝나는 것 일까. 머리가 아파온다. 핸드폰을 변기에 집어넣고 물을 내린다. 핸드폰은 밀려들어가지도 않고 변기통에서 회오리치는 물을 맞으며 꼿꼿하게 버틴다. 너도 나처럼 질기구나.

*

아스피린 두 알을 입에 털어 넣은 후 12층 휴게실 창문에 서 테헤란로를 내려 본다. 네모난 건물, 네모난 차들, 네모난 도로, 네모난 컴퓨터, 네모난 핸드폰... 네모난 지하철을 타고 네모난 건물에 들어서 네모난 엘리베이터를 타고 네모난 책상에 앉아 네모나게 살아가는 도시인들. 숨쉬기마저 네모나게 해야 할 것 같아 답답하다. 모자이크처럼 네모로 밀집된 도시에서 내 몫의 네모는 없다. 네모를 차지하는 자는 자본가이다. 네모를 차지하는 자는 능력자이다.

12층에서 내려다보이는 질식할 것 같은 빽빽한 네모를 내려다보고 있다. 내가 세상을 내려다 볼 수 있는 갑이 되는 느낌이 드는 장소는 이 12층 창 위에서 뿐이다. 나는 영원히 네모를 차지할 수 없는 것 일까. 갑이 될 수 없다면 갑 같은 을인 '갑을'이 되고 싶다.

"팀장님, 여기서 뭐하세요?"

인기척에 고개를 돌리며 반사적으로 웃는다. 지훈이다. 깨끗하게 다림질 된 날이 선 새하얀 와이셔츠를 입고, 와이셔츠만큼 하얀 이를 드러내며 웃는다. 그가 웃는다.

"머리가 좀 아파서요."

갑자기 늘어난 회사 규모에 삐걱거리는 경영시스템을 개혁한다는 취지로 사장은 경영컨설팅을 받겠다고 했다. 지훈은 한 달째 우리 회사에 상주하며 직원들을 인터뷰하고, 문제점을 캐내고, 새로운 개선안을 제시해주는 업무를 하고 있다. 그들은 업무혁신 프로그램으로 수작업으로 엑셀파일에 일일이 숫자를 입력해 팩스를 보내는 고루한 방식을 탈피해 발주프로그램을 개발 한다고 했다. 프로그램을 개발하면, 내가 할 역할은 줄어들고, 프로그램을 개발하면, 이제 사장과 사모의 이중스파이 노릇 말고 무엇을 해야 할까.

지훈을 바라보며, 그가 가진 네모의 개수를 가늠해보았다. 도곡동 타워팰리스에 산다는 그의 아버지는 방송에도 종종 얼굴을 내비추는 법무법인 태양의 대표 변호사이다. 어머니는 이화여자대학 상담심리학과 교수라고 했으며 지훈은 런던경제학교 출신에 키가

180㎝가 넘는 탄탄하고 잘생긴 외모의 소유자. 그가 가진 네모는 일반인들이 범접하거나 욕망할 수 없는 단단하고 안전한 성에 둘러 싸여 있다. 세상은 네모를 가진 자들에게 하나라도 더 네모를 얹어 주려 안달이다. 심지어 그가 컨설팅 하는 회사는 이후 실적도 좋아 입사한지 3년 만에 프로젝트 매니저가 되었다. 나는 팀장직함에 아슬아슬하게 올라타 있는데.

"머리 아파요? 팀장님 너무 안 먹어서 빈혈 있는 거 아니에요? 지금도 충분히 예쁜데 다이어트 같은 거 하지 마세요."

빙글거리며 지훈이 능숙하게 대화를 주도한다. 저 자식은 귀염열매를 먹었나. 왜 저렇게 귀여워. 그를 바라보는 대신 와이셔츠 포켓에 꽂혀 있는 까만색 몽블랑 볼펜에 박힌 별 마크에 시선이 고정된다. 알퐁스 도데의 별처럼 그도 내 손에 닿을 수없는 그런 존재라는 걸 각인시켜 주는 마크이다. 내가 아무 대답이 없자 머슥해진 지훈은 롤렉스시계를 찬 왼손으로 슬쩍 머리를 긁적이는 시늉을 한다. 그가 웃는다. 눈이 부시도록 시리고 아름답게.

"내일이 벌써 프로젝트 마지막 날이네요. 그동안 팀장님 얼굴 보는 낙에 파견 나와 있을 만 했는데. 에이. 아쉬워요! 괜찮으시면 오늘 저녁 같이 하실래요? 제가 영양가 있는 곳으로 모실게요."

"아... 저녁이요."

"네, 저녁이요! 팀장님 덕분에 자료도 잘 받았으니 고마워서 식사 한 끼 대접해드리고 싶었어요. 그간 일 이야기 말고는 틈을 안주시니 부담스러우실까봐 꾹 참고 있었어요! 하하."

쑥스럽게 웃는 저 남자의 저런 태도는 네모들의 몸에 밴 자연스러운 유연함일까. 거절할 수 없는 이유를 대며 그가 저녁을 제안한다. 저녁에 어렵게 병원예약을 해 두었는데. 몇 년간 따라다니는 머리 통증 때문에 검사를 해보기로 했다.

"그래요, 그렇게 해요."
생각과 달리 입에서는 가슴의 말을 내뱉는다. 그래. 아직은 아스피린으로 버틸 만하니까.

*

지훈을 닮은 매끄러운 고급승용차로 광장동 워커힐 호텔로 들어간다. 피자 한 판에 한 달 생활비격인 피자힐에서 저녁을 먹었다. 그는 물 한잔에 만원씩을 내고 주문할 수 있는 부류다. 워커힐에서 저녁을 먹고, W호텔의 WOO BAR이라는 곳으로 갔다. 유혹적인 빨간 의자에 앉아 한강변의 야경을 바라보며 그가 골라준 모히토를 마셨다. 지훈은 이곳에서 호텔직원들에게 얼굴이 익숙한 손님이었다. 화장실을 가려고 일어서며, 주변 여자들을 살폈다. 지난 달, 평택 공장에 내려가는 요일을 화요일에서 목요일로 바꾼 기념으로 사장이 건넨 카드로 산 TIME의 블랙 원피스를 입고 오길 다행이다. 귀에는 작은 모조 진주귀걸이를 달았다.

"저... 화장실이 어느 쪽인가요?"

입과 눈까지, 만면에 친절한 미소를 짓는 호텔직원은 팔을 뻗어 오른쪽으로 가라 말한다. 네모의 세계를 바라보는 이들은, 안면근육까지 웃음 짓게 훈련되어 진 것일까. 화장실 문을 열고 적당히 어두운 조명을 받으며 오른쪽 두 번째 빈칸을 열고 변기에 앉는다. 지훈과 함께하는 시간 내내 긴장되어 물만 들이켰더니 방광이 저린다. 총총 걸음으로 들어가 가방을 문고리에 걸고 문을 잠그려는데, 변기뚜껑이 닫혀있다. 타인의 거대한 존재 증명적 잔해가 가득할까. 변기뚜껑을 연다. 다행이다. 똥 덩어리는 존재하지 않는다. 내 것과 그것이 같으련만- 왜 이리 남의 것은 더럽게 느껴질까.

소변을 시원하게 내갈기며 뒤처리를 하고 휴지를 버린다. 휴지통에는 방금 전 변기 뚜껑을 닫고 나간 여자의 혈흔이 펼쳐져있다. 타인의 생리대에 묻은 검붉은 선혈을 바라보며 더러움이나 토악질보다 왠지 안심이 된다. 네모를 가진 여자들의 그것도 내 것과 같구나. 무의식적으로 나의 생리일과 배란일을 계산해본다.

"오랜만에 칵테일을 마셨더니 좀 어지럽네요."

속옷 색깔과 같은 새빨간 립스틱을 바르고 자리로 돌아오며 지훈을 향해 눈꼬리를 내리며 웃는다. 슬쩍 비틀거리며 옆자리에 앉아 그의 어깨에 기댄다. 나보다 시선이 높은 지훈은 원피스 네크라인 사이로 보이는 가슴골을 바라보며 침을 삼키며 말한다. 상투적이다.

"지수씨 취했나 봐요. 어쩌지? 나도 좀 알딸딸한데…"

엄마라는 여자의 말처럼, 그가 뒤이어 할 말도 뻔한 것이다. 중요한 것은 통속적이고 상투적인 패턴의 다음을 내가 기다리고 있다는 것이다. 때론 상투란 우리가 걸어가야 할 모범적인 교과서 역할을 하기도 한다.

"제가 이 호텔 멤버십 회원권이 있는데 잠깐 눈 좀 붙이고 갈래요? 제가 있는 게 부담스러우시면 지수씨만 바래다 드리고 바로 내려올게요."

마음에도 없는 거짓말을 얼굴빛 하나 바뀌지 않고 하는 지훈을 바라보며 고개를 끄덕인다. 아랫도리가 오른쪽으로 불룩 나온 그가 보라색 카드로 계산을 하곤 엘리베이터를 향해 걸어간다. 불편하겠다. 그의 불편을 편안으로 바꾸어 주고 싶다.

방에 들어서자마자 혀와 혀가 엉킨다. 길을 잃은 이들처럼 손은 바쁘게 서로의 몸을 탐닉한다. 두 다리가 엉킨다. 깊게 깊게, 지훈은 내 안으로 들어온다. 뜨거워 몸이 터질 것 같은 순간, 그와 나는 서로의 우주를 만난다. 그날 밤, 세 번씩 사정하고도 발기한 지훈은 굶주린 듯 내 발가락에 키스한다. 눈을 감는다. 꽃잎이 눈앞에서 흩날린다. 꽃날이다. 빙글빙글, 네모는 내 안에 있다.

*

 그날 이후 석 달째, 주말마다 나는 지훈의 마포 오피스텔로 간다. 우리는 몸을 섞고, 나는 커피를 마시고, 그는 천장이 높은 주방에서 스파게티를 만든다. 그를 만나는 동안 뜨거운 여름은 가을로 넘어갔고, 사장은 이례적으로 석 달을 넘기고 목요일 평택 공장 행을 펼치고 있다. 사모는 늘어난 회사매출의 수혜자로 벤틀리를 새로 뽑았다. 아무것도 달라진 게 없는 듯 하지만 너무도 많은 것들이 달라졌다. 하얀색 마바지를 입고 파란색 랄프로렌 스트라이프 셔츠를 입고 왁스를 바르지 않은 지훈은 소년 같다. 스파게티를 삶으며 소스를 볶다 커피를 마시며 책을 읽는 내게로 와 살며시 이마에 입을 맞추고 가는 그의 뒷모습을 보며 이유 모를 불안을 느꼈다. 네모에게 사랑받고 있다. 사랑, 이라니. 책에서만 존재하는 그런 감정을 나는 비웃었다. 규칙도 두려움도 없이. 지훈과 나는 스무 살 신열에 빠진 애들 마냥 서로를 물고 빨고 탐닉하며 사랑한다. 사랑의 맛을 언어로 표현할 수 있을까. 이 달콤함을 무어라 규정지을 수 있을까. 사랑의 온도를 측정할 수 있을까.

"지훈씨, 사랑한다고 말해줘."
"응? 사랑해! 스파게티 해! 나는 너를 스파게티 해!"
 햇살이 부서지며 공간을 따뜻하게 채운다. 우리는 서로를 마주보며 웃는다. 그와 내가 종종 치는 장난이다. '나는 너를 커피 해, 나는 너를 복숭아 해, 나는 너를 짜장면 해.'

"자기야, 전화 온다!"

그가 턱으로 가리키는 방향을 향해 눈을 돌리니 내 전화기가 울린다. 발신자는 사장의 아내다. 이 여자는 주말에는 전화하지 않는데... 이상하다.

"여보세..."

말이 끝나기도 전에 사모는 말을 자른다.

"야! 너 알고 있었지? 사장이 목요일마다 평택 공장에 간다고? 웃기시네. 어린년이랑 얼싸안고 쳐 노는 거 알고 있었잖아! 이게 겁도 없이 거짓말을 해?"

"저는 모르는 일입니다, 사모님."

"모르긴 뭘 몰라! 너희 두 년 놈 들이 짜고 날 속였잖아! 니가 그러고도 무사할 것 같아?"

의아하게 바라보는 지훈에게 '잠깐만'이라 입모양으로 말하고 화장실로 들어가 문을 걸어 잠근다. 그에게는, 밑바닥을 보일 수 없다.

"사모님, 진정 하세요. 뭔가 오해가 있으신 것 같은데요..."

"오해는 무슨 오해! 내가 사람 붙여서 사진까지 찍어놨어. 서팀장 그렇게 안 봤는데, 사리분별 할 줄 모르네? 아무튼 이혼소송 진행할 테니 이제 더 이상 연락할 일 없을 거야."

사모는 일방적으로 전화를 끊는다. 말이 없는 핸드폰을 바라본다. 액정화면이 꺼멓다. 까만 네모. 속을 알 수 없는 음탕한 네모. 빛이 어둠에 비추어도 깨닫지 못하는 네모. 이제 검은 네모를 들고 변기 위에 앉는다. 사장에게 전화를 건다. 두 번째 신호음이 울리는 순간, 그가 전화를 받는다.

"지수야, 걱정마라. 그 여자가 우리사이는 눈치 못 챈 거 같다. 너 당장 그 고시원에서 나오라니깐, 왜 고집부리니? 이번 기회에 이혼하고 우리 본격적으로 살아 보자. 지수야, 딴 마음 먹지 말고 지금까지 해왔던 것처럼 잘 버텨. 내 말 듣고 있니, 지수야? 응?"

수화기를 타고 들려오는 사장의 목소리는 물기에 젖어 있다. 불쌍한 사람 같으니.

"알겠어요. 당분간 개인적인 연락은 하지 말고 지내요. 회사는 저 휴가처리 해주시구요."

"그래, 지수야. 사랑해, 고마워. 한 달 정도 어디 해외라도 다녀올래?"

머리가 아프다. 아스피린이 핸드백에 있던가. 새콤하게 졸여진 토마토 소스냄새가 화장실 문을 비집고 들어온다.

"자기야, 무슨 일 있어? 스파게티 다 됐어 얼른 나와! 식기 전에 먹자."

*

꿈을 꾸었다. 혀와 혀가 뱀처럼 얽히는 꿈. 나비가 되는 꿈. 핸드폰이 울린다. 핸드폰이 울려봤자, 나는 말을 할 수 없다. 언제부터 말을 잃었을까. 사장과 사모가 회사 돈을 횡령해 부도처리하고 도피했던 그날부터인지, 지훈이 아무 말 없이 오피스텔 비밀번호를 바꾼 이후부터 인지, 돈 달라는 부모전화가 뜸해지면서부터인지 알 수가 없다. 그저 나는 네모난 고시원 침대에 누워 울리는 핸드폰을 바라볼 뿐이다. 말을 잃었을 뿐인데, 웃는 방법까지 잃었다.

 유기된 말을 찾아올 수 있는 곳이 있을까. 길을 잃은 것들이 모여 있는 보관소가 있다면 내가 잃어버린 말도 그곳에 있을까. 누군가 주워가 나의 말을 대신해주면 좋겠다. 눈을 깜빡이며 날을 세본다. 의미 없다. 오른쪽으로 뉘였던 몸을 천장을 향해 돌린다. 등이 가렵다. 처음부터 갑 따위를 꿈꾸면 아니 되는 것이었을까. 바다에 가고 싶다. 바다에 가면, 갑도 을도 없는 갑을의 시간이 시작될 것이다. 몸을 일으킨다. 일으킨 몸이 낯설어 한참을 허공을 바라본다. 얇은 고시원 벽을 타고 넘어오는 말이 들린다. 나의 말인가, 너의 말인가.
 "바다에 가야지. 바다에 갈거야."

수상소감

소설 부문 은상

자두 맛 사탕

한진수

  이 이야기는 올 여름 할머니의 장례식장에서 시작됐습니다. 그런 의미에서 이 상은 할머니가 떠나며 주신 선물 같습니다.

  그리고 어쩌면 제가 글을 쓰기 시작한 이유도 돌아가신 할아버지와 할머니 덕분이 아닌가 생각해 봅니다.

  두 분이 소멸해가는 과정을 지켜보는 것은 고통스러웠습니다. 하지만 이제 알 것 같습니다.

  그 분들이 제게 글쓰기의 씨앗을 심어주셨다는 것을.

  지금까지는 제 마음의 파도를 잠재우기 위해 써왔습니다.

쓰고 싶어서 쓴 것이 아니라 써야했기에 썼습니다.
하지만 이젠, 쓰고 싶습니다.
'깔깔깔' 눈물 나게 웃을 수 있는 그런 이야기를 쓰고 싶습니다.

마지막으로 그 어떤 책 보다, 그 어느 작가보다
제게 큰 가르침을 주신 아버지, 어머니.
두 분의 희생과 인내가 저를, 그리고 제 글을 키웠다는 것을 잊지 않겠습니다.
두 분의 삶이 제게 가르쳐 준대로 지치지 않고 서두르지 않고, 천천히, 야금야금 써나가겠습니다.

소설 부문 은상

자두 맛 사탕

한진수

어제 들어 온 노인의 사진에 눈길이 멈춘다. 서류상에는 여든여덟 살이라고 돼 있었는데 사진 속에 들어 앉아 있는 인물은 여든여덟이라고 하기에는 어정쩡한 얼굴이다. 찍은 지 족히 5년은 돼 보이는 사진. 이 사진을 찍을 때만해도 이 노인은 오늘 새벽 자신이 이렇게 갑자기 세상을 떠날 줄 몰랐겠지. 상주들의 표정 속에 저 여인이 이렇게 쉽게 갈 줄 누가 알았겠냐는 황당함이 묻어 있다. 그리고 그 얼굴 뒤로 언뜻언뜻 보이는 해방감. 숙연하게 고개를 숙이고 있지만 그 해방감은 문상객을 마주할 때마다 터져 나오곤 한다.

- 갑자기 가셔서 놀랐겠어.

- 갑자기는 아니고 노환이지 뭐.
- 어떻게 가셨어?
- 아 글쎄 어젯밤에 보니까 이 노인네가 밤을 못 넘길 것 같더라고. 그래서 내가 밤새 불을 켜 놓고 이 노인네 방을 들락거렸어. 그러다가 깜빡 잠이 들었는데 그 사이에 가신거야.
- 편안히 가셨네. 올 해 연세가 몇 이시라고?
- 응. 여든 여덟 살이셔.
- 아, 그럼 호상이네.

어느 빈소에서나 들을 수 있는 문상객과 상주의 전형적인 대화. 문상객에게 호상이라는 단어는 이 죽음에 난 관심이 없다는 의미이고, 상주에게 호상이라는 단어는 이 죽음에 나는 책임이 없다는 항변이다.

난 오늘도 제사 음식을 만들고, 나른다. 이 세상 존재하지 않는, 조금 전까지 사람이었지만 이제 더 이상 사람이 아닌 이들을 위한 음식. 이 음식은 특별히 맛있지 않지만, 그렇다고 못 먹을 정도로 맛없지도 않다. 제사상에 올리는 음식이 너무 맛있으면 산 자가 탐할 것이고, 그렇다고 너무 맛없으면 그도 죽은 자에 대한 예의가 아닐 것이다.

오늘도 만실이다. 특실 4개와 일반실 8개가 모두 죽은 자와 그들을 기리기 위해 모여든 산 자로 가득 찼다. 새벽 일찍 발인이 끝나고 비어있던 3호실에 다시 주인이 생겼다. 아침 일찍 들어온 걸로 봐서 고인은 새벽이 끝나갈 쯤 유명을 달리했으리라. 오자마자 초우제를 올린다는 것은 영정사진이 준비 돼 있었다는 것. 고인의 죽음은 언젠가부터 예견 됐고, 철저하게 준비 되어왔을 것이다. 고인은 영정 사진을 찍고, 근 시일 내에 닥쳐올 죽음을 기다리며. 하지만 그 순간이 정확히 언제 일지까지는 알려 주지 않은 죽음을 기다리며 무슨 생각을 했을까.

삼색 나물을 살짝 데워 제기 접시에 올린다. 이제 망자를 만나러 갈 시간. 조리실의 문을 밀어 젖힌다. 아무도 모르게, 잠시 잠깐 유리문에 비친 내 얼굴에 시선을 고정한다. 거울 볼 시간도 허락되지 않는 삶. 하지만 큰 불만은 없다. 어차피 거울 볼 시간이 있다 해도 거울 속 나 자신과 눈을 맞출 용기는 없었을 테니까. 그저 이렇게 유리문에 어릿하게 비치는 내 모습을 바라보는 것만으로 만족한다. 입 꼬리에 힘을 줘 위로 올려보지만 마스크 때문에 보이지 않는다. 아무도 보지 않지만 스마일. 나만 아는 응원단은 그렇게 나만을 위해 조용한 응원가를 띄운다.

마스크와 모자로 뒤덮인 얼굴. 어딘가 우스꽝스럽지만 전문가 같다. 제기 접시를 담은 수레를 밀고 3호실로 간다. 복도에는 화환이 하나 둘 들어서고 있다. 고인이 살아있을 때 꽃 한 송이도 선물하지 않은 무심함은 이렇게 큰 화환이 되어 돌아왔다. 장례식장에서 일한지도 벌써 5년이 넘었다. 처음에는 우리 수지 교육비라도 벌어볼 심산이었으나, 이제는 수지의 교육비 보다는 수지 아빠 용돈으로 더 많이 쓰이고 있다.

3호실 앞이다. 내가 해야 할 일들을 순서대로 더듬어 본다. 우선, 입구를 지키고 있는 가족에게 제사상을 차리러 왔다고 얘기하고, 신발을 벗고 들어가 영정사진을 향해 묵념을 한다. 그리고 제단에 제사 음식을 차려놓고 상주들에게 다시 한 번 고개를 숙이고 퇴장하면 끝이다. 몸에 익은 일이지만 피곤한 날에는 가끔 실수를 하기도 하기 때문에 고객을 만나기 전에는 긴장이 된다.

- 초우제 신청하셨죠? 지금 차려드릴게요.
- 네.

빈소 입구에 초로의 여자가 서 있다. 어디선가 본 적이 있는 여자다.
가슴이 쿵쾅거린다. 신발을 벗으려다 말고 두 발을 다시 신발 속에 구겨 넣는다. 황급히 수레를 밀고 뛰쳐나오려는데, 그 여자의 날카로운 목소리가 수레를 막아선다.

- 뭐하시는 거예요?
- 아, 제가 호실을 잘못 알고 왔어요. 금방 다시 보내드릴게요.

이른 나이에 혼자 돼 십 수 년 동안 외아들을 홀로 키워야 했던 여자. 자신의 청춘보다 아들을 사랑했던 여자. 자신의 살과 피보다 아들을 더 소중히 여기던 여자. 그래서 그 아들이 사랑하는 여자를 원수로 보던 여자. 그 여자가 지금 3호실에 앉아있다.

10년만인가. 살면서 한 번 정도는 어디선가 마주치지 않을까하고 생각해본 적은 있지만 그곳이 내가 일하는 장례식장일 줄은 꿈에도 몰랐다. 고인의 이름이 뜨는 전광판 앞에 섰다. 방망이질 치는 가슴을 끌어안고 전광판의 이름들을 확인한다.

- 11호실 이문기, 12호실 한동옥, 1호실 박승패, 2호실 강순례.

지인의 이름을 찾는 문상객들로 붐비는 전광판 앞이 순식간에 고요해졌다.
꿀꺽. 침 삼키는 소리가 자명종처럼 그 고요를 깨워낸다.

- 3호실 양준식

양준식. 이 자리에 있으면 안 되는 이름. 양준식. 절대로 마주치지 말아야 할 이름.
그는 왜 여기 누워있는 걸까. 어째서... 10년 만에 죽어서 다시 내 앞에 나타났단 말인가.

마스크와 모자를 사물함 속에 던져 버리고 서둘러 장례식장을 빠져나왔다. 한여름의 무더위와 장마철의 습기가 기다렸다는 듯이 내 몸을 삼켜버린다. 하지만 내 몸 깊숙이, 어디에서부터 시작된 건지 모르는 한기가 덮쳐온다. 집에 가서 눕고 싶다는 생각이 간절하다. 저 멀리 달려오는 택시에 손을 내민다. 택시에 오르며 택시비 만원이면 수지와 수지아빠에게 백숙을 해먹일 수 있는데 라는 생각이 잠시 스쳤지만, 이내 물리친다. 내게도 이런 날 택시 탈 권리쯤은 있어. 전화벨이 으르렁거리며 울린다. 실장일 것이다. 전화를 받지 않자 곧 이어 문자메시지 수신음이 신경질적으로 울려댄다. [근무지 무단이탈은 해고의 사유가 될 수 있습니다.]

해고? 할 테면 하라지. 누가 이따위 일에 미련 있을 줄 알고. 전원 버튼을 눌러 휴대전화기를 꺼버린다.

― 아저씨. 빨리요. 빨리. 조금 더 빨리 가주세요.

10년 전에도 택시에서 '빨리요, 빨리'를 외쳤던 날이 있었다. 그를 한 시라도 빨리 보고 싶어 택시를 탔을 것이다. 거칠 것 없는 택시의 속도가 성에 차지 않아 운전기사에게 '빨리요, 빨리'를 외쳤다. 그 역시 나를 위해 과속을 서슴지 않았던 날이 있었을 것이다. 내게 달려오는 시간을 단축하고자 사원증을 그대로 목에 걸고 온 날도 부지기수였다. 그 모습이 예뻐 난 그의 목을 끌어안고 뭐라고 속삭였던가. 우리는 그렇게 지상의 속도를 초월해 사랑했다. 그리고 나를 향해 달리던 그는 한 순간 급브레이크를 밟고 정차해버렸다.

그 여자는 나와 자신의 아들의 결혼을 극렬히 반대했다. 궁합을 봤는데 점쟁이가 세상에 이렇게 나쁜 궁합은 처음 본다고 했단다. 그것도 모자라 내가 남편 잡아먹을 사주라고.

그녀는 공포에 떨며 날 달랬고, 발작적으로 내게 욕을 했다. 처음에는 넘을 수 있는 벽이라고 생각했다. 내가 잘 하면 될 거라 생각했다. 그도 의욕적이었다. 요즘 세상에 그런 미신 때문에 헤어지는 사람이 어디 있냐고. 하지만 아무리 시대가 변해도 홀어머니의 외아들은 효자일 수밖에 없었다.

― 그렇다고 어머니를 버릴 수는 없잖아.

그에게 관성의 법칙 따위는 적용되지 않았다. 그는 단 한 번의 휘청거림도 없이 멈추어 섰고, 능숙하게 균형을 잡았다. 하지만 내게는 큰 굉음과 함께 선명한 바퀴자국이 남았다. 그리고 우린 다시 만난 것이다. 십년 만에. 장례식장에서.

택시기사는 집 앞에 날 내려두고 만원을 챙겨 멀어져갔다. 집으로 발걸음을 옮기다 말고 멈칫 한다. 집에는 수지 아빠가 있다. 이대로 집에 들어가면 수지아빠와 다툴 것이다. 결혼 후 이 일 저 일을 전전하던 그는 이제 아예 집에서 놀고먹는 일을 선택했다. 그와 헤어지고 반 년 만에 지금의 수지 아빠를 만나 초고속 결혼을 했다. 행복할 거라는 기대는 애초부터 없었으나 이렇게까지 사는 게 고되질 거라고도 생각하지 못 했다. 착한 남자였고, 무엇보다 그에게는 나의 몹쓸 사주를 핑계로 결혼을 반대할 어머니가 안 계셨다.

지금 나의 고단함에 그의 책임은 어느 정도 있는 걸까. 꼭 그만큼 그의 죽음에 내 책임도 있는 걸까. 그는 왜 죽은 걸까. 교통사고는 아니었다. 영정사진이 준비 돼 있었고, 빈소 분위기도 차분했다. 나와 세 살 차이가 났으니 올 해 그는 서른여덟이 됐을 테지. 도대체 그에게 10년 동안 무슨 일이 있었던 걸까. 알아야겠다. 나와 결혼하지 않았는데도 죽어버린 이유를 나는 알아야겠다.

　- 이번 한 번 뿐 입니다. 또 다시 이런 일이 생기면 그 때는 끝입니다. 끝. 알아들었죠?

　실장은 사납게 소리쳤지만 날 내치지 않았다. 단 2시간의 무단이탈로 누군가를 해고하기에 조리실은 너무 바빴고, 죽은 자들을 위해 차릴 음식은 너무 많았다.
　저녁상식을 올릴 시간이다. 다시, 3호실로 갈 준비를 하고 있다. 수레에 나물과 전을 올린다. 그리고 크고 실한 수박 한 덩이를 골라 올린다. 내가 그의 죽음에 해줄 수 있는 일은 딱 이만큼이다. 죽음으로 모든 것을 용서 받을 수는 없으니까. 수레를 끌고 나오며 다시 한 번 유리문을 째려본다. 입 꼬리를 앙 다물고 오랜만에 눈동자를 응시한다. 그가 사랑했던 눈동자. 하지만 그 여자가 꺼림칙해 했던 눈동자. 빛나던 그 눈동자는 어디 가고, 피곤함과 억척스러움만이 남아있다. 자신의 아들을 죽게 할 원인으로 날 지목했던 그 여자는 이 눈동자를 다시 알아볼 수 있을까.

– 상식 올려드리겠습니다.

3호실로 수레를 밀고 들어간다. 입구를 지키고 섰던 여자가 보이지 않는다. 어디로 간 것일까. 목에 걸쳐뒀던 마스크를 다시 올려 쓴다. 긴장감이 물러가자 얼굴에 열이 올랐다 내린다. 신발을 벗고 빈소에 들어선다. 차마 고개를 들지 못하고 등을 돌린다. 옆에 있던 장례지도사가 수박을 받아 든다. 고개를 들면 그가 서있겠지. 그는 날보고 어떤 표정을 지을까. 당혹스러워할까. 반가워할까. 우리 둘 다 예상치 못했던 재회. 그리고 원하지 않았던 재회. 저기 있는 사진 속에 있는 사람이 그가 아니라 단지 동명이인이라면. 내가 본 여자가 단지 그의 어머니와 닮은 여자였다면. 차라리 지금 이 순간이 꿈이라면. 메와 국을 제단 위에 올려놓고 정면을 응시했다.

그다. 10년 전 나와 살면 죽게 될까봐 내게서 도망쳤던 남자. 내가 아닌 자신의 어머니를 선택했던 남자. 그 남자가 사진 속에서 날 바라보고 있다. 반사적으로 몸을 오른쪽으로 돌렸다. 그곳에는 그의 부인인 듯한 여자가 서 있었다. 그 여자에게 목례를 하고 고개를 드는데 바람피우다 본처에게 들키기라도 한 듯 수치심이 몰려온다. 이제 막 서른을 넘겼을까 말까한 여자. 핏기 없는 얼굴이지만 그 안에 화사함이 가득하다. 사랑을 많이 받고 산 얼굴이다. 하얀 상복 속에 숨기고 있지만 고상함이랄까. 나는 한 번도 가져본 적 없는 기품이 툭툭 삐져나온다. 그녀는 어떻게 그의 어머니를 꺾고 그의 아내 자리를 차지했을까. 그리고 그의 어머니를 겪어내고도 어떻게 부식하지 않았을까. 그녀는 어떤 사주이기에 지금 그의 곁에 서있을 수 있을까. 그녀의 사주는 좋은 사주일까. 빌어먹을 사주일까. 다른 남자의 여자가 되어 그의 미망인을 바라보고 있는 나는 행운아일까. 불운아일까.

그의 어머니를 다시 마주한 것은 다음 날, 7호실 복도 앞에서다. 나는 7호실을 지나 12호실에 초우제 음식을 차리러 가는 길이었고, 그의 어머니는 입관하러 가는 길이었다. 그 곁에는 그의 부인이 서 있었다. 만약 내가 저 자리에 있었다면 저 여자는 당장이라도 내게 달려들어 내 온 몸을 물어뜯어놓았겠지. 너 때문에 금쪽같은 내 아들이 죽었다고. 남편 잡아먹은 못된 년. 너도 같이 죽어라고 발악했겠지. 확인하고 싶다. 저 여자가 그의 부인에게 소리 지르는 모습. 미치도록 확인하고 싶다. 그의 마지막 모습. 확인해야겠다.

장례지도사 김 선생에게 다짜고짜 이번에 진행되는 입관식에 들여보내달라고 사정했다. 김 선생은 입관식 도중 깨어난 시신을 바라보듯 내 얼굴을 빤히 바라봤다. 결국, 사실대로 얘기할 수밖에 없었다. 차가운 냉장실, 세 번째 칸에 내가 사랑했던 남자가 누워있다고. 하염없이 눈물이 났다. 그와 헤어지고 한 번도 흘린 적 없는 눈물이다. 그동안 살면서 눈물 흘릴 일이 없어서가 아니라 그와의 이별보다 슬픈 일이 없었기 때문이다. 김 선생도 내 눈물에 놀랐는지 입관실 안 쪽 상주들이 보이지 않는 아주 협소한 공간을 내주었다. 죽어도 얘기하고 싶지 않았지만 더 죽도록 그가 보고 싶었다.

그가 누워있다. 커튼을 젖히자 남겨진 자들의 슬픈 얼굴들이 나타났다. 김 선생님은 그의 몸을 덮고 있는 흰 천을 들춰냈다. 눈을 꼭 감은 그의 얼굴이 시야에 들어왔고, 유리창 밖에서는 울음소리가 터져 나왔다. 저 얼굴이 내가 사랑했던 남자의 얼굴이란 말인가. 믿어지지 않아 하마터면 그의 곁으로 달려갈 뻔 했다. 그는 오랜 투병생활을 한 사람처럼 야위어 있었다. 그의 몸 어디에도 나와의 시간을 간직할 공간은 없어보였다. 유리창 밖에서 들려오는 울음소리 중에 그 여자의 울음소리도 섞여 있을 거라고 생각하니 소름이 끼쳤다.

김 선생의 이마에 줄곧 땀이 흘러내렸다. 그의 육신은 아무런 저항도 할 수 없는 시체였지만 성인 남자였고, 성인 남자의 몸을 이리 굴리고, 저리 굴리며 수의를 입히는 일은 쉽지 않았다. 그는 노란기가 도는 삼베옷이 참 잘 어울렸다. 딱 봐도 값비싼 수의 같았다. 그의 어머니가 마련해 준 것이리라. 자식새끼 저승 갈 때 입을 옷까지 마련해주시다니, 자식 사랑 한 번 극진하시네요. 인생지사 새옹지마라더니 당신 덕분에 과부신세는 면했네요. 당신의 사주팔자는 어떻기에 남편을 잡아먹고, 이렇게 자식까지 앞세우시는 건가요.

김 선생의 손길은 바빴지만 정성이 가득했다. 얼굴에 연하게 화장을 하니 혈색이 조금 돌아와 보였다. 저대로 일어나 내게 뚜벅뚜벅 걸어와, 여기서 뭐하냐고. 내 손을 잡고 이곳을 빠져나갈 것 같다. 김 선생은 곧이어 머리를 빗겼다. 머리에 물을 묻혀 빗질을 하니 듬성듬성 머리가 빠져 흉한 몰골이 정리가 됐다. 잠시 잠깐. 김 선생이 내 쪽을 바라본다. 이제 가족들이 들어 와 작별 인사를 할

차례라는 뜻이다. 김 선생이 문을 열자 그의 가족들이 줄지어 들어왔다. 맨 앞에는 역시나 그의 어머니가 서 있다. 그리고 그 뒤에는 그의 부인이 서있다. 그의 어머니가 그의 이마에 손을 올린다. 아무 말 없이 울고만 있다.

― 수의에 눈물 묻히는 거 아닙니다. 그만 우시고 작별 인사 나누세요.

김 선생의 말에 그의 어머니는 결심이 섰다는 듯 그의 얼굴을 끌어안는다. 세상 가장 소중한 물건을 손에 넣은 것처럼 조심스럽다. 무어라 말을 하는데 울음소리에 뒤섞여 알아들을 수가 없다. 그 여자 뒤로 그의 부인이 다가선다. 어깨를 감싸고 순한 아기를 달래듯 다독이기 시작한다. 그의 어머니가 몸을 돌려 그 여자 손을 잡는다. 맞잡은 두 손이 그의 손을 잡는다. 그의 여자 둘이 그렇게 함께 울고 있다.

― 고인께 하고 싶은 말씀이 그렇게 없으세요? 지금 울기만 하면 나중에 후회하십니다.

그의 부인이 마음을 진정시켰는지 그의 얼굴에 자신의 얼굴을 부비며 무어라 속삭인다.
난 저 순간 그에게 어떤 말을 했을까. 떠나는 그 사람 앞에서 저 여자의 손을 잡아줄 수 있었을까.

그와 작별 인사를 나눈 가족들이 모두 빠져나가고 유리문이 다시 닫혔다. 이 공간에는 다시 김 선생과 보조인 장 선생. 그리고 나와 그만이 남겨져 있다. 김 선생과 장 선생은 그의 몸을 어르고 달래며 삼베로 무장시켰다. 그는 전쟁터에 나가는 장수처럼 위풍당당해졌다. 하지만 이내 김 선생과 장 선생의 손에 번쩍 들려 관 속으로 들어갔다. 가족들의 울음소리가 전보다 크게 들려왔다. 마지막으로 김 선생이 관 뚜껑을 닫았다. 그 순간, 그의 생애가 끝나는 소리가 들렸다. 그리고 더 짧았던 우리 사랑이 내게 등을 돌리는 모습이 보였다.

- 3호실 입관식 후 상식은 이 여사님이 처리했어요. 내일 발인제 음식도 이 여사님이 처리하기로 했으니 신경 쓰지 말아요.

다행히 실장은 그렇게 몰인정한 놈은 아니었다. 입관식이 끝나고 한 숨 돌리고 조리실로 들어서는 내게 실장은 불호령이 아닌 어색한 미소를 건넸다. 그러면서 실장은 한 마디 덧붙였다. 장례식장에서 일한지 10년이 넘었는데 이런 일은 처음이라고. 얼마나 깊은 사이였는지는 모르겠지만 두 분이 운명은 운명인가 보다고. 인정은 있을지 몰라도 눈치는 없는 실장의 말에 애꿎은 대추를 손톱으로 뭉개버렸다. 그는 잘 가고 있을까. 지금 어디쯤 가고 있을까. 내가 지켜보고 있던 것을 알고 갔을까. 그 순간 작은 섬광이 뒤통수를 치고 지나갔다. 내가 이렇게 그만을 생각해 본적이 있던가. 양준식 하면 항상 그의 어머니가 연쇄적으로 떠올랐다. 그리고 그와 함께 수습 되지 못 하고 묻혀 버린 분노가 들끓다 가라앉고는 했다. 그런데, 지금은 내 온 몸의 세포 하나하나가 그를 향해 있다. 있었던가. 이렇게 그에게 집중해본 적이. 난생 처음으로 그에게 미안하다는 생각이 들었다.

– 수지 아빠. 나 오늘 장례식장에서 밤새야 할 것 같은데... 어쩌지? 응. 회사에 좀 안 좋은 일이 생겼어. 미안해. 내일 아침에 수지 챙겨서 학교 잘 보내고. 미안해. 수지 등교 시간 맞춰 전화할게. 미안해.

새벽 2시. 캄캄한 조리실에 불을 밝히고 섰다. 아침 7시 발인 시간에 맞추려면 서둘러야 한다.
그의 발인제에 올릴 제사상은 내가 그에게 손수 만들어 주는 첫 식사이고, 우리 재회의 만찬이다. 사랑이란 거창한 것이 아닌 상대방을 위해 밥 한 끼를 지어주고 싶은 것. 그리고 그 밥이 그 사람에게 위로가 되고 기쁨이 되길 바라는 것. 그걸 알기에 10년 전 나는 젊었고, 사랑이라는 환상에 갇혀있었다. 무엇을 먼저 해야 할지 몰라 정신이 아득해진다. 정신을 차리고 고기를 집어 든다. 장례식장에서 쓰는 고기는 호주산이어서 밖에 나가 한우를 사왔다. 최고급 한우는 아니지만 산적거리를 만들면 가장 맛있다는 채끝살 부위를 골랐다. 우리 땅에서 나고 자란 한우를 먹으면 더 힘이 날 것 같아서. 간장에 파와 깨소금, 참기름을 넣고 마늘을 다진다. 콩콩콩. 마늘 찧는 소리가 조리실을 가득 채우고, 나를 깨우고 있다. 마늘을 곱게 다져 간장 속에 넣고 냉장고에서 배를 하나 꺼낸다. 양념에 넣을 거지만 잘 생기고 빛깔 고운 배로 선택한다. 흐르는 물에 배를 씻고, 행주로 물기를 닦아 낸다. 배가 이제 막 세수를 마친 딸애 얼굴만큼이나 말갛다. 스물다섯 살. 난 그 앞에 새치름하게 앉아 과일을 깎으며 사는 인생을 얼마나 꿈꿔왔었나. 둥그렇게 잘 깎은 배를 강판에 대고 문지른다. 달콤한 배향이 코끝을 찌른다. 검지로 찍어 먹어 본다. 시원하고, 달콤하다. 준식씨... 참 좋아하겠네.

미리 만들어 놓은 양념장과 배 즙을 차례로 다듬어 놓은 고기에 붓는다. 양념이 드는 동안 밤을 깎기로 한다. 밤 가위가 없어 과도로 딱딱한 껍질을 벗겨낸다. 알맹이에 꼭 붙어있으려는 밤 껍질을 안간힘을 다해 떼어놓는다. 마치 그에게서 나를 떼어 놓은 그 당시 그의 어머니처럼. 엄지와 검지 사이가 욱신욱신 쑤신다. 수돗물을 틀어 손을 닦는다. 장례식장에서 일한지 5년. 그를 위해 제사 음식을 마련하며 처음 알았다. 제사음식을 마련하는 것은 죽은 자를 위한 것이기도 하지만 산 자를 위로하기 위한 것이기도 하다는 것을.

새벽 6시 40분. 수레에 제기접시를 하나씩 올려놓는다. 밤새 음식 냄새를 맡은 탓인지 멀미가 난다. 가만히 지켜보던 동료들이 제기 접시를 옮기며 한 마디씩 보탠다.

- 그래. 그렇게 해서라도 한이 풀어진다면 해야지 어떡하겠냐. 실장은 오늘 늦는다고 했으니까 너 하고 싶은 대로 해라.

― 어머나. 언니 그런데 이건 뭐야? 이것도 상에 놓으려고?

　자두 맛 사탕. 그가 제일 좋아하던 사탕이다. 담배를 안 펴서 그런지 그는 군것질을 나만큼이나 좋아했다. 그중에서도 특히 좋아했던 것은 자두 맛 사탕. 한 번은 둘이 누가 자두 맛 사탕을 더 많이 먹는지 내기를 한 적이 있었다. 입이 달다 면서도 내기를 멈추지 않았다. 마지막에는 우유를 사서 녹여 먹기까지 했는데 그 때 누가 이겼었는지는 기억나지 않는다.
　자두 맛 사탕은 아주 어린 시절, 아버지께서 살아생전에 사주셨던 간식이라고 했다.
　투명한 얼굴에 뺨을 살짝 붉힌 자두 맛 사탕을 처음으로 손에 쥐고 그는 차마 입에 넣지 못 했다고 했다. 먹어 없애 버리기에는 지나치게 예쁜 사탕. 그 맛이 궁금했지만 차마 먹지 못 하고 다시 포장지에 싸서 주머니에 넣고 며칠을 다녔다고 한다. 그러다 어머니가 그 바지를 빨아버려 사탕도 먹지 못 하고, 어머니께 혼이 났다고 했다. 다음 날, 그의 아버지는 자두 맛 사탕 세 봉지를 사오셨다고 했다. 저녁상을 물리기도 전에 그의 입에 하나, 그의 어머니 입에 하나씩 물려주시며 웃었던 그 얼굴이 아직도 눈에 선하다고 했다. 그가 그의 아버지를 얘기할 때, 한 번도 본 적 없는 그 얼굴이 나도 그리워졌다. 그는 아버지가 사다 준 자두 맛 사탕을 입에 넣고, 어떤 세계를 만났을까.
　그렇게 좋아하는 자두 맛 사탕이지만 그는 그의 어머니 앞에서는 절대 먹지 않았다. 혹시라도 어머니가 자두 맛 사탕으로 인해 아버지를 떠올리고, 슬퍼할까봐. 어쩌면 우리 사랑은 그에게 자두 맛 사탕 같은 것이 아니었을까. 그는 사탕도 우리 사랑도 소중하게 간직하고 싶었지만, 결국 어머니에게 빼앗기고 말았다. 그리고 어머니 앞에서는 더 이상 사탕도 우리 사랑도 철저하게 금지시켜야 했다. 제기접시에 한 가득 올려 진 자두 맛 사탕 하나를 집어 든다. 포장지를 야무지게 찢어 입 안으로 쏙 집어넣는다. 향긋하고, 달큰한 자두 향이 입 안 가득 퍼진다. 10년 만에 맛보는 자두 맛 사탕이 너무 달아 비현실적으로 느껴진다. 사탕. 녹아버리면 그만인 것. 어쩌면 녹기 전에 깨져버릴 수도 있는 것. 내게도 사랑은 이 자두 맛 사탕 같은 것인지도 모르겠다.

그의 어머니와 그의 부인이 나란히 서있었다. 신발을 벗고 들어가 그를 한 번 쳐다본다.
수레에 싣고 온 제사음식을 하나둘 옮겨 놓는다. 내 행동이 굼뜬게 답답했던지 장례지도사가 거들기 시작했다. 자두 맛 사탕이 가득 올려 진 제기 접시 위에 장례지도사의 손길이 멈칫한다.

– 이건 뭐예요?
– 이건 제가 올릴게요.

장례지도사가 말릴 틈도 없이 자두 맛 사탕이 올려 진 제기접시를 그의 영정사진 바로 앞에 놓아둔다. 멍하니 서있던 그의 부인이 혼잣말 인 듯, 나지막하게 속삭이는 소리가 내 귓가를 때렸다.

- 자두 맛 사탕?

비난의 감정이 실리지 않은 목소리다. 그녀는 모르고 있다. 나만이 알고 있는 그의 취향. 자두 맛 사탕의 포장지를 뜯다가 손이 벤 것처럼 아릿하다. 어서 빨리 목례를 하고 나가야 하는데 발이 떨어지지 않는다. 뒷걸음질 치지도, 그렇다고 몸을 돌려 걸어 나오지도 못하고 어정쩡하게 서 있는데 아주 또렷한 목소리가 들려왔다.

- 우리 애가 좋아하던 거예요. 제가 부탁한 건데 잊지 않고 준비해줘서 고마워요.

그의 어머니였다. 마스크로 덮은 콧잔등에 식은땀이 맺혔다. 목례를 하는 둥 마는 둥하고 3호실을 빠져나왔다. 조리실에 수레를 밀어 넣고 화장실로 향했다. 그 여자가 날 알아본 건가. 언제부터 알고 있었던 걸까. 화장실 변기에 앉아 심호흡을 크게 세 번 하고 발밑을 내려다 봤다. 나의 것인지 남의 것인지 감각이 없는 발에 신발이 짝짝이로 신겨져 있었다.

그의 영정사진이 복도를 지나고 있다. 그리고 그 뒤를 조촐한 장례 행렬이 뒤따르고 있다.

이제 내 차례이다. 그들이 계단을 올라가는 것을 확인하고 나도 그 뒤를 따르기 시작한다. 저 앞에 그를 닮은 뒤통수가 보이는 것 같다. 운구해줄 사람들이 정해지지 않았는지 이 사람 저 사람이 운구 차량 뒤에 섰다, 들어갔다, 다시 섰다를 반복했다. 문득, 인간은 참 가여운 존재라는 생각이 들었다. 태어나는 순간에도, 죽는 순간에도 남의 손에 육신을 맡겨야 하는 운명. 남에게 피해를 주지 않기 위해 아등바등 살지만 결국에는 민폐를 끼치고 마는 족속들.

어렵사리 운구해 줄 여섯 명이 정해졌다. 그의 육신을 실은 엘리베이터가 도착했는지 삐소리와 함께 엘리베이터 문이 열렸다. 그리고 그 순간 그 여자의 곡소리가 귀를 때렸다.

– 아가. 아가. 미안하다. 엄마가 미안하다. 엄마가 잘못했다. 이 엄마가 미안하다.

그의 부인은 그의 어머니를 부축했고, 조 선생의 지휘에 맞춰 여섯 사람이 그의 관을 번쩍 들어올렸다. 그의 부인도 흐느끼는지 얼굴이 일그러졌다. 두 여자가 다시 손을 잡고 관을 쓸어 내렸다. 입관식 때 그의 얼굴을 어루만졌던 것처럼 그렇게. 이제 그는 운구차에 몸을 실었다. 조 선생이 그의 관을 다시 한 번 고정시키고 차 문을 닫았다. 그의 또래로 보이는 한 남자가 차 옆에 오도카니 서 있다. 그의 죽음이 믿기지 않는다는 듯 발을 떼지 못 한다. 그 앞으로 조 선생이 유족들을 버스로 안내하는 게 보였다. 운구차 옆에 남아 있던 남자가 나를 한 번 흘깃 쳐다본다. 혹시라도 알아볼까 싶어 재빨리 고개를 돌린다. 마지막으로 그가 버스에 오르자 버스 문이 닫힌다. 조 선생이 운구차량에 묵념을 하고 차를 출발시킨다. 그리고 그 뒤로 그의 가족들이 탄 버스가 출발한다. 그가 또 다시 내게서 떠나고 있다. 10년 전에도, 10년 후에도 그는 그렇게 나를 혼자 두고 떠났다. 나는 눈으로 그를 좇으며 손에 든 모자와 마스크를 땅에 내려놓는다. 옷매무새를 다듬고 두 손을 모은다. 오른 손을 왼 손 위에 포개어 놓고 어깨 높이로 들어올린다. 그의 운구차량이 장례식장 정문을 빠져나가는 것을 확인하고 고개를 숙여 손등에 이마를 댄다. 그리고 그대로 바닥에 주저앉아 허리를 깊이 숙인다. 오래도록 그렇게 바닥에 앉아 고개를 들지 않았다. 그것은 내가 태어나서 해 본 가장 큰 절이었다.

수상소감

소설 부문 동상

실타래

이하정(이숙희)

　글 쓰는 일의 즐거움을 아는 사람들이 많은 세상입니다. 글이 주는 많은 것들이 있습니다. 글이 가져가는 것들도 또한 있겠지요.

　글을 읽고 쓰고 읽고 쓰는 과정들 속에서 하루가 가고 하루가 옵니다. 배워서 남 주는 세상입니다. 배워서 남 주고 배워서 나도 받고 서로 나누는 세상, 글 쓰는 세상에서 가능한 일입니다.

　동글숲에서 날마다 만나는 이들이 있습니다. 글을 쓰고 나누는 과정 속에서 우리는 조금씩 키가 커갑니다. 서로의 자라는 키를 웃으며 재어보는 우리들이 좋습니다. 치열하게

앞으로 나가는 존재, 로서의 사유, 튼튼해지기를 바랍니다.
　자기구원으로서의 앎이 자기수련으로서의 글쓰기와 만납니다. 읽고 쓰는 일은 나를 구원하는 길입니다. 나는 곧 우리입니까? 안정된 자세는 항상 우아한 법입니다.
　정확한 답을 찾기 위해 먼저 정확한 질문을 하겠습니다.
　고맙습니다.

소설 부문 동상

실타래

이하정(이숙희)

"할머니, 또 오셨어요?"

젊은 경관이 말을 건넨다. 어지간히 낯익은 모양이다. 아이고, 반가워라, 내 자네 보고 싶어 일부러 왔네, 라고 뻔뻔하게 인사말이라도 건넬 걸 그랬나. 대강 수습이 되었는지 아들 녀석이 나가자고 채근한다. 아들은 다시는 이런 일이 없도록 하겠다며 몇 번이나 고개 숙여 인사한 뒤 나오자마자 다그친다.

"어머니, 안 그러겠다고 몇 번이나 약속하셨어요. 네? 도대체 왜 그러세요?"

아들은 난감한 표정으로 손깍지를 꼈다 풀었다 주머니에 넣었다 뺐다 정신없다. 나도 미안한 마음이 없는 것은 아니다. 그런데 어느 순간인가부터 맘에 드는 물건이 있으면 계산도 하지 않고 밖에 나와 있곤 했다. 다행히 사람들에게 걸리지 않으면 그냥 넘어갈 일이었지만 나의 행동이 어딘지 모르게 자연스럽지 않고 황망하게 움직이는 모습을 주시하고 있는 누군가라고 있는 날이면 영락없이 절도범이 되어버리곤 했다.

처음 계산도 하지 않고 그 자리를 벗어나려한 건 편의점에서였다. 입구 유리창엔 새로 나온 햄버거를 싼 가격에 판다는 문구와 함께 예쁘장한 여자아이가 햄버거를 입에 넣는 시늉을 하며 포스터 속에서 나를 향해 웃고 있었다. 문을 열고 들어서자 젊은 아이들이 좋아할 만한 빠른 속도의 음악이 귀를 찔렀다. 창가 쪽 자리에선 컵라면에서 올라오는 김을 쐬며 두 명의 여자아이들이 정신없이 라면을 먹으며 재잘거리는 중이었다. 자극적인 냄새가 코를 찔렀다. 아이들과 조금 떨어진 자리에 60대 후반쯤의 노인이 맥주를 들이켜고 있었다. 뒷모습 밖에 보이지 않았다. 그는 감색 체크무늬 와이셔츠에 검정색 바지와 구두를 신었다. 언뜻 스쳤지만 노인들에게서 나는 살비듬 냄새는 나지 않았다. 자고 일어나 이불을 갤 때면 하얀 가루들이 떨어졌다. 세월이 조금씩 내게서 떨어져나가고 있다. 죽은 세포들은 몸에 붙어 있지 못하고 자꾸만 떨어져나갔다. 검버섯도 조금씩 늘어간다. 검버섯을 볼 때마다 못 볼 것을 본 것처럼 몸이 파르르 떨렸다. 그의 반백의 머리에서도 세월의 흐름이 느껴졌다. 요즘 노인들은 다 젊다. 머리 색깔로만 보면. 젊은이들로만 가득 찬 나라. 나이를 먹지 않는 나라. 젊음은 이 시대의 권리이며 이상이다. 그의 희끗희끗한 머리는 그래서 눈에 띄었다. 고개를 돌리니 고수머리 남자아이가 냉장고에서 카스 라이트 캔을 꺼내고 있다.

여러 칸으로 구획이 정해진 진열대 사이를 천천히 걸었다. 일용품을 진열해놓은 코너에서 눈에 띈 것은 면도기였다. 일회용으로 날카로운 날은 불투명한 파란색 커버가 끼워져 있었다. 한 개를 집었다. 맥주를 마시고 있는 노인과 맥주 캔을 빼내 계산대로 향하는 고수머리 남자아이를 번갈아 바라보다 왼쪽 주머니에 슬쩍 집어넣었다. 다음으로 시선을 끈 물건은 생리대였다. 그것들은 예쁘고 현란하게 포장되어 있었다. 더 이상 내게 필요하지 않지만 탐이 났다. 이름도 다양하고 다양한 이름들만큼 느낌도 다양했다. 나는 생리대 뭉치 중에서 하나를 꺼냈다. 뽀송뽀송한 느낌이 그대로 전해졌다. 너무 예뻐서 쓰기가 망설여질 것 같았다. 나는 서둘러 생리대를 가슴에 안았다. 아무 생각 없이 문 쪽을 향했다. 작은 공간인데도 나는 그 공간을 쉽게 빠져나오지 못했다. 한 쪽 벽 구석에 설치된 동그란 거울이 볼록하게 나를 보여주고 있었는데 거울을 바라보다 점원과 눈이 마주쳤다. 거울 속에는 생리대를 가슴에 안은 노인이 움직이고 있었다. 경계하며 여기저기 정처를 두지 못한 채 불안하게 움직이는 눈빛이 보이는 듯했다. 꽃무늬 상의에 하늘색 바지를 입고 있었는데 여름이 느껴지는 시원스런 색깔이었다. 뜨거운 태양 아래 해안선을 따라 죽 늘어선 모래사장과 잘 어울려 보였다. 점원은 뚜벅뚜벅 걸어와 나를 가로 막았다.

"계산도 안 하고 가시려고요?"

"아니, 그게 아니고…."
"그게 아니고 뭐요?"
"내가 정신이 없어서 그만…."
"정신없는 노인네가 밖엔 뭐 하러 돌아다니는데요?"
"……."

맥주를 마시던 노인이 우리를 바라보았고 고수머리도 표정 없이 날 쳐다보았다. 고수머리는 맥주 캔을 딸깍, 소리가 나게 따서는 입에 대고 마시며 편의점 문을 밀고 밖으로 나갔다. 음악에 취해 있는지 이야기에 취해 있는지 여자아이들은 돌아보지도 않고 라면을 먹으며 자기들만의 세계에 빠져 있었다.

"무슨 일이오?"
"아, 이 할머니가 정신없다면서 계산도 않고 그냥 나가려고 하잖아요!"
"아, 그거 내가 계산하리다. 그럴 수도 있지 그렇게 소릴 지르면 쓰겠소?"

노인은 조용히 계산을 치렀다. 검은 비닐봉지를 달라고 하더니 생리대를 비닐봉지에 넣어서 내게 건네주었다. 나는 무심결에 봉지를 받아들었다. 나는 난감했다. 어떡하지? 이렇게 있어야 하나. 노인이 오른팔을 잡으며 말했다. 그의 손은 따뜻했다. 한여름 냉방은 살갗에 소름이 오소소 일어나도록 으스스했다. 나갑시다. 노인과 함께 편의점을 나왔다. 햇살이 눈부셨다. 그의 얼굴을 바라보지도 못하고 고맙다는 말도 없이 나는 황급히 자리를 떴다. 그는 나를 부르지 않았다. 등이 따가웠지만 내처 앞으로 걸었다. 다리가 아파 더 이상 걸을 수 없을 때까지. 나의 허둥지둥하는 뒷모습이 그에게 어떻게 비춰질까 부끄러웠지만 어쩔 수 없었다. 나는 검은 비닐봉지를 가슴에 꼭 안았다.

'생리를 축하한다.'

이런 말을 해 준 사람은 없었다. 열다섯부터 생리를 했다. 새벽부터 기분이 이상했다. 아랫배가 무거웠다. 아래쪽에서 피가 흘렀다. 당혹스러웠다. 몸에서 뭔가가 쑤욱 빠져나가는 느낌이었다. 동시에 흰둥이가 떠올랐다. 얼마 전 녀석은 몸피 뒤쪽에서 피를 흘리며 돌아다녔다. 왜인지 궁금하지 않았고 다쳤다는 생각도 들지 않았으며 더럽다는 생각만 들어서 돌을 들어 녀석을 향해 힘껏 던졌다. 녀석은 끙끙거리며 뒷간으로 돌아갔다. 녀석이 왜 그랬는지 그제서야 알 것 같았다. 피를 만져보았다. 손에 묻은 피는 묽었다. 두 손가락으로 비볐다. 묽은 피는 손가락 지문 사이로 스며들었다. 어머니는 이렇다 저렇다 말 한 마디 없이 광목천으로 만든 생리대를 몇 개 건네주었다. 내 손으로 한 뼘하고도 반 정도의 길이였는데 몹시 길고 두꺼웠다. 그리고는 겨우 이걸 하고 다녀라, 무심히 말했다. 광목천은 빳빳했다. 시간이 지나면서 조금씩 부드러워졌다. 광목천을 잘라 생리대로 사용하는 방법을 터득하고 나서도 흰둥이에게 생리대를 만들어주진 못했지만 먹고 남은 밥이 있으면 얼른 뛰어가 흰둥이그릇에 쏟아주며 정신없이 혀를 놀리는 녀석을 바라보았다. 광목천이 빨갛게 물들거나 검붉게 물들면 몇 개씩 모았다가 찬물에 담가 핏물을 뺐다. 핏물은 말간 찬물과 섞여 묽어졌지만 몇 번을 비벼 빨고 나서도 흔적이 남았다. 그러면 끓는 물에 삶아야 했다. 삶아서 다시 말간 물이 나올 때까지 행궜다. 행궈서 깨끗해진 광목천을 그러나 밝은 대낮 하늘 아래서 말릴 수는 없었다. 그것들은 항상 그늘에서 말려졌다.

생리대를 바라보면 유년시절과 맞닿아졌다. 생리를 처음 하던 때의 놀람과 슬픔은 내가 여자라는 사실을 항상 떠올리게 한다. 이미 그 미래를, 그 가능성을 살아버린 난 그래서 생리대를 만지는 게 좋다. 이제는 여자가 아닌 늙어가는 노인네에 불과하다. 어느 누구도 나를 여자라고 보지 않는다. 나는 그저 하나의 사물이다. 사그랑이. 방에 들어가 장롱을 연다. 거기엔 생리대의 무덤들이 있다. 쓰지도 않을 생리대를 차곡차곡 훔쳐서 모아놓은 나만의 전리품들. 난 생리대를 사지 않는다. 훔친다. 이미 젊음은 내가 살 수 없는 어떤 것이다. 나는 그것을 훔치고 싶다. 가능하다면. 나는 거기에서 여자를 본다. 나의 젊음을 본다. 팔딱팔딱 숨 쉬던 급한 성격의 젊은 나와 젊은 여자를 본다. 젊은 나와 젊은 여자는 편의점 어느 매장에선가 훔쳐져 장롱 어둠 속에서 날마다 낡아간다. 나는 버려지고 있다. 폐기되고 있다. 푸석푸석 말라가다가 그만 바스락거리는 먼지가 되어 사라져 버릴지도 모른다. 그런 공포가 나를 잠들지 못하게 한다. 밤을 새는 날이 많아졌다.

한동안은 헌 책들을 사면서 시간을 지워나갔다. 시간이 내게 구체적으로 의미를 부여받을 수 있다면 좋으련만 즐거운 일이 딱히 없는 내게 사물화 되어가거나 정물화 되어간다는 느낌에 사로잡힌 내게 책이란 숨구멍이면서 동굴이었다. 논리적으론 개연성이 닿지 않는 우스운 이야기들이 그리스 로마신화 같은 책 속에 산적해 있어 시간가는 줄 모르고 책방에 앉아 해가 질 때까지 책을 읽곤 했다. 미로에 관한 이야기는 무척이나 안타깝고도 매력적인 이야기였다. 나는 혼자서 조용히 읽어내려 갔다. 아이에게 읽어주듯이.

　미노스왕의 아내가 부정을 저질러 황소 머리의 아이를 낳았대. 그가 바로 미노타우르스야. 분노한 왕은 다이달로스에게 미노타우르스를 가둘 우리를 만들게 했단다. 그것을 레버린스 혹은 미궁이라고 부른단다. 매우 교묘하고 정교하게 만들어져서 들어가긴 쉬웠지만 나오긴 힘든 미로였대. 미노타우르스는 너희 같은 어린 아이들만 잡아먹었어. 미노타우르스를 가뒀지만 죽일 순 없었던 미노스는 제물로 바쳐진 아이들을 미로 안으로 들여보냈대. 아이들은 레버린스를 빠져나오지 못하고 공포 속에서 헤매다 마주친 미노타우르스에게 잡아 먹혔지. 아리아드네라는 실을 잣는 처녀가 있었는데 미노타우르스를 없애러 떠나는 테세우스라는 사람에게 실타래를 하나 주었대. 테세우스는 실의 한 쪽 끝을 입구 기둥에 단단히 동여매고서 컴컴한 레버린스 안으로 들어가서 미노타우르스를 죽인 다음 아이들을 데리고 실을 따라 되돌아 나왔대. 이때부터 아리아드네의 실타래란, 아주 어려운 일을 해결하는 방법이나 물건을 가리키는 말로 사용된다는구나.

　아이가 무서워하다가 안도하는 모습을 상상하며 난 행복한 미소를 지었다. 해가 진 것도 모르고서 말이다.

　글벗서점 공씨책방 숨어있는책 우리동네책방 등 듣기만 해도 정겨운 이름들로 이루어진 책방들은 채워지지 않는 무언가를 조금씩 채워주었고, 시간이 흐름에 따라 어느 서점 어느 위치에 어떤 책이 있었는지, 가령 프랑스 동물학자 이브 파칼레의 '걷는 행복'이 오른쪽 구석 책장 위에서 아래로 세 번째 칸에 이름도 알려지지 않는 강 민주 시인의 시집 옆에 꽂혀있다는 사실을 나는 자연스레 알게 되었다. 하지만 요즘엔 헌책방 찾아다니는 일을 하지 않는다. 나는 헌책방을 잊으려고 한다. 헌책방의 먼지와 곰팡내를 잊으려고 한다. 늙어가는 나를 바라보는 것 같다. 나는 집을 나섰다. 다리가 아파 쉬어야겠다 싶을 무렵에야 서점에 도착했다. 서점은 사람들로 북적였다. 헌책방의 여유로움과 곰팡내와는 달리 첨단의, 방대한 양의 서적을 갖춘 서점이었다. 주말이면 넉넉한 시간을 가지고 둘러보는 게 좋다. 내가 자리 잡고 서는 곳은 나보다 좀 더 나이 든 작가인 박완서와 나란히 꽂힌 무라카미 하루키의 소설 앞이었다. 박완서는 내가 갓 태어났을 때 나보다 아홉 살쯤 더 먹은 아이였을 것이다. 무라카미 하루키는 내가 아홉 살이었을 때, 아직 세상에 존재하지 않는 씨 한 톨이었을 지도 모른다. 아니야, 이제 막 울음을 터뜨리며 세상에 나올 때였을까. 그러한 그가 이렇게 서점의 한 자리 차지하고 있다. 차라리 작가라도 될 걸. 나는 왜 작가가 되지 못하였을까. 작가란 무척 많이 알고 많이 사유해야 하며 많은 여행을 하고 많은 것들을 토해낼 수 있는 그런 사람이라야 했다. 내게는 그런 사람이 바로 작가들이다. 작가란 얼마나 많은 능력과 사명감과 책임감을 지닌 사람이어야 하는지. 그런 작가들의 성채와도 같은 서점, 내게는 지식의 창고이기도 했거니와 조금은 떨리는 마음으로 찾곤 했던 그런 서점을 책을 읽기 위해서가 아니라 만남의 장소로 사용하는, 어린 새싹처럼 푸릇푸릇한 여자애들과 남자애들은 어디서든지 깔깔거리며 큰 소리로 대화를 나누었다. 나는 주름살이 덕지덕지 앉은 고치 속에 들어가 있는 기분이 들 때가 있다. 그러면 혼자 되뇌이곤 한다. 나도 너희들처럼 존재만으로도 신선하고 아름다운 때가 있었단다. 지금 너희들이 자랑스러워하는 그 고운 피부도 그 맑은 목소리도 그 멋진 몸매도 언젠가는 사그러들겠지. 내가 이렇게 고치 속에 들어가 있는 것처럼 말이야. 나는 혼자서 흐흐 웃었다.

'바람의 노래를 들어라', 참 멋진 말이다. 바람의 노래를 들어보라니. 1979년이면 난 몇 살이었을까. 어디보자. 그래 내 나이 서른 하고도 아홉이로구나. 무라카미여. 그대의 나이는 몇 살인가. 아하, 스물아홉에 쓰기 시작해 서른에 군조신인상에 당선 되었으니 그대의 나이는 나보다 아홉 살이나 어리구나. 아홉 살. 많은 것들을 할 수 있기도 하고 아무 것도 하지 않고 지났을 수도 있는 시간이다. 나는 한동안 붙박힌 듯 그 자리에 서서 바람의 노래를 듣고 있었다. 고개를 들어 시계를 보니 이제 집으로 돌아가고 싶은 시간이었다. 나는 슬그머니 책을 들고 가슴 언저리를 양 손으로 가렸다. 당당해야 한다. 쭈뼛하게 머리털이 곤두선다. 그래, 몇 발자국만 더

가면 돼. 그렇게 하는 거야, 잘 하고 있어.

그러나 나를 주시하고 있는 눈은 어김없이 어딘가에 존재하고 있었다. 그들 중의 한 명은 여점원이었다. 앳된 모습으로 보아 이제 막 고등학교를 졸업이나 했을까. 그녀의 표정은 떨렸다. 파르르 떨리는 그녀 눈가의 작은 움직임까지도 내게는 크게 확대되어 다가왔다. 노안인데도 말이다.

전화를 받은 파출소 직원들이 올 때까지 나는 그들과 함께 서 있었다. 그들의 표정은 가관이었다. 원, 저런 노인네가 있나. 책값이 얼마나 한다구. 정말 책을 읽기나 할 생각이었을까. 창피하지도 않나. 와, 웃긴다. 정말. 우리 할머닌 집에서 놀고 계실 텐데 저 할머니는 왜 여기까지 와서 저러지. 좋은가. 사람들은 모여서 웅성거리며 저마다 한 마디씩 뱉었다. 내가 듣고 있는 줄을 다 알면서 말이다. 그래도 괜찮다. 나는 관심의 중심에 놓여 있는 것이다! 그것도 나를 모르는 사람들의 관심 말이다. 관심이란 게 이렇게 소중한 것인지 예전엔 미처 몰랐다. 눈빛과 눈빛이 마주치고 그 눈빛 속에서 교류되는 것들조차 대화가 될 수 있다. 아무런 말도 없이 지나가는 시간들보다는 악다구니 쓰며 질러대는 비명소리라도 좋겠다.

말썽 피우고 집으로 돌아오고 나면 며칠 동안은 더 조용히 보내야 했다. 식구들의 눈치가 보였기 때문이다. 아들 녀석 집에 빌 붙이고 살게 된 나는 손자 녀석과도 사이가 좋지 않은 건 아니었지만, 당돌한 녀석의 표정에 압도되곤 한다.

"지금까지 다섯 번!"

아이의 목소리는 우렁차다. 순간 놀라서 찔끔, 오줌이 흘렀다. 냉장고를 열어보고 닫은 지 몇 분이 지나지 않아 물이 마시고 싶어 다시 냉장고를 열었다. 반찬이 상한 것들은 없는지 확인하려 냉장고를 열었고 우유가 마시고 싶어 냉장고를 열었다. 그런 할머니를 커다란 눈동자로 의미심장하게 바라보던 녀석의 한 마디에 나는 순간 표정이 굳어 정지 화면처럼 움직일 수가 없다. 나는 나의 언어로 세상과 소통해 본 적이 언제인지 기억할 수 없다. 나의 언어는 아득하고 깊이를 알 수 없는 수챗구멍 속으로 빨아들여진 다음 희미하게 사라져버렸다. 내 언어는 아들 녀석이었으며 녀석이 성장한 후로 그 언어는 스스로 성장해 득의양양한 상장을 받은 것처럼 나를 가둬버렸다. 나는 녀석에게 할 말이 없었다. 뭘 말 할까. 나보다 많이 배운 아이였다. 아들 녀석은 내가 말을 하면 논리를 앞세워 나의 말을 중간에서 잘라버렸다. 많이 배운다는 것은 제 엄마의 말을 잘라먹기 위해서 필요하다. 공부만 잘 하는 아이는 점점 괴물이 되어 갔고 힘센 거인이 되어갔다. 소인국에 사는 엄마를 사정없이 날카롭게 매끈한 존재로 만들어버렸다. 나는 점점 그로부터 멀어졌고 그 또한 나로부터 멀리 떠나갔다. 눈을 마주하고서 따뜻한 말 한마디 건네어 줄 그런 영혼의 울림이라고는 이미 사라져버리고 없는 느낌. 텅 빈 느낌. 고도에 남겨져 있는 느낌이 들곤 했다. 손자 녀석의 한 마디에 기가 질린 나는 방으로 들어와 방바닥에 놓여 있는 책이나 볼 양으로 편안한 자세로 벽에 등을 기대고 앉아 돋보기를 꼈다.

'도형의 위치나 상태 등을 연구하는 위상기하학에 따르면 미로에 빠진 사람은 오른손이나 왼손 중 한 손만을 사용해 절대로 손을 바꾸지 말고, 벽을 만지면서 앞으로 나아가면 된다. 운이 나쁘면 시간이 오래 걸리겠지만 반드시 출구를 발견할 수 있다. 진짜 아리아드네의 실은 자신의 손이다. 아무리 복잡한 미로도 간단히 줄이면 두 직선에 불과하다.'

어떤 경우에도 아무리 복잡한 미로도 간단히 줄이면 두 직선에 불과하다고? 문제가 있는 곳에는 꼭 답이 있다고? 나도 답을 찾고 싶다. 간단히 줄여진 두 직선 중 하나의 직선만으로도 내가 빠진 미로에서 벗어날 수 있다는 것은 얼마나 명쾌한 즐거움인가. 나도 내 외로움과 공감할 무언가를 찾아 나서기로 한다. 집을 나서기 전 장롱 문을 열어본다. 어둠 속에서 숨죽이고 있는 색깔을 잃어버린 생리대를 바라본다. 쓰다듬는다. 죽을 때 함께 묻어달라고 해야지. 이미 끝나버린 생리를 죽어서는 다시 할 수 있을까.

나처럼 늙은 사람이 갈 수 있는 곳이 없다고 할 수는 없다. 하지만 내가 갈 수 있는 곳은 별반 없다. 나는 나이가 들었음에도 노인정에 있는 노인들이 구질구질해 보여 싫고 사람들과 어울려 의료기를 파는 곳에 가거나 화장품을 파는 대규모의 장소에 가서 함께 모여 손뼉 치며 노래를 배우고 레크리에이션 하는 모습들 속에 섞이기도 싫다. 그렇다고 테니스나 배드민턴을 치는 모임에 나가기도 싫다. 내가 선택한 것은 하염없이 걷다가 잠시 쉬러 편의점에 들어가거나 책을 보러 혹은 책을 읽는 사람들을 구경하러 서점에 가는 일, 이다. 서점에는 온갖 종류의 책들이 날마다 화려한 외피를 자랑하며 새롭게 들고난다. 표지도 눈에 바로 띄는 것이 아니면 시선을 끌지 못하므로 각종 신선하고 자극적인 색깔과 그림들이 서점의 공기 위를 떠돈다. 바람의 노래를 들고 나오다 점원에게 걸려 파출소를 다녀오고 나서 다시 그 서점을 찾았다. 점원들은 워낙 대규모 서점이라 시간대에 따라 달라졌지만 그날은 며칠 전에 나를 신고했던 점원이 그대로 있었다. 나는 점원에게 부러 가서 말했다.

"저번 날은 미안하게 됐어요. 오늘은 조용히 책만 보고 갈 테니 긴장하지 마시구랴."

점원의 맑은 눈을 빤히 들여다보며 천천히 말해 주었다. 앳된 그녀의 표정에는 복잡한 심경이 그대로 드러났다. 주름살 하나 없는 얼굴을 보자 한 번 만져보고 싶었다. 나는 순간 그녀가 되고 싶었다. 몸을 바꾼다면 어떨까. 정신은 그대로 놓아두고 그녀와 몸만 바꿀 수 있다면. 나는 그녀가 되어 하루 종일 서점 카운터에서 사람들을 바라보는 것이다. 가끔은 조용한 틈을 타 글을 읽어 내려가는 것이다. 바람의 노래도 들어 보고 선운사에 가서 울어도 보는 것이다. 천천히 읽어 내려가는 글들 속에서 나의 몸을 그대로 느껴 보는 것이다. 늙는다는 것은 참 힘든 일이다. 의식은 그대로이거나 더 젊어질 수 있었으나 그 정신을 감싸고 있는 포장지가 오래되어 낡아가고 때로는 찢기기도 하며 풍화되어 간다는 것은 슬픈 일이다.

점원을 등지고 나는 다시 내 눈높이쯤에 전시되어 있는 바람의 노래를 끄집어내어 천천히 읽어 내려갔다. 내려가다 13페이지에서 멈췄다.

  편해진건분명하지만나이들어죽음을맞이하려고할때,도대체나에게무엇이남아있을까를생각하면두렵기짝이없다.나를화장한뒤에는뼈하나남지않을것이다.할머니가돌아가신후내가제일먼저한일은팔을뻗어살며시할머니의눈을감겨준일이었다.그와동시에79년동안이나품어왔던할머니의꿈은여름날도로에떨어진소나기빗방울처럼흔적도없이조용히사라져무엇하나남지않았다.

  난 조용히 그 페이지를 찢었다. 찢어낸 페이지를 가로로 한 번 세로로 한 번 접어 오른쪽 주머니에 넣었다. 고갤 돌려 점원을 바라보았다. 그녀는 책 읽는 일에 몰두하고 있다. 일부러 외면하고 있는지도 모른다. 같은 일을 반복하는 노인네를 보고 소리쳐 시선을 집중시키고 파출서 사람들이 와서 노인네를 잡아가는 일이 비록 잘못은 노인이 했다손 치더라도 결국 신고를 한 사람은 자신이니 심리적 부담을 갖지 않을 수는 없겠지.

  바람의 노래를 책장에 꽂아놓고 시집 코너로 걸음을 옮겼다. 문득, 강 민주, 라는 시인의 시집이 이곳에 있을까 하는 궁금증이 일었다. 촘촘히 끼워진 시집들에 시선을 고정하고선 천천히 이름들을 살펴본다. 판매대는 가로 2미터 세로 1미터 정도로 꽤 넓은 편이다. 사면을 빙 돌아 아래 두 칸을 가득 채우고 있는 시집들 속에서 강 민주, 라는 이름을 찾기 위해 쪼그리고 불편하게 앉아 조금씩 움직이며 한 바퀴를 돌았다. 불편한 자세를 바꾸어 일어나려다 그만 누군가와 부딪혔다.

"어이쿠, 죄송합니다."

나의 머리가 상대의 오른쪽 팔꿈치와 부딪혔다. 팔꿈치 주인은 시집을 읽는데 몰두하느라 내가 앉아 있다 일어서는 것을 보지 못했을 것이다. 죄송하다는 굵은 톤의 목소리에 궁금증이 일어 고개를 돌려 목소리의 주인을 찾았다. 시선이 잠깐 얽혔다. 그는 누구일까. 나는 그를 알지 못했다. 처음 보는 얼굴이다. 그러나 그 얼굴은 나를 익히 알고 있다는 듯 여유로운 표정으로 나를 쳐다보았다. 나는 당황스러웠다. 미안하다는 인사를 받는 둥 마는 둥 하고 서점을 나와 버렸다.

우체국을 오른쪽으로 끼고 걸었다. 오랜 세월 사람들의 사랑을 받는 곳이다. 외양은 바뀌었지만 여전히 약속 장소로 사용되는 듯 많은 이들이 우체국 입구 근처에서 서성대고 있다. 우체국을 지나 학생회관으로 들어갔다. 건물로 들어가기 전 벤치들이 몇 개 놓여 있어 한가한 풍경을 연출한다. 나는 가끔 이곳에 들러 입구에서부터 세 번째 벤치에 앉아 있길 좋아한다. 세 번째 벤치를 굳이 좋아하는 이유 딱히 없다. 다만 사람들의 움직임을 더 시원스럽게 볼 수 있어서랄까. 벤치에 앉아 주변을 둘러본다. 나만큼 나이 든 사람들은 없다. 젊은이들이 공부 하다가 잠시 눈을 쉬러 나오거나 두서너 명씩 앉아 담소를 나누고 있다. 조금 전에 부딪힌 통증이 아릿하게 남아 머리를 쓰다듬는다. 그는 누구였을까. 왜 나를 익숙하다는 눈빛으로 쳐다본 걸까. 나는 사람들을 잘 기억하지 못한다. 그들이 말하는 것들은 한두 번 들으면 외워버릴 정도로 기억력이 좋은 편이지만 얼굴은 잘 기억하지 못한다. 아까 보았던 이도 기억에 없다. 기억이란 참 생뚱맞은 것이어서 느닷없이 생각나기도 하고 경험한 적이 전혀 없었던 것처럼 아무런 일도 없었던 것처럼 남에게 일어난 일인 것처럼 까맣게 지워져버리는 경우도 있다.

하얀 페인트가 칠해진 차가운 벤치 아래로 시선을 떨구자 푸른 잎을 달고 있는 민들레 한 송이가 눈에 들어온다. 노란 민들레. 큰 키로 훌쩍 바람에 흔들린다. 절정. 선명한 색깔이 절정을 그대로 보여주고 있다. 나는 민들레를 아끼듯이 쓰다듬는다. 너는 왜 여기에 있니. 바람에 날려 여기까지 왔다면 본래는 어디서 살고 있었니. 나고 자라고 늙고 그렇게 살아지는 게 순간인데 너의 생은 어디서 시작되어 언제 끝날까. 너의 몸 안에 들어있는 민들레로서의 성정을 너는 느끼니. 나도 너처럼 그렇게 꽃 피워 본 적이 있긴 한 걸까.

민들레를 하염없이 바라보고 있을 때 무엇인가 나의 그림자를 가린다. 고갤 들어 하늘을 바라보는 자세로 올려다본다. 그가 거기에 있다. 조금 전 서점에서 나와 부딪히고 미안하다 사과했던 사람. 그가 자글자글한 주름으로 미소 짓는다. 그의 미소 속에는 햇살이 들어있어 환하게 빛이 난다. 그의 등 뒤로 하나 더 동그랗고 희미하게 떠 있는 것. 그것은 달이다. 푸르스름한 빛을 띤 달. 환한 그의 미소는 그러나 달이 떠 있진 않았다. 난 왜인진 모르지만 안심이 되었다. 그에게 달이 아니라 햇살로 빛나는 미소가 있다는 사실이 반가웠다. 조금 전 느꼈던 당혹감은 잊어버린 채 웃음이 나온다. 나의 웃음에 그도 안심이 되는지 따라 웃는다. 앉아도 되느냐 물어서 앉아도 좋다, 고 말했더니 그는 나의 오른편에 조심스럽게 앉는다. 말없이 한동안 앉아 있다. 그의 침묵에 난 하릴없이 주머니에 손을 넣는다. 왼쪽 주머니에서 면도기가 손에 잡힌다. 왜 이게 여기 있지? 오른쪽 주머니엔 찢어진 바람의 노래가 있다. 그는 햇살이 참 좋군요. 라고 말했고, 나는 네, 그러네요. 라고 답한다. 그는 자신을 기억하고 있지 않느냐고 물었고 물론 나는 기억이 나지 않는다고 말한다. 그는 하늘을 바라본다. 나는 그를 몰라도 좋다고 생각한다. 그를 안다고 해서, 기억의 저편에서 불러낸다고 해서 무슨 소용인가. 한참 앉아 있던 그는 내게 잔잔히 흐르는 강물 같은 몸짓으로 느릿느릿 말을 잇는다.

어젠 비가 내렸소. 사면이 맑게 씻어내려 세상이 온통 빛나 보였소. 투명해 보이기도 하고 말이요. 난 시골에서 살아요. 졸졸졸 흐르는 물소리. 논에서 우는 개구리 소리. 멀리서 들려오는 사람들의 웃음소리. 언어가 뒤섞이며 공명하다가 희미하게 메아리를 남기고 사라지는 목소리들의 잔영. 귀뚜라미 소리. 나뭇잎 위에 걸터앉아 바람의 속삭임에 한 눈 팔다 그만 미끄러져 내리는 물방울들의 비명 소리. 온갖 소리들이 여기저기서 들려오지요. 여러 가지 색깔을 지닌 소리가 말이요. 예전에 난 그 소리들을 듣지 못했소. 아니, 들리지 않았을 거요. 난 살기 위해서 직업을 가져야 했소. 젊었을 때는 공씨책방이라는 헌책방을 한 적도 있고 입시 위주의 책만 파는 서점을 한 적도 있소. 물론 정착을 하기 위해서였소. 유목민이 아닌 다음에야 여기저기 떠돌아다니며 자식들을 키워낸다는 건 힘든 일이니까. 물론 어떤 의미에서 우리들은 거대한 유목민인지도 모르지. 사회라는 울타리 안에서 생존하기 위해선 저울이 필요했소. 내가 가진 저울은 어둠과 빛이 적절히 조화를 이루고 있는 저울. 빛의 세상 속에서 얻지 못하는 양분을 적당히 어둠 속 세상에서 얻곤 했소. 어둠 속 세상에서 얻은 양분으로 빛의 세상을 견디는 거요. 참 우습지만 언젠가는 망가져야만 하는 저울 안에서 난 가장 쉽고 안전하게 아늑한 공간을 찾아냈는지도 모르오. 그렇게 시간이 흐른 어느 날 그것은 망가져버렸소. 어느 순간 말이요. 아슬아슬하게 추의 균형을 맞추며 평형을 유지하던 막대가 기울기의 중심을 바꿔버렸거든. 인생이라는 무게를 달기 위해 필요한 새로운 저울을 찾아야 할 때가 된 거요.

그렇게 나는 흐르는 시간 속에서 부유하는 플랑크톤처럼 떠돌다 어느 편의점엘 들어갔소. 맥주 한 잔이 무척 마시고 싶었거든. 맥주는 아주 시원했소. 바깥을 바라보니 바람 한 점 없이 정지된 사물들 속으로 사람들은 느린 화면의 한 장면이 되어 흘러가고 있었소. 갑자기 시끄러운 소리가 들려 고갤 돌렸소. 거기서 난 당신을 보았소. 당신은 생리대를 안고 서 있었소. 처음엔 이상한 느낌이 들었지만 당신의 표정을 들여다보니 별안간 정신이 번쩍 듭디다. 저 사람은 살아있구나. 저 사람은 생명을 지니고 있구나. 저 창 밖에서 걸어 다니는 사람들보다 정물 같은 사람들보다 저 사람은 살아있구나. 살아서 펄펄 뜨거운 심장으로 살고 있구나, 하는 생각이 들더란 말이오. 단 한 번 당신을 보았는데도 난 당신을 잊을 수가 없었소. 당신은 달랐소. 그 모습은 저울 속에서 살아가는 나를 그리고 이제는 고장 난 저울 속에서 살아가면서 전전긍긍하는 나를 회초리로 때리는 것 같은 강한 충격을 줬소. 아, 그래, 나도 저렇게 살아있는 몸짓으로 살아야겠다. 살아있다는 것을 죽는 순간까지 절실하게 느껴야겠다, 는 생각을 하게 됐소. 조금 전 난 우연히 당신을 다시 만나게 됐소. 그래서 행복해졌다오. 나를 살아있는 존재로 만들어 줘서 고맙소.

 몸뚱이가 늙어가는 만큼 내면의 의식은 반대로 나이가 어려지는 것 같다. 나는 지금 어린 처녀이고 싶다. 어린 소녀이고 싶다. 어린 아이이고 싶다. 그렇게 만나는 사람들마다 또렷한 얼굴로 쳐다보고 싶다. 저 민들레의 얼굴에 환하게 피어있는 젊음의 절정이 내게도 있다면······. 아직도 내게 남아있다면······.
 나이가 들고 늙어간다는 것은 참기 힘든 고통이다. 고치 속에 들어가 있다가 시간이 되면 새로운 세계로 날아오르는 나비가 아니고서야 나의 이 고치상태는 그저 고치일 뿐이다. 이 고치를 끌어안고 관 속으로 들어가야 한다. 내게 중요한 것은 그것이다. 내가 다시 젊은 시절로 돌아갈 수 없다는 사실. 달은 이울면 다시 차오른다. 나는 이울어서 언제 다시 차오를 것인가. 내 옆에 앉아 있는 그에게도 아뜩히 긴 시간을 걸어온 역사가 느껴졌다.

 젊은 날엔 긴장의 끈을 놓지 못하고 살았다. 어느 순간 그 긴장의 끈이 뚝 끊어지고 찰랑찰랑 꽃들을 피워내는 새벽의 실핏줄이 투명하게 붉은 힘을 실어 나르는 순간들을, 뼈마디마저도 그대로 내어 보이는 순간들을 지나며 귀도 순해지고 눈도 순해지는 것 같았다. 막힘없이 직선으로만 시원하게 뻗은 길을 걸어오진 못했으나, 그래 어쩌면 그럴지도 모른다. 어질어질 어지러운 어지럼증을 느끼며 내 몸을 창공에 띄워 연으로 날리면 실패에 감긴 실의 길이만큼 창공의 어느 끝에 닿게 될 테고 그 끝에 닿자마자 하나의 문이 쿠웅 열릴 지도 모른다. 그러면 나는 뒤도 돌아다보지 않고 줄을 끊어 미련 없이 그 문안으로 들어갈지도 모른다. 저물 듯 닿을 듯 나를 찾아 헤매는 간절한 소리들을 달그락달그락 해변의 부침에 둥글둥글 부드러워진 돌들의 몸을 밟듯 걸으며 저벅저벅 나이를 먹어가고 싶었다. 가능하다면 직유가 아닌 은유의 눈빛으로,

　푸르스름한 낮달이 내게 문을 열어 보이고 있다. 나도 국밥 한 그릇 훌훌 말아먹으며 쓸모는 없을지 몰라도 아름다운 의미를 지닌 마음 하나 주머니에 넣고서 길을 떠나고 싶다. 저 달빛 속으로. 그것도 오른손만을 쓰면서 말이다. 길을 찾기 위해서는 오른손, 한 손만을 사용해야 한다. 왼손으로 시작하지 않았으니 말이다. 위상기하학이 내게 전해준 정보를 잘 활용해야 한다. 오른손으로 시작하였으니 오른손이다. 나는 기억을 놓지 않기 위하여 입술을 움직여 발음을 해 본다. 오른손이다. 오른손. 살며시 내 옆에 앉아 있는 그의 왼손을 나의 오른손으로 잡는다. 조그맣게······. 왼손으로는 면도기를 만지작거리며······. 마음으로 본다면 손으로 쥐게 될 것이라고 속삭이는 누군가의 말이 닿을 듯 말듯 바람이 되어 흐른다.

소설 부문 동상

달콤한 꿈

김소연

어려운 숙제를 앞에 두고 내내 미루다가 막판에 허둥지둥 해대는 어린아이처럼, 마감일 저녁에야 수상소감을 써보겠다고 노트북 앞에 앉았습니다. 그래도 여전히 자판의 자음과 모음들이 암호문자의 기호들처럼 어렵고도 낯설게 다가옵니다.

수상을 했다는 소식과 소감을 써달라는 말을 듣는 순간부터 내내 제 머릿속을 떠나지 않는 생각은 "왜 나는 글을 쓰는가."라는 문제였습니다. 어렸을 때부터 단 한 번도 글을 잘 쓴다고 생각해본 적이 없고, 언감생심 뛰어난 작가가 되겠다는 꿈을 꾸지도 않았지만, 돌이켜보면 철이 든 이후부터 저

　는 항상 글을 쓰고 있었습니다. 글은 외로웠던 제게 말을 거는 친구였고, 들끓어 오르는 정신과 감정을 다스리는 수양이었고, 욕망의 결핍을 채우고자 하는 행위였고, 고단한 현실을 뛰어넘는 꿈꾸기였고, 단절된 세상과 소통하는 유일한 끈이었습니다. 제게 글쓰기란 숙명인 것 같습니다. 이제 왜 글을 쓰는가는 더 이상 중요한 문제가 아니라는 생각이 들었습니다.

　〈달콤한 꿈〉은 제겐 서랍 속에 몰래 숨겨놓고 가끔 꺼내먹는 사탕 같은 글이었습니다. 그런 작품을 세상에 내놓게 되어 부끄럽습니다. 터키여행기를 읽다가 문득 낯선 곳에서 낯선 남자와 사랑을 나누는 이야기를 써보고 싶다는 생각이 들어 단숨에 쓴 뒤, 언젠가는 터키를 다녀와서 생생하게 고쳐보리라 마음먹었지만 이루지 못한 채 오랜 시간 제 파일목록에 묻혀있었습니다. 그런 글을 좋게 평가해주신 심사위원들께 감사드립니다.

　파묵칼레의 사진들을 찾아보고 이런저런 묘사를 하면서 달콤하고 비현실적인 꿈을 꾸는 시간들은 행복했습니다. 결국 현실에서 이루어지지 못하더라도, 꿈을 꾸는 시간은 그 나름대로 소중한 것이겠지요. 어쩌면 제게 글쓰기란 그런 것인지도 모르겠습니다.

　끝으로 저를 믿고 격려해주시는 부모님께 고맙다는 말 전하고 싶습니다.

소설 부문 동상

달콤한 꿈

김소연

　지글지글 끓어오르는 대기 속에선 시간마저 녹아 흐르는 것 같다. 시계가 축축 늘어진 그 유명한 달리의 그림 속에 빠져 허우적대는 듯한 느낌이랄까. 현실로 돌아가는 출구는 그 어디에도 보이지 않는다. 하지만 나는 점점 그 느낌에 중독되어가고 있다. 시간이 모호해지는 가장 초현실적인 공간이야말로 지금의 내게 가장 필요한 것일 테니까. 나는 어쩌면 내가 속한 시간에서 벗어나기 위해 이 먼 곳까지 여행을 떠나왔을 것이다.
　하늘은 더없이 파랗고 구름은 아래 세상의 찌는 듯한 열기에는 아무런 관심도 없다는 듯 무심히 흐르고 있다. 얼마나 지났을까. 페티에서 손목시계를 잃어버린 뒤 자연과 본능에 따라 며칠을 보냈다. 태양이 커튼 틈을 비집고 눈을 적시면 눈꺼풀을 열었고, 뱃속에서 진동이 느껴지면 식당을 찾았으며, 바닷물에 노을이 서리면 바에 기어들어가 맥주를 마셨다. 그것이 내가 몸으로 느끼는 시간이었다. 하지만 지금은 다르다. 8월의 태양을 직각으로 흡수한 아스팔트 위에서 트렁크 가방을 의자 삼아 몇 시간째 앉아있으니 아무런 시간조차 느껴지지 않는다. 물컹물컹한 꿈속을 헤엄치는 내 모습이 환각처럼 눈앞에 아른거린다.

얼이 반쯤 빠진 듯한 내 모습에 버스기사는 미안한 표정으로 연신 미소를 짓는다. 도대체 터키인들의 금방은 어느 정도의 시간을 의미하는 걸까. 금방 온다던 다음 버스는 도무지 올 생각조차 없고, 함께 기다리던 현지인들은 현명하게도 지나가던 차들을 얻어타고 하나 둘씩 사라졌다. 이제 여기엔 고속도로 한복판에서 대책 없이 고장 나버린 버스와, 탈진 직전인 나와, 지나치게 친절해서 화도 내기 어려운 버스기사만이 남았다. 나에게도 기회가 없었던 건 아니다. 하지만 아무리 터키 사람들이 친절하다고 해도 여자 혼자 나선 여행에 아무 차나 얻어 타고 갈 수는 없는 노릇이었다. 게다가 빌어먹을 기사가 다음 차는 금방 온다고 하지 않았던가.

새파란 잉크빛 바다를 품은 지중해의 휴양도시 페티에에서 파묵칼레까지는 버스로 5시간 거리다. 페티에의 작은 호텔방 침대에서 눈이 떠지자마자 평소의 나답지 않게 부지런을 떨었던 건, 파묵칼레에서 만큼은 시간을 두고 마음에 드는 숙소를 고르고 싶어서였다. 정확하게 일정을 짜고 움직이는 여행은 아니었지만, 그 곳에서는 적어도 한 달 이상 머물 계획이었다.

빙하처럼 하얀 석회산의 군데군데에 파란하늘을 담아 고여 있는 푸른 물. 인터넷 서핑 중 우연히 보게 된 터키 파묵칼레의 사진은 참 평화로워 보였다. 묵직한 피곤에 시달렸던 나는 사진 속 푸른 물처럼 아무도 모르는 낯선 땅에 가만히 고여 있고 싶었다. 그로부터 6개월 뒤 직장을 그만뒀고, 한 달을 더 계획한 끝에 세계여행을 떠났다. 오늘은 세 달 동안의 유럽 여행을 거쳐 터키로 들어온 지 열흘 째 되는 날이다.

갑자기 봉고차 한 대가 멈춰 섰다. 버스기사와 봉고차 운전자는 서로 껴안고 뺨을 맞대고 어깨동무를 하며 한참 시끄럽게 이야기를 나눴다. 누가 사람 꽤나 좋아하는 터키인들 아니랄까봐 고속도로 한복판에서 지인을 만났다고 차를 세우고 저리도 호들갑을 떠나 생각하고 있는데, 갑자기 기사가 휘파람을 불며 나를 향해 손짓을 했다. 투 파묵칼레… 버스 캔슬…. 팔로우 디스 프렌드. 현지어와 섞인 영어를 대충 해석해보니 다음 버스는 취소됐고, 이 봉고차 운전자는 자신의 친구인데 나를 파묵칼레까지 태워다 줄 거라는 말인 것 같았다. 혹시 납치해가는 게 아닐까하는 의구심으로 봉고차 운전자를 쳐다봤다. 그는 나의 의심 섞인 시선이 무안하게도 순박하게 웃었다. 약간 머리가 벗겨져 나이를 도통 종잡을 수 없는 얼굴이었지만 아래로 기운 초승달 모양의 눈매가 어린아이마냥 선해보였다. 어차피 내 몸 속의 물기를 쪽쪽 빨아들이는 8월의 태양 탓에 더 이상 기다릴 힘도 남아있지 않았다.

긴장한 채 여권과 돈이 든 작은 가방을 움켜쥐고 한 시간이나 달렸을까. 데니즐리라는 간판이 보였고 봉고차는 멈췄다. 데니즐리라면 파묵칼레 인근 마을이다. 문제는 인근 마을이지 파묵칼레는 아니라는 것이다. 나는 겁에 질린 표정으로 운전자를 바라봤고, 그의 고갯짓을 따라 창밖으로 시선을 돌렸다. 또 다른 작은 버스가 보였다. 그 차로 옮겨 타라는 것 같았다. 진짜 어디로 팔려가는 걸까. 하지만 선택의 여지도 없었다. 이 차나 저 차나 위험하다면 어차피 마찬가지일 것이다. 낯선 차에 내 몸을 실은 순간, 운명은 이미 내 의지를 벗어났다고 생각했다. 트렁크를 끌고 다시 낯선 버스로, 아니 새로운 운명의 길로 발걸음을 옮겼다.

웰컴 투 파묵칼레.

문을 열자 기분 좋게 조율된 첼로소리처럼 낮게 깔리는 목소리가 퍼져왔다. 뒷좌석에 트렁크를 실은 뒤 보조석으로 올라타며 목소리의 주인공을 쳐다보았다. 운전석에 앉아있는 그의 옆으론 오후의 태양이 늘어지며 긴 그림자를 그려내고 있었다. 거친 태양에 그을린 구릿빛 얼굴과 굵게 곱슬거리는 갈색 머리칼이 열기 속에서 옅게 흩어졌다. 운전대에 걸쳐있는 기다란 손가락 사이에서 담배연기가 너울거리며 피어올랐다.

내가 자리에 앉자 그는 담배를 비벼 끄더니 고개를 반쯤 돌려 나를 바라봤다. 짙은 눈썹과 오뚝 선 콧날, 약간은 아래로 흘겨보는 듯한 눈동자엔 반항아 같은 태도가, 입가엔 건방진 미소가 어려 있었다. 여행자에게 비굴하게 굽신거리지 않겠다는 의지였을까, 아니면 한창 나이에 한번쯤 거쳐가는 통과의례처럼 자신에게 그런 이미지를 부여하고 싶었던 걸까. 오래 전 잃어버렸다고 생각했던 온갖 기억들이 떠오르며 이상하게 명치끝이 아려왔다.

한국 여자에게 지나칠 정도로 친절한 다른 터키인들과 달리 그는 운전하는 내내 아무 말이 없었다. 도착한 곳은 한 작은 호텔 앞이었다. 이미 해는 산 아래로 넘어갔고, 도시가 아닌 이곳은 새카만 어둠 속에 잠겨있었다. 버스에서 내리자 파란 꽃무늬가 그려진 히잡을 두르고 이와 대조적으로 양 볼이 붉은 중년 아줌마가 뛰어나와 얼떨떨해 있는 나를 끌어안았다. 돌아가신 엄마처럼 푸근한 몸매에 지금껏 굳었던 마음이 사르르 녹는 것 같았다.

그가 드디어 입을 열었다. 영어가 서툴러서인지 원래 말투가 그래서인지는 몰라도, 머뭇머뭇 또박또박 말하는 그의 목소리는 더위 속에 녹아내린 캐러멜처럼 내 몸에 끈적하게 달라붙었다. 그 청년은 히잡을 쓴 아줌마의 아들이었고, 이 호텔의 사장이었다. 이름은 카짐. 카짐은 주로 투숙객을 모으고 투어를 알선하는 등 호텔을 총괄적으로 관리하고, 그녀는 음식과 청소를 도맡아한다고 했다. 호텔은 생긴지 두 달 정도 됐으며, 오픈 기념으로 장기투숙객에게 특가를 제공해준다는 말에 귀가 솔깃해지긴 했지만, 일단 하루치 숙박비만 지불했다.

그는 나의 커다란 트렁크를 가뿐히 들고 2층으로 올라갔다. 그를 따라 계단을 올랐고 복도를 걸었다. 아무 말도 없이 트렁크를 질질 끌며 걸어가는 그의 뒷모습에 붙은 그림자가 어딘지 모르게 쓸쓸해 보였다. 나는 자유로운 여행자고, 아무리 유명한 관광지라지만 그는 이 작은 마을의 작은 호텔에 묶인 몸이다. 어쩌면 매일 들고 나는 여행자를 보며 그 역시 젊음의 특권이라 할 수 있는 일탈을 꿈꾸었을 테고, 그러지 못하는 자신의 처지를 한탄했을 지도 모른다. 마치 얼마 전의 나처럼. 나는 이제 혼자가 되어서 정말 자유로워졌을까. 어쩌면 지구라는 별 안에 갇힌, 또 다른 새 번호를 부여 받은 죄수이지 않을까.

방은 밝고 깨끗했다. 노란색으로 페인트칠 된 벽엔 그 흔한 여행자들의 발자국 하나 보이지 않았다. 침대는 다소 딱딱했지만 푹 꺼진 매트리스보다는 나았다. 침대와 작은 책상과 나무 의자가 전부인 작은 방이었지만 아담한 게 마음에 들었다. 완전히 빠지지 않은 페인트 냄새가 약간 거슬렸지만, 어차피 하루치 방값만을 계산했기에 정 신경이 쓰인다면 내일 숙소를 옮기면 된다. 차가운 물에 샤워를 하고 나와 창문을 여니 온갖 나무들의 습한 냄새가 훅하고 하루 동안의 피로처럼 무겁게 몰려들었다. 침대에 쓰러졌다.

피곤했는데도 낯선 곳이라 눈이 일찍 떠졌다. 아침식사를 하고 호텔을 둘러봤다. 축축하지만 향기로운 아침공기가 발걸음을 가볍게 했다. 새로 지은 호텔이라 홍보가 안 되었는지 투숙객이 많지 않았다. 그래서 그런 '납치극'을 통해 손님들을 호텔로 불러오는 듯 했다. 어젯밤 나를 데려온 카짐은 아마도 또 길에서 나 같은 여행자를 찾아 헤매고 있겠지. 지중해를 연상시키는 하얀 외벽을 가진 3층 높이의 호텔은 20개 정도의 방과 식당, 작지만 깨끗한 수질의 수영장을 가지고 있었다. 뽕나무 그늘 아래 걸린 해먹은 낮잠 자기 딱 좋은 장소였다. 딱히 흠잡을 데 없어보였고 몸도 피곤하고 여기까지 오게 된 것도 인연일 텐데 굳이 다른 숙소를 찾아 헤매고 싶지 않다는 데에 생각이 이르자, 아줌마를 찾아가 덜컥 한 달치 숙박비를 계산해버렸다.

고단했던 여정 탓인지 오늘 하루는 무작정 쉬고 싶었다. 따가운 햇볕을 피해 수영을 했고, 선베드에 누워 책을 읽었다. 식당에 앉아 차이를 마시며 눈 덮인 것 같은 하얀 석회산을 하염없이 바라보다 방으로 돌아와 에어컨을 낮게 틀어놓고 낮잠을 잤다.

눈을 떠보니 이미 온갖 사물들의 어두운 그림자가 방안에 웅크리고 있었다. 일어나 스위치를 눌렀다. 불이 들어오지 않았다. 스위치를 올렸다 내렸다 반복했지만 전구는 여전히 묵묵부답이었다. 에어컨이 작동되는 걸 보니 전구가 나간 모양이었다.

호텔 프런트로 내려갔다. 아무도 없었다. 식당 쪽으로 갔다. 더운 날씨 탓인지 웃옷을 벗은 채 청바지만 입고 앉아 TV를 보고 있는 카짐의 뒷모습이 보였다. 그는 인기척에 뒤를 돌아보았다. 그와 눈이 마주쳤다. 쌍꺼풀이 짙게 패인 그의 눈은 달콤한 꿀처럼 은은하게 빛났고, 땀이 밴 몸엔 초콜릿이 녹아 흐르는 것 같았다. 갑자기 피가 심장으로 쏠리는 것이 느껴지면서 현기증이 났다. 나는 벽을 짚고 침착하게 방의 불이 나갔다,고 말했다. 그는 대수롭지 않게 잠깐만 기다리라고 곧 올라가겠다,고 말하고는 다시 시선을 TV로 돌렸다. 나는 식당 냉장고에서 차가운 맥주 두 병을 꺼냈다.

터키인답게 곧 올라온다던 그는 한 시간이 지나도록 오지 않았고, 나는 점점 방의 어둠에 익숙해졌으며, 빈속에 마시는 맥주 탓에 취기에 잠겨갔다. 그 때 문을 두드리는 소리가 들렸다. 에어컨을 끄고 테라스로 향한 창문을 활짝 열었다. 이슬람인들이 진리라고 믿는다는 햇노란 달빛이 방 안으로 수줍은 얼굴을 내밀었다.

의자에 오른 카짐은 팔을 들어 전구를 이리 돌리고 저리 돌렸다. 달빛을 받은 팔의 근육이 움직임을 따라 물결처럼 춤을 췄다. 그는 안 되겠던지 전구를 뺐다가 다시 꼈다. 내게 손짓으로 스위치를 올려보라고 했다. 스위치를 올렸지만 불은 여전히 들어오지 않았다. 그는 포기하지 않고 또 전구를 이리저리 돌렸다. 나는 그의 모습을 마치 행위예술을 감상하는 관객처럼 가만히 지켜봤다. 무슨 이유인지는 몰라도 눈물이 났다.

전구가 완전히 나간 거 같아.

새 걸로 바꿔줘.

여분이 없어. 지금 가게가 문을 다 닫았구. 그럼 다른 방으로 바꿀래?

… 아니. 그럼 됐어. 내일 바꿔줘. 이미 어둠에 익숙해졌는데…

그는 그제서야 의자에서 내려왔다. 나는 그의 눈동자를 똑바로 쳐다봤다. 아마도 그의 눈은 아직 완전히 어둠에 익숙해지지 않았을 것이다. 그가 나를 쳐다보고 있는지 아니면 그냥 허공을 응시하는지 알 수 없었다. 달빛이 머뭇거리며 그의 주변을 맴돌았다. 그는 발걸음을 떼지 않고 한참을 그렇게 서 있었다. 그 순간 그의 눈동자 역시 가볍게 떨리고 있음을 알 수 있었다. 숨이 턱 막혀왔다. 아마도 대기를 달궜던 지독한 낮의 열기가 식지 않고 열린 창문으로 몰려들었기 때문일 것이다.

맥주나 더 갖다 줄래? 시원한 걸로.

터키의 맥주에서는 시큼한 향이 났다. 나와 카짐은 침대에 나란히 앉아 벽에 기댄 채 차가운 맥주를 목구멍으로 넘기고 있었다.

이슬람인들은 술을 마시지 않는다고 하던데…

난 이슬람교를 믿지 않아.

진짜? 나도 그런데…

그는 살며시 웃는다. 히잡을 두른 아줌마와 이슬람교를 믿지 않는다는 아들. 그의 고단할 것 같은 삶이 느껴졌다. 하지만 나는 더 이상 아무 말도 할 수 없었다. 어차피 각자 지고 있는 삶의 무게는 그 어느 누구도 덜어줄 수 없으니까. 정적만이 자유롭고 싶지만 지구라는 별에 갇힌 두 사람의 영혼을 위로했다. 하지만 그의 목을 타고 넘는 맥주 소리가 정적을 깰 만큼 유난히 크다고 생각하는 순간, 나는 그의 손을 잡았다. 왜 그랬는지 모르겠다.

나는 천천히 고개를 돌려 어둠 속에서 선명하게 빛나는 그를 바라보았다. 그의 눈꺼풀이 파르르 떨리는 게 보였다. 나는 맥주병으로 차가워진 손으로 그의 얼굴을 어루만졌다. 그리고 떨리는 눈꺼풀에 입술을 지긋이 눌렀다. 짧은 탄성과 함께 뜨거운 입김이 내 목에 간지럽게 닿았다. 나는 그의 날카로운 콧선을 혀로 핥으며 내려와 그와 뜨겁게 입을 맞추었다. 그는 기다렸다는 듯 입을 벌렸고 뜨겁고 축축한 혀가 도발적으로 내 입 속을 파고들었다. 그의 길고 감각적인 손가락의 감촉은 몸속을 흐르는 피처럼 내 몸의 가장 은밀한 부분까지 퍼져 나갔다. 열정 앞에서 결코 인내하지 않는 젊음은 뜨거움을 견디지 못하고 거추장스런 옷을 벗어 던졌고, 나 역시 젊음에 전염된 듯 나를 감싸고 있는 모든 것을 훌훌 벗어버렸다.

나는 손끝으로 단단하면서도 부드러운 그의 살갖을 느꼈다. 그의 몸은 근육으로 다져져 있었고, 초콜릿색 피부는 달콤함으로 가득 차 있었다. 달빛에 그의 피부가 이따금 반짝반짝 빛났고, 나는 황금을 숭상하는 부족처럼 그의 몸을 진지하게 탐했다. 무의식 속에 깊게 눌려있던 그 어떤 억압조차도 이 낯선 땅과 이 낯선 남자 앞에서는 무용지물이었다. 나는 완전히 다른 사람이 되어버린 것 같았다. 욕망은 바다처럼 나의 몸 안에서 흘러 넘쳤고, 그는 바다의 깊숙한 곳까지 헤엄쳐 들어왔다. 우리는 거대한 바다의 품 안에서 쾌락의 소용돌이로 빨려 들어갔다. 나의 몸은 그 어느 때도 느끼지 못한 치명적인 폭발 속에서 점점 더 세포의 섬세한 촉각들을 곤두세웠다.

달빛이 동쪽으로 넘어가 태양과 바통을 넘겨받도록 그의 젊은 육체는 지칠 줄 모른 채 끊임 없이 자신의 남성을 일으켜 세웠고, 나 역시 마를 줄 모르는 바다가 되었다. 그의 몸에서 흘러내린 땀들이 진한 빗줄기처럼 내 몸 위에 뚝뚝 떨어졌다. 나는 그를 바싹 끌어안았고 우리의 체액은 뒤엉킨 채 하나가 되었다. 그제서야 둘의 몸은 고요한 강으로 흘러 들어가 깊은 잠에 빠졌다. 모처럼의 꿀 같은 잠이었다.

눈을 뜨자 카짐은 보이지 않았다. 나는 욕실로 들어가 세차게 떨어지는 차가운 물줄기에 온몸을 맡겼다. 하지만 타월로 물기를 제거하자마자 이내 몸은 다시 펄펄 끓어올랐다. 카짐 전에 마지막으로 잠자리를 했던 남자가 떠올랐다. 친구의 소개로 만나 두세 번

데이트를 했던 남자였다. 머리가 살짝 벗겨졌고 바스락거리는 잎사귀처럼 마른 40대 초반의 사업가였던 그는, 결혼할 시간조차 없이 바쁘게 살았다고 했다. 이혼경력 같은 건 상관없어요. 맞지 않으면 같이 살 수 없는 거죠. 그리고 내가 여전히 20대 처녀 같아 보인다며 느글느글한 웃음을 날렸다. 나는 그가 좋지도 싫지도 않았지만, 강남에 빌딩 몇 채 있다는 어마어마한 재산에 약간은 끌렸다. 하지만 그는 나와 힘겹게 잠자리를 하고는 마지막으로 한마디를 던지고 더 이상 전화조차 안 했다. 당신은 불감증 환자 같아.

서둘러 아직 발도 디뎌보지 못한 석회산으로 향했다. 하얀 얼음가루를 뿌린 듯한 산이 계단식논 마냥 층층이 펼쳐져 있었고, 그 안엔 사진처럼 파란 하늘을 담은 물웅덩이들이 반짝였다. 신발을 벗고 발을 담갔다. 미지근한 물이 몸의 열기를 데웠다. 물웅덩이 주변으로 켜켜이 쌓인 석회봉들이 마치 뜨겁게 흐르다 굳어버린 용암 같았고, 어둠 속에서 물결치듯 흔들렸던 카짐의 몸 같았다. 나는 파묵칼레의 또 다른 명소라는 히에라폴리스의 고대 원형극장도 보지 않은 채 서둘러 마을로 내려왔고 호텔방 구석에 처박혔다.

혼자 숨만 헐떡거리면서 몇 시간 동안 침대에 누워 있다가, 방안에 어둠이 가라앉기 시작하자 벌떡 일어났다. 프런트로 내려갔다. 없었다. 식당으로 갔다. 없었다. 수영장으로 갔다. 카짐은 노란 불빛이 흐르는 수영장 물을 내려다보면서 담배를 피우고 있었다. 나는 뛰어가서 그의 손을 잡아끌고 싶은 충동을 참았다. 천천히 그에게 다가갔다. 그가 나를 돌아보았다. 그의 입가엔 은은한 미소가 감돌았다. 그는 담배를 발바닥에 비벼 끄고는 아무 말 없이 객실이 있는 건물을 향해 걸어갔고, 나는 그의 그림자를 밟다가 나란히 걸었다.

　건물 안으로 들어가는 순간 내 손에 따듯한 기운이 느껴졌다. 우리는 첫사랑에 빠진 초등학생들처럼 손을 맞잡고 천천히 걸었다. 계단 앞에 이르자 그는 나를 벽으로 밀어붙였다. 내 목덜미에 그의 입술이 닿았고, 내 가슴에 그의 손이 닿았다. 그리고 어린아이가 손가락을 빨 듯, 그의 입술은 내 입술을 반복적으로 빨아들였다. 계단 위에서 누가 내려오는 소리가 나지 않았더라면, 그가 그 자리에서 내 옷을 벗긴다한들 막지 않았을 것이다. 우리는 아쉬운 연인들처럼 떨어졌고, 나는 내 방으로 돌아왔다. 카짐이 곧 따라올 것이라고 기대하면서.

　침대에 아이처럼 웅크려 누웠다. 심장의 고동소리가 들려왔다. 숨도 제대로 쉬어지지 않았다. 누군가를 미치도록 사랑한 적은 있었지만 누군가와 미치도록 육체를 나누고 싶었던 적은 지금까지의 기억에 없다. 나는 한 번도 경험해보지 못한 지금의 상태를 어떻게 해석해야 할지 몰랐다. 그리고 내 몸 안에 숨겨져 있던 욕망의 크기에 놀라 두려우면서도, 그 욕망의 노예가 되고 싶었다. 내 은밀한 곳에 고여 있는 물기가 느껴졌고, 그것을 카짐의 혀가 핥아주기를 기다렸다. 하지만 몇 시간이 지나도록 카짐이 오지 않자, 나는 그 어떤 남자에게라도 몸을 내어주고 싶은 충동을 느꼈다. 바쁜 일이 있는 걸까. 나는 밤새 카짐을 기다리며 불면의 사막 위를 거닐었다. 그러나 태양이 잠든 사물들을 모두 깨우도록, 카짐의 그림자조차 나타나지 않았다.

나는 불안과 초조 속에 빠져들었다. 아예 며칠 동안 카짐이 보이지 않았기 때문이다. 진짜 내가 왜 이러나 싶었고 스스로가 한심하다는 생각도 들었다. 카짐의 엄마에게 물으니, 카짐은 군대 간 친구의 면회를 갔다고 했다. 내게 언급조차 없이 떠난 걸 보니 그 날 밤의 일은 안중에도 없는 것임에 틀림없었다. 그냥 달빛에 젖어서 아님 술김에 자기도 모르게 흥분된 육체의 욕망을 내 몸 위에 쏟아붓고는 떠나버린 것이다. 아마도 나 역시 그런 것일지도 모른다. 그럼 그 다음날 계단 앞에서 한 키스를 무엇이었을까. 도대체 나를 뭘로 보고. 마음대로 갖고 놀아도 되는 개방적인 외국여자쯤으로 생각했던 걸까. 나는 일찌감치 파묵칼레를 떠나야겠다고 생각했다. 시간이 해결해 줄 문제 같았다.

짐을 꾸리고 있는데 버스가 들어오는 소리가 들렸다. 테라스로 다가갔다. 버스에서 카짐이 내리고 있었다. 빌어먹을. 가슴이 쿵쾅거렸다. 나를 갖고 놀아도 상관없었다. 제발…

곧 이어 복도 쪽에서 뛰어오는 발자국 소리가 들렸고 문을 쾅쾅 두드리는 소리가 들렸다. 나는 깊은 숨을 몰아쉬며 문을 열었다. 카짐은 거칠게 들어와서는 나를 끌어안았다. 그의 두근거리는 심장소리가 터질 듯이 나의 혈관을 타고 온 몸을 휘감았다. 미안해. 나도 내가 이렇게 미칠 것 같을 줄 몰랐어. 보고 싶었어. 그의 목소리는 절박했고, 나는 행복했다. 나는 그의 단단한 가슴을 힘껏 방망이질 하듯 때렸고, 그는 나의 두 손을 잡더니 나를 번쩍 들어 올려 침대에 던졌다.

우린 한 낮의 더위가 고인 방 안에서 숨이 막힐 듯한 열기를 나눴다. 땀에 젖은 그의 목덜미에서 젖비린내 같은 아이의 냄새가 났다. 나는 그의 몸을 더듬어 맛을 봤고, 그 역시 닳아 없어질 때까지 내 몸을 핥고 또 핥았다. 그는 능숙한 탐험자처럼 정확히 나의 은밀한 동굴 속을 찾아 들어왔으며, 그의 움직임을 따라 나는 하프처럼 머리끝부터 발가락 끝까지 진동했다. 그는 내 위에서 물결처럼 출렁거렸고, 나는 그의 단단해진 젖꼭지를 구슬아이스크림처럼 빨아 먹었다. 그는 간헐적으로 신음을 터뜨렸고, 그 소리는 지구상의 그 어떤 소리보다 나를 즐겁게 했다. 나는 그 순간이 영원히 지속되었으면 좋겠다고 생각했다. 뜨겁던 태양이 나뭇잎을 금빛으로 물들일 때까지, 온 몸의 수분이 빠져나가 탈진으로 나동그라질 때까지, 우리는 서로를 녹이고 또 녹였다.

그 날 이후로 카짐은 나를 기다리게 하지 않았다. 그는 투어와 여행자 '납치'로 바쁜 하루 일과를 보낸 뒤, 하루도 빠짐없이 조용히 내 방을 찾았고 우린 한참을 뒹굴다 함께 떠오르는 태양을 맞았다. 낮에는 책을 읽거나 수영을 하면서 보냈지만, 내 머릿속에는 온통 카짐 생각뿐이었다. 가끔씩 마주치는 그의 엄마는 불안한 눈빛으로 나를 쳐다봤지만 아무런 말은 하지 않았다.

1주가 지나고 2주가 지났다. 네 몸은 맛있게 생겼어. 네 다리로 내 다리 좀 감아줘. 하루 종일 너랑 하는 생각만 했어. 이젠 꿈에서도 너랑 해... 2주 동안 우리가 나눈 대화들이란 그런 수준의 것들이었다. 하지만 나는 오히려 그런 가식 없는 욕망의 부딪침에 점점 더 자극이 되었다. 시간이 지나면 지날수록 우리는 더 대담해졌고,

그만큼 쾌락과 열정의 크기는 커져만 갔다.

 하지만 어느 순간부터 그 쾌락에 비례해 두려움이 새싹처럼 쑥쑥 자라났다. 열기와 흥분에 휩싸인 감정이 언젠가는 식어버릴까 두려웠고, 이것이 사랑일까봐 더더욱 두려웠다. 이건 사랑이 아니라 욕망이나 쾌락에 불과하다고 스스로 되뇌어도, 이 터져버릴 것 같은 심장의 두근거림은 사랑할 때 느끼는 감정과 다르지 않았다. 아니 오히려 더 강렬했다. 나는 두려우면 두려울수록 점점 더 많이 그의 육체를 흡수했다. 이제 그가 곁에 있지 않는 동안에도 항상 내 안에 떨림으로 남아있는 그를 느낄 수 있었고, 그 느낌은 첫키스의 몇 백배만큼 황홀했다. 이게 사랑이 아니라면 뭘까. 사랑이라고 한들 뭐가 달라질 수 있을까. 혼란스러웠다.

 이 호텔에 머문 지 3주째로 접어들던 어느 날, 카짐의 엄마가 나를 조용히 식당 구석으로 불렀다. 그녀의 양 볼은 더욱 발개져 앵두를 양쪽에 매단 것 같았다. 자세히 보니 깊게 파인 눈이 카짐을 많이 닮았다. 그녀는 차이를 한 잔 따라주었다. 나는 두 손으로 공손히 그녀가 따라주는 차이를 받았다. 왠지 그렇게 예의를 차려야만 할 것 같았다. 그녀는 한참을 망설이더니 입을 열었다.

 카짐과 결혼할 생각이야?

 결혼… 갑자기 무슨 소리인가 싶었다. 우리 둘이 만나는 것은 이미 눈치 채고 있었을 것이다. 그래도 그렇지 만난 지 얼마나 됐다고 결혼이라니…

 내가 물어보니까 카짐은 너랑 결혼할 수도 있다던데? 네 생각도 그래?

나는 그 때 알았다. 카짐은 이 육체적 관계를 사랑으로 생각하고 있다는 것을. 카짐의 엄마는 나를 부르기 전 카짐에게 먼저 물었을 것이다. 어쩌자고 저 외국여자와 그러냐고. 그럴 때 카짐은 나와 결혼할 수도 있다고 그렇게 대답한 것이다. 터키 사람답지 않게 과묵한 그가 그런 말을 했다면 그건 결코 빈 말이 아니었다. 갑자기 울컥 가슴에 치밀어 오르는 뜨거운 무엇이 느껴졌다.

하지만 나는 침착하게 카짐의 엄마에게 결혼 같은 것은 생각해본 적이 없다고 또박또박 대답했다. 그녀는 그럴 줄 알았다는 듯 아무런 표정의 변화 없이 고개를 끄덕였다. 결혼이 사랑과, 더더군다나 욕망과 동의어가 아니라는 것쯤은 나보다 더 잘 알고 있을 테니까. 그녀는 자리에서 일어서더니 내게 다가와 가죽같이 투박한 두 손으로 내 오른손을 움켜잡았다. 따뜻한 온기가 느껴졌다. 그녀는 서투른 영어로 더듬거리며 말을 이었다.

더 이상 아들에게 상처주지 말고 끝냈으면 좋겠어. 아빠 없이 자란 불쌍한 아이야. 그 애는 이제 겨우 스물 셋이라구.

지난해 나는 5년간의 결혼생활에 마침표를 찍었다. 두 살 차이였던 남편과 나는 둘 다 대학 졸업반일 때 소개팅에서 만났다. 첫 눈에 서로에게 반한 우리는 데일 것 같이 뜨겁게 사랑을 시작했고 만난 지 1년 만에 결혼했다. 하지만 그 사랑은 시간과 함께 서서히 식어갔고, 결혼 5년째로 접어들었을 때 우리의 삶에 더 이상 열정 같은 건 없었다. 작은 출판사에 다녔던 나는 집과 직장을 오가는 반복되는 삶에 지쳐있었고, 대기업에서 치열한 승진싸움에 밀려 술과 함께 뱃살이 늘어가던 남편 역시 그러했을 것이다. 그렇다고 특별히 결혼생활에 불만이 있는 건 아니었다. 남들처럼 휴가 때면 함께 여행을 떠났고, 주말이면 영화를 보고 외식도 했다.

그러던 어느 날 수많은 스팸메일 사이에서 한 때 익숙했던 이름이 눈에 띠었다. 대학 시절 2년간 사귀었던 연인이었다. 사랑했지만 그는 군대로 떠났고, 무슨 이유에서인지는 몰라도 휴가를 나와서는 나를 차버렸다. 오랜만에 그의 이름을 보는 순간 나도 모르게 심장이 뛰었다. 떨리는 손으로 메일을 클릭했다. 결혼한다는 소식과 함께 한번 얼굴이나 보자는 내용이었다. 어떻게 보면 이상하고 어떻게 보면 별로 이상할 것도 없었다.

나는 며칠을 망설이다 그에게 전화를 해서 약속을 잡았다. 설레지 않았다고 하면 거짓말일 것이다. 그래도 나는 그저 얼굴이나 보고 싶었다. 아니다. 반복되는 일상에서 뭔가 다른 일이 일어나길 내심 기대하고 있었는지도 모른다. 거의 10년 만에 만난 그는 학생시절의 풋풋함은 사라졌고 얼굴에 약간의 살집이 붙었지만, 그것이 날카롭고 치열했던 그의 인상에 넉넉함이란 미덕을 선사했다. 그도 그럴 것이 가난한 고학생이었던 그는 이제 커다란 로펌에서 자칭 잘 나가는 변호사가 되어있었다.

우리는 근사한 레스토랑에 가서 저녁을 먹었고, 특급호텔의 스카이라운지에서 술을 마셨다. 그는 연애시절 나를 이런 곳에 데려가지 못해 마음에 걸렸다고 했고, 술에 더 취하자 자신이 사랑했던 여자는 나뿐이었다고 말했다. 그 때 나를 떠난 건 자신이 너무 가난했기 때문이라면서. 기분이 나쁘지는 않았다. 조금은 선을 넘는다는 느낌이 들긴 했지만 어차피 얼마 뒤면 결혼할 사람이어서 크게 부담이 되진 않았다.

그 날 이후 이따금씩 이메일을 주고받았고, 가끔 만나 데이트를 즐겼다. 만나는 횟수는 점점 잦아졌고 그 때마다 나는 남편에게 직장 회식을 핑계로 댔다. 우린 대학시절처럼 함께 영화를 봤고, 밥을 먹었고, 술을 마셨다. 남편에게 미안한 마음이 들지 않은 것은 아니었지만, 가끔 만나는 남자 대학 동창도 몇 있는데 뭐 대수일까라며 만남을 합리화시켰다.

그러던 어느 날 그가 술에 취해서는 이렇게 말했다. 네가 이혼한다면, 나도 결혼하지 않을게. 그제서야 내 현실의 앙상한 가지들이 정신을 후려쳤다. 앙상했기에 더 아팠다. 그의 눈에는 물방울이 맺혔다. 이렇게 시작하는 게 아니었다. 그럼 마지막 부탁을 들어줘. 한 번만 너를 갖고 싶어. 가을바람에 무심히 흔들리는 갈대처럼 잠시 마음이 움직였지만, 나는 그 자리에서 일어났고 더 이상 그를 만나지 않았다.

며칠 뒤 몸이 안 좋아 병원을 찾았다. 클라미디아라는 균에 감염됐다는 진단을 받았다. 성병이었다. 의사는 부부 사이가 악화될 것을 의식했는지 그건 꼭 성관계에 의해서 감염되는 것은 아니에요. 라고 덧붙였다. 하지만 돌아와 인터넷을 뒤져보니 거의 성관계에 의해 감염되는 균이었다.

그 날 밤 나는 혼자서 식탁에 앉아 TV 드라마의 주인공처럼 맥주를 마셨다. 한 병 두 병… 술병이 늘어날수록 처참한 기분에 젖어 들었다. 그래도 구질구질하고 싶진 않았다. 새벽 2시가 넘어 남편이 문을 따고 들어오는 소리가 들렸다. 나는 낮은 목소리로 입을 열었다. 나 성병이래. 당신 병원 가서 검사 받아 봐. 남편의 얼굴이 일그러졌다. 나는 더 이상 아무 말도 하지 않고 침실로 향했다. 사랑이 적어도 환멸이 되지는 않기를 바라면서.

쨍그랑. 돌아보니 유리 파편이 사방에 널려있고, 벽엔 반짝이는 유리가루와 얼룩이 선명했다. 내가 마시다 남긴 맥주병을 벽을 향해 던진 남편은 분노에 찬 폭풍처럼 소리쳤다. 어떤 놈이랑 자고 와서 나보고 검사하래? 내가 모를 줄 알고? 너 다른 놈이랑 바람났잖아. 내가 니 이메일 다 봤어. 이 창녀 같은 년. 나는 그 순간 내 결혼생활이 끝나버렸다는 것을 깨달았다. 깨진 병을 더 이상 이어 붙일 수 없는 것처럼. 그의 발악이 이어졌다. 그래 나도 술집여자랑 잤다. 너 바람피는데 나라고 못 그러니?

아내의 외도를 의심해 홧김에 술집여자와 관계를 맺고 내게 성병까지 옮긴 남편과, 단 한 번도 잠자리를 가지지는 않았지만 다른 남자에게 잠시 마음을 품었던 나 중에서 누가 더 잘못한 건지는 잘 모르겠다. 아마도 도덕적으로는 내가 더 잘못했겠지. 돌팔매질을 맞아도 상관없었다. 아무튼 분명한 건 이제 나는 조금의 일탈도 허용하지 못하는 결혼제도가 지긋지긋해졌고, 환멸로 변해버린 이 사랑을 안고 나갈 조금의 의지도 없었으며, 무엇보다도 시침을 뚝 뗀 채 나의 삶을 지켜보고 뒤져본 남편이 무서웠다. 그로부터 오래지 않아 우리는 이혼서류에 도장을 찍고 갈라섰다.

내일이면 파묵칼레에 들어온 지 한 달이다. 오늘 따라 일찍 호텔로 돌아온 카짐은 내 손을 잡고 산으로 향했다. 우리는 들뜬 어린 아이처럼 뛰어서 단숨에 산에 올랐다. 그는 석양을 제대로 볼 수 있는 포인트가 있다며 안내했다. 이미 소문난 명당인지 많은 관광객들이 자리를 잡고 떨어지려는 태양에 시선을 고정하고 있었다. 우리도 빈자리를 찾아 나란히 앉았다. 헐떡거리는 그와 나의 숨소리가 사그라질 때까지 우리는 아무런 말도 하지 않았다. 지는 해처럼 분위기가 가라앉고 있었다. 그는 천천히 내 손을 꼭 잡았다. 혈관이 터져버릴 것처럼 뜨거웠다.

내일부턴 숙박비 지불하지 말고 있어. 넌 내 가족이나 다름없으니까. 원한다면 방도 더 좋은 데로 옮겨줄게.

아마도 내가 떠날까봐 선수를 치는 것 같았다. 나는 눈물을 흘리지 않고 울었다. 창자가 비틀리는 듯한 고통이 느껴졌지만, 내가 누렸던 행복을 생각하면서 참았다. 그리고 나는 잠잠한 호수가 되어 영원히 내 마음을 그 곳에 묻어버리기로 결심했다. 내가 그를 처음 본 순간 명치끝이 아려왔던 건, 왠지 눈물이 났던 건, 그가, 바로 내가 잃어버린 과거였기 때문이었다. 나는 또 그 과거를 되풀이할 수 없었다. 마지막으로 맞잡은 그의 손을 꼭 쥐었다. 카짐은 나의 어깨를 끌어안았다.

여기에 남아있어. 나와 함께.

…

사랑해.

…

처음엔 잘 몰랐었는데 지금은 확실히 알겠어. 널 보낼 수 없어.

…

사랑한단 말이야. 사랑한다구.

…

(가슴에 손을 대며) 여기가 너무 아파. 제발 가지마.

…

너도 날 사랑한 거 아니었어?

어떤 말을 해도 내가 계속 침묵 속에 잠겨있자, 카짐의 목소리는 점점 떨려왔다. 나는 살아오면서 '사랑'이란 말을 얼마나 많이 사용했을까. 글로든 말로든 수십 번 아니 수백 번 그 말을 읊조렸을 것이고, 또 그 만큼 그 말을 들었을 것이다. 사랑해. 사랑해. 널 위해 뭐든지 할 수 있어. 하지만 바람이 훅 불면 사라지는 신기루처럼, 사막 위에 흡수되어 흔적조차 없이 사라지는 물방울처럼, 지구라도 뒤흔들 수 있을 것 같던 사랑은 어느새 내 인생에서 서서히 뒷걸음질 쳐 달아나 버렸다. 그런데 나는 또다시 이 사랑이란 말을 들으며 가슴이 터질 것 같은 느낌에 사로잡혀 있다니….

구름 사이로 태양이 수 갈래의 가지를 뻗으며 천천히 가라앉았고, 태양을 등지고 있던 나무들은 검은 실루엣을 만들며 어둠 속에 흡수되어갔다. 이내 사방엔 밤이 내려앉았고, 아름답던 하얀 산들은 빛을 잃자 회색의 단단한 시멘트처럼 우리를 무섭게 둘러쌌다. 나와 카짐은 물에 발을 담근 채 한참을 침묵 속에서 앉아있었다. 관광객들은 하나 둘 떠났고, 이제 우리만 남았다. 나는 그를 쳐다봤다. 그의 입술은 사랑을 잃을까 싶은 두려움에 사로잡혀 연약한 나비 날개처럼 파르르 떨고 있었다.

사랑해. 나도 너와 함께 있고 싶어. 그 말이 목구멍까지 올라왔지만 끝내 입술을 빠져 나오지는 못했다. 그의 말대로 나는 그를 사랑하고 있을 것이다. 어쩌면 내 인생의 그 어떤 사랑보다도 더 많이. 하지만 인류가 오랜 역사를 거쳐 만들어낸 이 사회의 구조상 사랑하는 사람들 대부분은 결혼하지 못하면 결국은 헤어질 수밖에 없다. 나는 알고 있다. 내가 그와 결코 결혼할 수 없다는 것을. 외부적 난관만을 말하는 것은 아니다. 이방인과의 자유로운 사랑과 -더더군다나 육체적인 사랑과-, 현실에 얽매일 수밖에 없는 결혼은, 결코 섞일 수 없는 물과 기름이기 때문이다. 어쩌면 머리의 기억보다 더 오래간다는 몸의 기억이 평생 나를 괴롭힐 지라도, 이 사랑은, 바로 지금, 내가 끝내야만 했다.

그를 쳐다봤고 아주 천천히 고개를 흔들었다. 이내 그의 커다란 눈동자엔 그렁그렁한 물방울이 맺혔다. 나는 먼저 자리에서 일어났고, 석회산의 부드러운 감촉을 느끼며 천천히 걸어 내려왔다. 부드러워서 따뜻해서 좋았다. 그러지 않았더라면 나는 그 자리에서 망치에 맞은 얼음처럼 산산이 부서져버렸을 것이다. 이제 내 마음은 파묵칼레의 따뜻한 물웅덩이 속으로 녹아내려 이대로 영원히 이곳에 고여 있겠지.

나는 방황하는 별빛 사이에서 한참을 떠돌다 호텔로 돌아왔다. 내일 아침 일찍 이스탄불로 떠나기 위해 짐을 꾸렸다. 이곳에 들어왔던 그대로 트렁크 하나와 작은 손가방 하나만을 지니고 떠나면 된다. 침대에 누웠다. 잠시 그와 결혼하는 상상을 했다. 하얀 석회산을 마주하고 날리는 살구나무 꽃의 감미로운 향기 아래서 얼마간은 꿈결처럼 행복하겠지. 맑은 잿빛이 감도는 그의 눈동자와 그의 순결한 체취와 나를 미치도록 즐겁게 하는 그의 신음소리 속에서 어쩌면 하루하루가 구름 위를 걷는 기분일지도 모른다.

하지만 시간이 한 겹 두 겹 꽃잎처럼 쌓이고, 낯선 땅이 익숙한 일상이 되어감에 따라, 우리는 서로의 다름에 어리둥절하다가 미워하다가 결국은 치를 떨며 등지게 될 것이다. 같은 나라에서 태어나 비슷한 환경에서 자란 사람들도 섞이기 힘든 데, 하물며 몸을 섞는 거 외엔 아무것도 공유한 것 없는, 열 살이나 어린 이슬람 국가의 남자와 생각과 삶을 함께 한다는 건 소설 속에서도 있을 수 없는 일이니까. 아니 그러기엔 현재 내가 너무 많은 것을 가졌고, 이미 너무 많은 것을 잃었다.

쾅. 쾅. 쾅. 심장을 두드리듯 천둥 같은 노크 소리가 들렸다. 나는 천천히 다가가 문을 열었다. 예상대로 카짐이었다. 부어있는 눈꺼풀 아래에선 폭포 같은 눈물이 쏟아지고 있었다. 스물 셋이란 나이엔 사랑을 잃는다는 것은 감당하기 힘든 일이다. 나는 카짐의 손을 잡고 침대로 이끌었다. 나란히 침대에 누웠다. 카짐은 달팽이처럼 몸을 웅크려 내 품에 안겼다. 나는 아이에게 젖을 먹이는 엄마처럼 그를 따스하게 품었다. 아주 천천히 등을 토닥토닥 두드리면서. 그리고 그의 귓가에 부드러운 자장가 한 가락을 불어넣었다. 그는 한참을 흐느꼈지만 울음은 점점 잦아졌고 결국은 작은 숨소리만을 내쉬며 편안한 어린아이처럼 잠이 들었다. 밤새 우리는 그렇게 달콤한 꿈을 함께 꾸었다. 평생 한 번 꿀까말까 한 달콤한 꿈을….

소설 부문 동상

시간의 끝

이현미

　소설 속 주인공 지원은 자신의 삶에 만족하는 것처럼 보인다. 남편이 바람만 피우지 않았더라도 지원의 삶은 내내 평온할 것처럼 보인다. 하지만 지원은 바삭 마른 나뭇잎처럼 바스러질 것 같이 위태롭다. 그건 그녀의 일상이 지나치게 평온하고, 그 평화로움이 자신의 시간을 망각하는 데서 찾은 것이기 때문일 것이다.

　글을 쓰겠다는 이상과 먹고사는 현실 사이에서 균형감각을 찾을 나이가 되었고, 균형을 잡은 듯 몇 해를 지냈다. 그것이 네 나이에 맞는 일이라고 사람들은 말했다. 하지만 어딘가 이상했다. 이상은 멀어진 채 현실만 남았고, 그 속에서

별로 행복하지 않았다. 나이에 어울리는 삶의 무게가 어느 정도인지 궁금했지만, 그냥 그런 거라고 세상 사람들이 다 아는 걸 왜 너는 모르느냐고 사람들은 말했다. 다들 알고 나만 아직 깨치지 못한 것이 무엇일까를 생각하며 머리맡에 꺼내둔 펜을 쉽게 잡지 못했다. 그러다 문득, 머릿속이 텅 비는 걸 느꼈다. 아무것도 하고 싶지 않았고, 무엇을 해도 즐겁지 않았다. 다시 도진 병증을 사람들에게 말했을 때, 사람들은 실은 나도 그렇다고 말했다. 하지만 그렇게들 사는 거라고, 그런 거라고 얼버무리며 다시 일상으로 돌아갔다. 무서웠다. 다르지 않은 매일을 살며 남은 생을 꽉꽉 채우는 것이. 지극히 일상적인 일상을 사는 것이 무서워졌다. 그래서 다시 펜을 들었다. 그저 내 위안거리가 될지언정 이제 놓지 않고 꾸준하리라는 소박한 마음으로 잡은 펜이었다. 그렇게 완성된 첫 이야기가 〈시간의 끝〉이다.

생각지도 못한 큰 상을 받게 되었다. 여전히 믿기지 않는다. 이렇게 복잡한 감정은 생애 처음인 듯하다. 좋으면서도 마치 깨질 꿈처럼 불안하고 설레면서도 걱정스럽다. 심장은 벌떡벌떡 뛰는데, 얼굴은 굳는다. 삐죽이 솟아오른 입 꼬리의 웃음을 감출까 보일까 별걱정을 다하고 있다. 우스운 모양새다.

　새로운 일상에 대한 기대와 힘을 주신 분들께 진심으로 감사드린다. 이제 시작이다. 많은 사람과 함께 이야기를 나눌 수 있도록 노력할 것이다. 덧붙여, 내게 곁을 내준 모든 인연에 감사드린다.

소설 부문 동상

시간의 끝

이현미

1

쨍쨍한 볕들 사이로 바람이 불고 있었다. 불던 바람에 나뭇잎이 치여 초록빛을 부수고 바람에 빛깔을 더하며, 그렇게 평온한 바람이 창밖으로 불고 있었다. 바람은 방향을 바꾸어가며, 주변의 풀과 나무를 흔들고 있었다. 바람이 자신에게도 와 닿기를 바라는 듯, 지원은 아까부터 창에 바짝 붙어 창밖에 시선을 두고 있었다. 창밖의 바람은 지원의 몫이 아니었다. 이렇게 평온한 바람을 구경하고 있는 시간조차 지금은 자신의 몫이 아니라는 걸 지원은 알고 있었다. 입고 있는 하얀 소복은 그럴 여유를 즐기기에 적합한 옷은 아니었다. 더구나 지원이 맞이하고 있는 죽음은 완전한 타인의 것이 아니었기 때문에 사람들 눈도 의식해야 했다. 다행히, 앙상하게 마른 지원의 뒷모습은 사람들의 연민을 자극할 것이고, 연민은 사람들의 상상력을 자극하며 지원의 편이 되어줄 것이었다. 한때, 한 아이의 엄마이자 조신한 아내였지만, 갑작스럽게 두 가지 타이틀을 모두 잃은 지원은 사람들의 눈가를 적시기에 충분한 일인(一人)이 되었다. 다만, 사람들의 격한 반응에 지원만이 당혹스러웠다. 멍하니 지금처럼 창밖을 보고 있는 건 지원의 오래된 모습이었다. 사람들은 그런 지원의 모습을 한 번도 눈여겨본 적 없으면서, 지금이야말로 지원이 그런 새로운 모습을 보인다며 호들갑을 떨었다. 빈소를 찾아오는 사람들의 감정은 때론 지원보다 더 격했다. 더 크게 울었고, 더 슬프게 울었다. 사람들은 담담하게 그들을 맞이하는 지원에 대해서 많은 말을 하고 싶어 했다. 결국 지원은 일부러라도 지쳐버리지 않으면 안 되었다. 일부러라도 잠을 청할 수 없었으며, 일부러라도 밥술을 뜨지 않았다. 종일 먹은 거라곤 물 뿐인 며느리를 시어머니는 독하다고 했다. 그리고 그 독함이 아들을 질리게 만들었고, 결국 이 지경을 만들어 놓았다며 악다구니를 쓰고, 기절했다. 기절한 시어머니를 대신해 꼿꼿하게 조문객을 맞은 지원은 안 됐지만, 어딘가 이상한 여자가 되었다. 하지만, 아무도 지원이 어떤지는 묻지 않았다. 사람들이 생각하는 지원과 지금 이렇게 서있는 지원이 얼마나 같은 사람일지 알 수 없었다.

낮 시간이 되자, 빈소는 한산했다. 남편의 동료들은 한창 점심을 먹으며, 이번 주말에 무엇을 할 것인지 사소한 선택들 사이에서 고민하고 있을 시간이었다. 죽은 남편은 이제 살아서, 살아야 하는 사람들과 다른 방식의 시간을 지내야 할 것이다. 장지로 가는 길을 도와줄 남편의 동료와 친구들은 느지막이 올 것이었다. 그때까진, 아들과 남편의 죽음에 집중할 수 있을 것이다. 죽음은 잡히지 않지만, 분명한 문제였다. 그래서인지 남편의 죽음은 납득할 수 있었다. 남편은 흥분한 채로 운전대를 잡았으며, 신호를 무시하고 달렸다. 그래서 죽었다. 남편에게 다가온 죽음은 그의 행동에 대한 책임이다. 하지만, 아들 예준에게 죽음은 설명되지 않았다. 6살이었다. 생의 의미가 무엇인지 몰랐듯, 죽음이 무엇인지도 몰랐다. 아빠를 따라나선 6살 아이는 자기가 가는 길이 어떤 길인지도 모른 채 그렇게 먼 길을 갔다. 그저 아빠 옆에 앉아있었기 때문에 죽었다. 그건 예준이 책임질 수 있는 죽음이 아니었다. 그리고 지원은 죽음의 과정에서 배제된 채 그저 그 둘이 죽었다는 사실을, 결과를 통보받았다. 아무것도 공유하거나 물을 수 없었다. 삶과 죽음의 경계에서 고통이 얼마나 길었는지, 혹여 먼저 죽은 아빠를 곁에 두고 예준이가 공포에 떨며 목이 찢어져라 엄마를 부르진 않았는지, 알 수 없었다. 그저 그 뒤 죽었노라 전해 들었고, 지금 이렇게 그 둘이 삶의 영역에서 멀어지는 과정을 목격하고 있을 뿐이었다. 지원은 한낱 목격자였으므로, 이 상황을 놓고 왈가왈부할 입장이 못 되었다. 그저 남은 순간들을 기억하고 따르면 되었다.

  수의를 입고 누운 남편을 보자 시어머니는 울부짖었다. 그렇게라도 해서 현실을 부정하고 싶은 것인지 본인의 유별난 모성을 내보이고 싶은 것인지 알 수 없었지만, 남편의 귀를 꼭 막아주고 싶었다.

살아있는 남편에게 어머니의 음성은 늘 무겁게 다가왔고, 거스를 수 없는 요구들을 부담스러워했다. 상처를 꿰매고, 단정하게 누운 예준이와 남편을 보자, 지원은 문득 나도 저기 함께 누워야 하는 게 아닌가 하는 생각이 들었다. 오래 전이긴 하지만, 예준이가 아프거나 무서운 꿈에 시달릴 때, 세 식구는 거실에 자리를 펴고 한 데 누워 잠을 청했다. 깊은 잠을 청하는 둘 사이에 자신만 깨어있는 것이 어색했다. 예준의 손을 잡았다. 생기라고는 없는 게 확실했다. 알고 있었다. 하지만 지원의 가슴 깊은 곳에서 솟아오르는 이 뜨거움은 분명 예준으로부터 전해진 것이었다. 예준은 분명 죽었다. 지원은 죽은 예준이 지내게 될 세상에 대해 조금이라도 알고 있는 게 있다면, 말해주고 싶었지만 아무것도 알려줄 것이 없었으므로, 확신할 수 있는 것들만을 말했다.

'걱정마라. 아가. 너처럼 착한 아이는 분명히 고통스럽지 않을 거야.'

고물고물 하얗고, 보드라웠지만, 생기를 잃은 예준의 손은 대답했다.

'그런 거라면 편안하게 나를 보내주세요. 이제 내 두 눈은 감겨서 엄마를 찾을 수 없고, 두 손은 묶여서 엄마 눈물을 닦을 수도 없어요.'

지원은 부끄러웠다.

'나는 지금 살아서, 너를 보내고 있다는 것을……. 살아서 느끼는 고통을 감히 네게 알아달라고 떼를 쓰고 있구나…….'

염을 하고, 빈소로 내려오는 동안 예준의 목소리가 살아서 움직였다. 살아있을 때와 다른 예준의 말투와 목소리는 이제는 정말 서로 다른 세상에 속해있다는 사실을 실감나게 했다. 빈소 앞에 다다랐을 때, 여자의 울음소리가 들렸다. 상조 도우미가 자리를 비운 사이, 상주도 없는 텅 빈 빈소에 들어가 앉아 울고 있는 여자였다. 여자의 울음은 그저 짐승 같은 통곡 뿐, 어디까지 그리움이고, 어디까지가 원망이고, 어디까지가 회한인지 구별해서 들려주지 못했다. 엉뚱하게도 지원은 저런 울음이 어디서 나오는지 궁금했다. 정말로 같이 앉아 울고 싶은 울음이었다. 지원이 선뜻 들어서지 못하고 서성이는 사이 기척을 느낀 여자가 눈가를 추스르며, 일어났다. 미처 고개를 다 들지 못하고, 고개 인사를 건네던 여자는 순간 휘청이며 지원 쪽으로 꼬꾸라졌고, 지원은 재빨리 여자를 잡았다. 숨소리가 들릴 정도로 가까운 거리에서 지원은 여자의 볼록한 배를 느낄 수 있었다. 아이를 가진 여자였다. 아이를 가진 여자가 남의 남편의 장례식장에서 마치 부인처럼 울고 있었다. 혼란스러운 지원의 눈을 피해 여자는 복잡한 얼굴로 지원이 부축한 손을 떼어냈다. 여자를 보내야 하는 것인지 고민스러웠다. 여자는 분명 지원이 생각하는 그 사람이 맞을 것이다. 그 사람이 맞다면, 지금 이 순간 여자에게 무슨 말을 해야 하는 것인지 지원은 혼란스러웠다. 여자는 복잡해진 지원의 머릿속 어느 즈음에서 튕겨져 나왔다. 바깥의 웅성거리는 소리가 신호탄이라도 되는 듯 황급히 자리를 피했다. 여자의 손을 움켜잡지 못했다. 결국은 만나버린 여자와 지원 사이에서 남편의 영정 사진은 웃지도 울지도 못하고 어정쩡한 미소만을 보이고 있었다.

2

 장례는 수목장으로 치러졌다. 남편은 나무를 좋아한다고 했지만 집안에서 제대로 된 꽃나무 하나 키운 적이 없었다. 종종 남편이 예쁘다며 사온 화분들도 그저 물 한 모금을 고대하다 말라 죽고는 했다. 꽃과 나무를 돌보기엔 그에게는 시간이 없었고, 지원은 그것들에 대한 관심이 없었다. 키 큰 나무들 사이에 스미는 공포스러운 어둠을 예준이 버텨낼 수 있을 지 걱정이었다. 예준인 어두운 곳을 무서워했다. 늘 밝은 해를 따라 걷던 아이였다. 하지만 시어머니의 뜻을 거스르지 못했다. 조금 더 나이든 아들을 잃은 늙은 어미를 젊은 어미는 이기지 못했다.
 예준이를 제 아빠에게 맡기고 돌아오는 길은 어두웠다. 며칠 만에 돌아온 집은 고요하고, 어두웠다. 시간이 멈춰버린 공간이었다. 예준의 작은 운동화와 남편의 슬리퍼, 지원의 구두가 어지럽게 엉켜 집을 나선 사람들의 행방을 감추고 있었다. 지원은 퀘퀘한 냄새를 따라 부엌으로 들어갔다. 이미 썩어 제 냄새와 색을 잃은 콩나물이 쟁반 위에 놓여 있었다. 지원은 썩은 콩나물을 뭉텅뭉텅 집어

봉지에 담고는 손에 남은 질척하고 불쾌한 냄새를 물로 씻었다. 죽은 것들의 흔적은 불쾌하다. 죽은 것들의 시간은 늘 산 것들과 겹쳐 있으면서, 그 불쾌함에 대해서는 짐짓 모른 척하는 그 뻔뻔함에 대한 불쾌를 남편과 아들에게도 느끼게 될 것인지, 혹여 그렇다면 어떻게 해야 하는지 혼란스러웠다. 놀이터에서 한껏 뛰어놀고 들어와 시큼한 땀 냄새를 풍기며 안기던 아이. 포동포동 오른 살을 부비며 이불 속에서 뒹굴던 아이. 콧잔등에 송골송골 땀이 맺혀가며 부채질을 해주던 그 아이. 유독 길고 가느다란 손가락 사이로 촉촉한 우유냄새를 풍기던 남편의 손. 지원이 기억하는 그 살결이, 그 살 냄새가 아직 남아있었지만, 남편과 아이는 모든 죽은 것들과 같은 과정을 밟아갈 것이다.

창문을 열고, 샤워를 하고, 옷을 갈아입고, 냉장고 문을 열고, 창문을 닫고, 침대에 눕는다. 지원이 방안을 오가며 내는 소리들은 묻히지 않았다. 지원의 발걸음, 기척 하나하나가 고요한 소리가 되어 지원에게 다가왔다. 남편의 소리, 아들의 소리가 있었다면, 흔적을 들키지 않을 소리였다. 거실에서 뻐꾸기시계가 새벽 2시를 알렸다. 평소였다면 남편은 이즈음, 집으로 돌아왔을 것이다. 조심스레 예준의 방에 들어가 아이를 살피고, 안방 문을 열어 지원의 기척을 확인하고, 이내 부엌에서 부스럭거리며 야식을 챙겨 서재로 들어갔을 것이다. 그리고 서재의 불이 꺼질 때까지 지원은 기척을 숨긴 채 말똥말똥 눈을 뜨고 침대에서 남편을 기다렸을 것이다. 하지만 그날 남편은 달랐다. 낮부터 열이 올라 고생하던 아이 곁에서 물수건을 갈아주던 지원을 자신의 서재로 불러냈다. 평소보다는 이른 퇴근이었고, 밥은 먹었냐, 예준이는 요즘 어떠냐는 형식적인 말을 건네지 않았다. 지갑 속에서 사진 한 장을 꺼내 보여주었다. 태아 초음파사진이었다. 사진을 받아들었지만, 남편이 요구하는 리액션이 무엇인지 알 수 없었으므로, 지원은 아무 말도 할 수 없었다. 남편은 이혼해달라고 했다. 어느 여자의 뱃속에서 자라고 있는 이 아이의 아버지가 되겠다고 했다. 남편의 요구사항은 알았지만, 역시 아무 말도 할 수 없었다. 시간이 필요했다. 남편의 '외도'와 '아이', '이혼'이 늘 맞물려있는 조각은 아닐 것이었다. 사진을 남편의 지갑 속에 넣고, 돌아서서 나오려는 지원을 남편은 거칠게 밀어붙였다. 이럴 거라면 왜 자신과 결혼했느냐고 남편은 물었다. 지원의 어깨를 쥔 남편의 손이 가늘게 떨렸다. 그의 눈빛은 간절하기까지 했다. 남편은 적어도 지금 이 순간, 지원이 보통의 여자들처럼 욕을 하고 화를 내며 울며 매달려주기를 바랐던 것인지 몰랐다. 하지만, 여전히 지원은 아무 대답 없었다. 남편은 지원을 거칠게 밀치고 나갔다. 남편의 마음을 읽기 어려웠다. 사랑한다고, 결혼하자고 먼저 프러포즈를 했던 건 남편이었다. 남편을 사랑했던 건 아니지만, 그를 떨쳐버릴만큼 싫지 않았기 때문에 그와 결혼했다. 지금, 이렇게 이혼을 말할 거였다면, 왜 그때 결혼하자고 했던 것인지 남편에게 묻고 싶은 건 지원이었다. '덜컥', 무겁게 닫히는 현관문 소리가 들렸다. 남편이 나가고, 새벽에 예준의 증세는 더욱 심해졌다. 해열제로도 열은 잡히지 않았고, 저녁에 먹은 것들을 게워냈다. 축 늘어진 아이를 들쳐 업고, 택시를 불러 응급실에 갔다. 진료를 받고 약기운에 잠이 든 아이 곁에 앉았을 때, 짝짝이로 신고 온 슬리퍼가 눈에 띄었다. 아이에게 아빠가 없다는 게 어떤 의미일지 문득 궁금해졌다. 남편이 지원에게 준 시간은 일주일이었다. 남편은 없었지만 일상은 달라지지 않았다. 낮을 지내고 밤을 새웠다. 정해진 시간이 되면 예준과 함께 밥을 먹고, 책을 읽고, 도란도란 이야기를 나누었다. 남편의 자리가 어디에 있는 지 잘 보이지 않았다. 남편을 기쁘게 해줄 수도 있을 것 같았다.

3

 낮도, 밤도 따로 없이 잠이 들면 잠을 자고, 깨면 다시 잠을 청하며 그렇게 아무것도 하지 않고 며칠이 지났다. 명치께가 쥐어짜듯 아파왔다. 오래되고 익숙한 통증이다. 며칠 만에 겨우 털고 일어나 병원에 가기로 했다. 골목길은 한산했다. 사람도 차도 보이지 않았다. 이 세상에 없는 길을 걷는 것 같았다. 저만치 보이는 동네 슈퍼 문이 열리고, 지원을 향해 예준이 뛰어왔다. 좋아하던 초코우유를 든 채였다. 예준은 활짝 웃으며 나래를 펴고 달리다 넘어졌다. 넘어진 예준을 일으키려 달려갔을 때, 예준은 그곳에 없었다. 이제 예준이와 함께 걷던 이 길은 세상에는 없었다. 고개를 흔들어 예준의 환영을 털고 일어났을 때, 슈퍼 앞에는 노란 유치원 통학 차량이 서 있었다. 껑충껑충 발랄한 걸음으로 뛰어 내리는 사내아이를 한 여자가 챙겨 돌아섰다. 졸다 나왔는지 몸이 흐물흐물 풀어져서는 선생님의 손을 잡고도 비틀대는 아이를 받아 안은 여자는 땀에 젖은 아이의 머리칼을 입으로 후후 불어내며 닦아주었다. 선생은 여자들의 뒤통수에 인사를 하고 떠났다. 여자들을 넋 놓고 지켜 보던 지원은 다시 텅 빈 길을 보고 지금이 오후 2시 34분경이라는 걸 알 수 있었다. 예준이가 다니던 유치원 통학버스도 잠시 후에 도착할 것이었다. 그제야 발걸음을 재촉하는 지원이었지만, 벌써 지원의 앞으로 지나가던 노란 버스는 지원을 붙잡아 세웠다.

  지원을 부르는 선생의 목소리 톤은 높고, 경쾌해서 잘 들렸다. 못 들은 척 지나치기 어려웠다. 차에서 내린 선생은 선뜻 무슨 이야기부터 시작해야 할 지 난감해했다. 어떤 상투적인 위로를 피하고 싶은, 진짜 위로를 찾고 있는 지도 몰랐다. 하지만, 상황이 바뀌지 않는 한, 진정한 위로라는 것 자체가 없을 터였다. 선생은 예준이의 물건들을 챙겨가는 게 어떠냐고 물었다. 선생은 영리하게도 용건을 만들어냈다. 일은 감정을 억누른다. 예준의 물건을 처분하는 것은 선생에게 맡겨진 일이었고, 예준의 흔적이 악용되거나 왜곡되지 않도록 추스르는 것은 지원의 몫이었다. 잠시 망설이던 지원은 차에 올랐다. 예준이의 흔적이 선생에게 불쾌함으로 남지 않기를 바랐다. 차안에서, 선생은 지원과 시간을 보내느라 하원이 늦어진 아이들의 엄마와 원장에게 걸려온 전화에 상냥한 목소리로 대답하고 있었다. 곁에 앉은 아이가 쿡쿡, 지원의 옆구리를 찔렀다. 머리 고무줄을 들고, 자신의 머리를 묶어달라는 시늉을 해보였다. 처음 보는 어른에게 당돌하게 구는 아이의 모습에 피식 웃음이 났다. '하동희'. 명찰에 쓰인 아이의 이름이었다. 동희는 예준이와 같은 반이었다. 예준이를 아느냐고 물어볼까 하다가 그만 두었다. 모를 리가 없었다. 다만, 계속해서 이 아이에게 예준이에 대한 기억이 남아 있을 지 알 수 없었다. 동희와 예준이는 초록 유치원 물망초 반이었다. 물망초의 꽃말은 '나를 잊지 마세요'라고 지난 3월, 유치원에 들어간 예준은 말해줬다.

　유치원에서 챙겨 온 모든 물건들은 예준이 살아 움직이던 시간을 증명하고 있었다. 소풍 때 찍은 사진 속에서 예준은 놀이공원 마스코트와 함께 활짝 웃고 있었다. 그날 밤, 꿈속에서 예준을 찾아 헤맸다. 놀이공원을 아무리 뒤져도 예준은 찾아지지 않았다. 날이 새도록 예준을 찾지 못했다. 흠뻑 젖어 잠에서 깨어났을 때, 명치께의 통증이 다시 찾아왔다. 오래되어 익숙한 통증이었지만, 늘 아팠다. 아마 예준의 존재도 그럴 것이었다.

4

　시간은 흘렀다. 아침이 왔고 밤이 왔다. 다시 찾아온 아침이 이전의 아침과 같은 것인지 다른 것인지 알 수 없었다. 집안에서의 시간은 그랬다. 같은 매일이 찾아오고 있었다. 지원이 아무것도 하지 않고 그저 시간을 흘려보내고 있노라면, 더욱 그랬다. 침대에 누워 천장을 올려다보고 있는 동안에도 시간은 흘렀다. 고요하고, 평온했다. 저 문밖의 세상이 어떻든 지금 여기에 있는 지원과는 무관한 일이 되었다. 스스로 고립을 자초한 것인지, 세상으로부터 격리된 것인지 알 수 없었지만 어쨌든 지금 이 순간 지원은 혼자였다. 지금 여기서 죽는다고 해도, 이 시간과 공간이 크게 달라질 것은 없어보였다. 지원은 혼란스러웠다. 자신의 시간을 지각하는 일이 고통스러웠다. 언제부턴가 지원은 체념하듯 다른 이의 시간에 자신의 시간을 얹어가며 살아왔다. 남편의 시간은 지원의 현재였고, 예준의 시간은 지원의 미래가 될 수 있을 것이라고 믿었다. 하지만 이제 현재도, 미래도 없다. 지원은 이렇게 혼자만의 성에 갇혀 자신의 시간으로부터 멀어지려 애쓰고 있는 것이다. 자신의 시간에 대한 두려움. 살아있는 것에 대한 두려움이었다.

남편의 서재로 향했다. 그곳에서 남편의 시간을 훔쳐볼 수 있을 것이다. 주인을 잃은 공간은 차분했다. 남편의 서재에서 남편의 시간은 멈춰있었다. 둘 사이에 특별한 문제가 있었던 것은 아니지만, 예준이가 나면서부터 남편과의 관계는 소원해졌다. 그리고 그 때부터, 남편은 안방에 있는 자신의 물건들을 하나씩 서재로 옮겨갔다. 살갑지는 않았지만, 가족이었다. 지원은 성실하게 살림과 육아를 담당했고, 남편 역시 성실하게 일했다. 예준도 별 탈 없이 무럭무럭 자라주었다. 따라서 지원은 지금의 이러한 생활이 계속해서 유지 될 수 있을 것이라고 믿었다. 열렬하게 사랑하면서 사는 부부가 얼마나 있을까. 남편은 성실하고, 예의바른 사람이었다. 하지만 지원이 저녁 찬거리를 고민할 때, 남편은 임신한 여자가 먹고 싶어 하는 음식을 주렁주렁 들고 가 여자가 남긴 음식들을 먹어 치웠을 것이었다. 지원이 예준과 남편의 옷을 고를 때, 남편은 여자와 함께 새로 태어날 아이를 재워줄 침대를 고르고, 그 곁을 지켜줄 인형을 고르고, 아이를 덮어 재울 이불을 골랐을 것이었다. 마치 아무 일도 일어나지 않는 듯, 많은 일들이 일어나고 있었다. 책상 위에 놓인 가족사진은 이 공간과 어우러지지 않았다. 이 사진을 보며 남편은 이 집에서 자신이 해야 할 일이 무엇인지를 분명히 하려 했을 것이다. 책상 서랍을 열자 여자의 사진이 나왔다. 남편은 언제부터 지원이 여자의 존재를 알아채고, 이 집을 떠나주기를 바랐던 것일까? 남편의 미래는 여자의 시간과 같은 방향으로 달려가고 있었다. 서재의 시간은 남편과 여자가 어긋나기 직전에 멈춰있었다. 지원은 남편에게 왜 자신이 아니고 그 여자인지, 왜 예준이가 아니고 그 아이인지를 묻지 않은 것을 후회했다. 지원의 가슴 한 편이 불편했다. 저릿저릿하고, 온몸에 벌레가 기는 듯한 불쾌함이다. 하지만 이러한 불쾌와 불편이 한 마디로 정리되지 않아 머릿속은 더불어 복잡해졌다. 잠을 청해본다. 눈을 감고 있는 동안 시간은 훌쩍 흘러 밤으로 변해있을 터였다.

5

벨이 울렸다. 아버지였다. 몇 년 만에 전화를 건 아버지는 얼굴도 알지 못하는 사위와 손자의 죽음을 안타까워했다. 지원이 초등학교 5학년 때 어머니와 이혼을 한 아버지였다. 아버지의 이혼과 재혼 사이에 어떤 관계가 있었는지 어린 지원은 알지 못했다. 몸이 불편해 미국에서 올 수 없는 어머니가 전화를 한 모양이었다. 어머닌 몇 년 전, 미국으로 이민 간 오빠와 함께 살고 있었다. 마주보고 앉았지만, 부녀 사이는 멀었다. 3시간이나 걸려 기차와 버스를 타고 찾아왔노라고 아버지는 말했다.

"생활하시기는 어떠세요?"

"나쁘지 않다."

" "
……..

" "
……..

"그래, 큰일 치렀구나. 괜찮은 거냐?"

"나쁘지 않아요."

아버지는 자신이 집을 나서던 날, 지원에게 배웅 받던 일을 떠올렸다. 부모의 이혼이 어떤 의미인지 알면서도 담담하게 자신에게 "다녀오세요."라며 인사를 하던 지원의 모습에 가슴이 아팠다고 했다. 어머니와의 성격 차이 때문에 이별할 수밖에 없었지만, 항상 지원을 걱정하고 미안한 마음을 담아두었다고 말했다. 부모님의 이혼 후, 지원은 늘 뒤로 밀려났다. 엄마는 오빠에게 의지했고, 맹목적인 사랑을 쏟아 부었다. 제 애비를 닮아 답답하기 그지없고, 뭐든 챙겨주지 않으면 제 입으로 들어가는 것도 못 챙기는 미련한 년이라고 꾸짖는 엄마 곁에서 오빠는 모른 척, 지원의 곁을 지나쳤다. 그런 시절을 아버지는 묻지 않았다. 아버지와 지원은 떨어져 살던 20여 년 동안을 회고했지만, 각자의 시절과 감상을 떠올렸다.

이런저런 이야기를 하고 돌아가는 버스에 오르던 아버지가 말했다.

"네 목소리가 정말 괜찮은 것 같아서 걱정이구나."

지원은 대답하지 않았다. 괜찮지 않은 목소리가 무엇인지 몰랐다. 20여 년 전 그날처럼, 아버지는 자신이 믿고 싶은 대로 듣는 귀를 가진 것 같았다. 아버지는 그렇게 자신의 노릇만을 하기 위해서 먼 길을 왔고, 다시 그만큼 돌아갔다.

6

눈앞에 여자가 있다. 남편의 빈소에 찾아와 부인처럼 울던, 남편의 아이를 가진 여자가 있다. 남편의 서재에서 모아진 여자의 흔적은 여자가 있는 곳을 알려주었다. 꽃과 나무들 속에서 꽃다발을 포장하며 활짝 웃는 여자는 예뻤다. 여자는 손님과 함께 큰 소리로 웃다가 지원을 힐끔 쳐다보고는 목소리를 낮췄다. 그녀 뱃속의 아이는 그 사이에도 무럭무럭 잘 자라고 있는 듯했다.

이혼을 말하며 집을 나간 후, 일주일 뒤 찾아온 남편은 지원이 준비한 결말을 마음에 들어 하지 않았다. 이혼하지 않겠다고 했다. 그녀의 남편, 그 아이의 아빠가 되어주라 했다. 남편이 사랑한다는 그녀, 그리고 아이와 함께 행복한 가정을 꾸리라 했다. 아빠가 없는 아이라는 이상한 꼬리표를 예준에게 주고 싶지 않았다. 이혼녀가 되는 것은 무섭지 않았다. 이혼녀라는 말엔 적어도 누구와 결혼을 했다는 의미가 있었지만, 아빠가 없는 아이라는 말 속엔 아이의 존재가 부정되고 있다. 순간의 불장난이든 진짜 사랑이었든, 그저 의무감이었든 그렇게 만들어진 아이에게는 아빠가 있다. 다만 곁에 두고 부를 아빠가 없을 뿐이었다. 그런 사실조차 구분하지 못하는 세상의 말들 속에서 예준을 앓게 하고 싶지는 않았다. 우습지만 그녀를 아프게 하고 싶지도 않았다. 어차피 남편에 대한 감정이 없다면 여자도 미워해야 할 사람은 아니었다. 혹 그날, 남편과 함께 잠자리를 하고 둘째를 가졌다면 우연히 산부인과에서 만난 여자와 친구가 되었을지도 몰랐다. 반쯤은 같은 피가 흐르는 여자의 아이가 예준과 비슷한 식성과 입덧을 보이면 참 신기하다며 지원도, 여자도 남편에게 그 일을 말했을지 모른다. 같은 이야기에 남편의 반응도 같았을까? 남편은 아이를 위한다는 지원의 진심을 믿지 않았다. 남편이 꾸리게 될 새로운 가족을 인정하겠다는 지원의 제안을 받아들이지 않았다. 남편은 지원의 말을 다 듣지 않았다. 더 이상 이렇게 미친 여자에게 아이를 맡겨둘 수 없다며 예준을 데리고 나갔다. 집에 혼자 남겨진 지원이 남편과 예준의 소식을 들은 건 그로부터 얼마 지나지 않아서였다. 그와 예준이 죽었고, 그녀의 아이는 정말 아빠가 없는 아이가 되었다. 결과적으로 누구도 상하지 않고, 누구도 아프게 하지 않으려 했던 지원의 선택은 의도와 전혀 다른 결과를 낳고 말았다. 지원은 알고 여자는 모르는 그날의 일이었다.

　손님이 가고, 오렌지 주스를 들고 와 마주앉은 여자는 당당했다. 시간이 조금 걸렸더라도 남자는 지원과 이혼을 했을 것이며, 예준은 지원 앞으로 남겨진 위자료로 부족함 없이 자라서, 괜찮다면, 배다른 여동생과 밥을 먹을 수도 있었겠지만 이제는 어느 것도 가능하지 않았으므로, 지원에게 죄책감 같은 건 느끼지 않는다고 했다. 이런 여자가 남편은 좋다고 했다. 주스 잔을 든 지원의 손이 떨렸다. 여자에 대한 분노인지, 이런 여자를 사랑한 남편에 대한 분노인지, 치욕인지 쉽게 정리되지 않았다. 아무것도 잃지 않은 여자는 모든 것을 잃은 지원을 이해할 수 없었다. 지원의 남편과 지원의 아이는, 그 남자와 그 아이로 읽혀지고 있었다. 여자에게 용건을 다한 혹은 용건이 없는 사람들이었다. 지원은 여자의 볼록한 배를 물끄러미 보았다. 속이 쓰려왔다. 여자가 내온 오렌지 주스는 너무 싱싱해서 시고 쓰렸다.

7

 바람이 불었다. 부는 바람에 젖은 비가 몰려왔고, 비는 가을을 물고 왔다. 그렇게 시간은 흐르고 있었다. 하지만 남편과 예준의 흔적은 흐르지 않았다. 집안 곳곳에 고여 있다 불쑥불쑥 지원의 마음을 흔들어놓고 있었다. 집안을 종일 쓸고 닦고 해도 시간은 남았다. 단출하게 먹고 입는 흔적이 얼마 나올 리 없지만 역시 열심히 치우는 데도 시간은 남았다.
 빨래를 개키고 보니 시간은 오후 2시 20분이었다. 지원은 자신도 모르게 움찔 일어나려다 다시 주저앉았다. 아직도 예준의 하원시간이 되면, 몸은 반응하고 있었다. 예준과 저녁을 먹으며 챙겨보던 시트콤은 아직도 방송 중이었다. 주인공 남자는 자신이 만나는 예쁜 여자가 낮에는 못생긴 여자로 변신한다는 비밀을 알게 되고, 여자에게 결별을 선언했다. 남자를 진심으로 사랑했던 여자만 힘들어했다. 저녁 7시30분, 예쁜 여자만 밝히는 남자 주인공을 함께 욕할 수 없었다. 거실 소파에 누워 혼자 영화를 보다가도 문득문득 고개를 들어 시계를 보았다. 올 사람이 없었지만, 현관의 기척에 주의를 기울였다. 새벽 1시 45분이면, 습관처럼 티브이를 끄고 침대에 들어가 누웠다. 살아있는 지원은 죽은 예준과 남편의 시간 속에서 살고 있었다. 문득 남편의 여자가 생각났다. 여자는 남편에게 곁을 조금 내주었을 뿐 모든 것을 주지는 않았던 것이다. 사랑, 했겠지만 역시 모든 것을 주지는 않았던 것이다. 그래서 여자는 지금도 자신의 시간을 살고 있고, 지원은 그렇지 못했다.

소파 위로 쓰러지듯 누운 지원의 눈에 틈새에 끼인 요구르트 하나가 보였다. 예준의 흔적이었다. 삐뚤은 글씨로 '엄마 선물'이라 적혀 있었다. 예준은 심부름을 하면서도 늘 뭔가 건네줄 땐 선물이라고 말했다. 제 것과 엄마 것을 하나씩 챙겨 냉장고에서 꺼내온 요구르트였다. 예준은 달게 먹었고, 지원은 예준에게 받아만 두고는 잊어버렸다. 유통기한이 지난 요구르트 껍질을 벗겨 입 안 가득 머금었다. 삭힌 막걸리 맛이 났다. 요구르트 속 유산균들은 살아서 발효되고 있었다. 유통기한은 지났지만, 산 것들은 살아서, 그렇게 제 방식으로 살아있음을 티내고 있었다. 지원은 문득, 자신도 이렇게 자신의 시간을 찾기를 바랐다. 살아있으니, 어떤 식으로든 변화하고 있다는 걸, 점점 나아지고 있다는 걸 확인할 수 있게 되기를 바랐다. 지원은 미처 삼키지 못한 요구르트를 부엌 개수대로 가서 뱉고, 입을 헹구어냈다. 그리고 울컥 솟는 울음을 토했다. 장례식장에서 남편의 여자가 울던 그 울음이었다. 누구라도 함께 울고 싶은 울음이었다. 쓰러지듯 주저앉아, 눈물과 콧물이 범벅이 되도록 지원은 울었다. 왜 우는지 스스로에게 설명하려 애쓰지 않았다. 눈물로 흐려진 시야에 지원을 바라보는 예준이 보였다. 그리고 예준의 손을 꼭 잡아 쥔 남편의 손이 보였다. 늘 괜찮다던, 어떻게든 잘 될 거라던 연애시절의 남편의 목소리가 들리는 것 같았다. 지원은 남편과 예준이 이제 자신의 시간에 얹혀서만 현재가 될 수 있기를 바랐다.

시 부문

모시옷 한 벌	임미형
몸으로 시를 쓰는 아기	조여랑
풍경風警	김수화
풍란	박경자
입덧	이혜순
뻘배	고영희

수상소감

시 부문 금상

모시옷 한 벌

임미형

튤립나무 잎새마다 울금빛입니다. 손이 닿을 리 없는 나뭇잎 한 장이 발아래로 내려 왔을 때, 그 꺼끌한 촉감이 생소하고 경이로워서 오래도록 서 있었습니다.

새벽이슬 털어내는 새소리들이 심장을 뛰게 하는 새 아침이 부끄럽고 무겁습니다.

다시 순결한 옷을 짓겠습니다. 닳아빠진 손톱을 서녘 하늘에 걸어놓고 혼자서 빙그레 웃어도 좋겠습니다. 힘든 일상을 갈아입고 하늘을 훨훨 날 수 있는 날개옷이면 더 좋겠습니다.

나의 나 된 것이 모두가 하나님 은혜임을 고백하며 제 부

지깽이 글을 뽑아주신 심사위원님들께 깊이 감사드립니다.
 유일한 독자인 딸과, 잊지 않고 시를 쓰도록 격려해 주신 박덕은 교수님, 송수권 교수님과 글벗 은정님께 기쁨을 나누어 드리고 싶습니다.

시 부문 금상

모시옷 한 벌

임 미 형

부채 끝에 꽃잎이 펄럭이면
무릎에 비벼 풀실로 짠
모시 베 한 필 바꿔다가 마름질 한다
보일듯한 속내를 올올이 세어
박아서 자르고 또 꺾어 박아
참새 부리 같은 섶에서 매미소리가 나면
살금살금 뒤축을 들고 깃을 세운다
야무진 깨끼옷 곱솔 박음질이
흐트러지지 않는 물길처럼 곱디고울 때
치마 적삼 가지런히
찹쌀 풀 먹인 풀벌레 옷깃
새벽 이슬에 걸어 두었다가
자근자근 밟아 빠슷하게 다린 후
숫눈 같은 동정 달고 나면
한 송이 흰 연꽃이
먼 날의 인연처럼 피어난다

시 부문 은상

몸으로 시를 쓰는 아기

조여랑

  두 돌 앞둔 첫 딸아이를 키우면서 아이가 말 한 마디 새로 할 때마다 세상의 소리를 다 듣는 것 같았다.
  딸애는 서른 내 생애의 중간 페이지를 곰곰이 읽는 한 권의 책이었다. 미소와 울음과 옹알이가 아름다운 문장이며 수정할 필요가 없는 적시적소의 어휘였던 것이다. 그 마음을 글로 썼는데 입상의 영광을 안겨 주었다. 제 마음같이 읽어 주신 심사위원님께 감사드리고, 그런 마음을 안겨 준 딸에게도 감사한다.
  책상 앞에 앉을 때마다 진한 향을 맡으며 글을 쓸 수 있게 북돋아 준 커피에게도 고마움을 감출 수가 없다.

시 부문 은상

몸으로 시를 쓰는 아기

조여랑

아기를 보면 시를 따로 쓰지 못한다
몸이 전부 시어^{詩語}인 아기가 온몸으로

주어는 부드럽고 탄탄하게 문장을 시작한다
동사는 재잘재잘 강보와 베개를 돌아다니고
부사는 날렵하게 몸짓을 가누는데 빈틈없이 거든다
형용사가 꽃으로 피다가 나비 날다가
관형사는 몸짓의 대부분을 통통하게 의미를 살찌운다
목적어를 잊은 적이 없어서 알맞은 전치사가 제자리에 있고
인칭을 붙이지 않아도 분명한 주격
가정법을 쓰지 않아도 바라는 미래가 코앞에 있다
웃음과 울음과 짜증이 접속사로 물결 흐르며
귀여움이 과거분사를 지나 능동태를 붙잡고 언제나 현재진행이다

내 몸 안의 가장 안쪽에 자리 잡을 때부터 양막 첫 장을 깨알 같이

행갈이는 네개 맡길 요량으로 한 번 고치거나 지우지 않고 썼다

아기가 몸으로 쓰는 문장을 읽다 보면
써 본 적이 없는 낱말이 수두룩
알려진 어휘로 받아쓰기에는 불가능한 글자들이 넘쳐난다
해독하느라 늪에 빠져 헤엄치다보면 시간은 의지 강한 미래 완
료형
아기는 글귀를 달에서 별까지 옹알옹알 광속으로 쓴다
받아쓰는 것만으로도 공책이 차고 넘친다.

수상소감

시 부문 은상

풍경^{風磬}

김수화

오랫동안 시 옆에 움막을 짓고 살았다. 장소를 옮기며, 그곳의 계절과 바람이 나를 통과해 가도록 내버려 두었다. 내 몸에는 얼룩이 생겼다. 그 얼룩의 모양을 애도하거나 반추하는 것이 나의 시 쓰기이다.

그러나 아직도 날아가지 못한 얼룩들이 많이 남아 있다. 몸이 무겁다. 어디로든 스며들기 위해 바람이 불고 거리가 어두워진다. 나는 저 바깥을 떠도는 쓸쓸한 것들의 일부분이라는 생각이 든다. 그들을 불러들여 잘 놀아보고 싶다.

작년 봄 세상을 떠나신 아버지와 함께 살고 계신 어머니께 잘 해드리지 못해 죄송하다. 그리고 남편 양희곤 님께 감

사의 마음을 전하고 싶다. 글 쓴다고 소홀히 한 아내 역할을 눈감아주고 격려해준 가장 큰 스승이기 때문이다. 사랑하는 원규와 채원이 그리고 석수와 은영이도 보고 싶다. 멀리 동해에서 힘겨운 투병을 하고 있는 란영이의 쾌유를 기원해 본다.

 그리고 부족한 작품을 뽑아주신 여러 선생님들과 동서문학상에 감사의 마음을 전한다.

시 부문 은상

풍경風磬

김수화

내소사 절집 앞에서 풍경 하나를 샀다
갈 곳 없는 그 소리를 둘둘 말아 집으로 가져와
문 밖에 걸어 두었다
소리가 처마 밑에서 날았다
타종의 승객이 타고 있다는 듯 댕댕 가끔 울린다
아니, 물고기 우는 소리가 타고 있었다

바람의 창문 같았다
댕그랑거리며 잠깐 열렸다 닫히는 풍경이었다
작은 고리도 지나가는 바람도 다 날개다
자주 그 밑을 확인하는 날들
깨진 씨앗하나 떨어져 있을 것 같은 공중 소리의 밭 밑
둥근 물방울 떨어진 흔적만 남아있다

날아가는 것들은 모두 날개가 있다는데
흔들리는 저 금속성의 소리는 멀리 달아나지도 못한다

어느 딱딱한 물로 날아오르려
밤낮없이 자신의 깃털을 고르고 있는 것은 아닐까
지느러미도 날개도 없는 단단한 주물 하나가
흔들리는 계율을 실천하고 있다

문 밖의 소리는 문을 버리면 된다지만
문 안의 소리는 문을 열어도 나가지 않는다.

수상소감

시 부문 동상

풍란

박경자

  해풍은 오늘도 여전히 불어 고층아파트 베란다까지 점령했는데 어디선가 들려오는 목소리에 힘을 얻은 나는 또 하나의 촉수를 높여야한다.

  잠들지 못한 밤이다. 고독했던 날들이 일제히 일어난다. 캄캄한 유리벽에 마주 서있는 별 하나 내가 알아들을 수 없는 말을 건다. 깊은 바다로부터 올라오는 습도의 온도가 온몸으로 퍼진다. 무슨 말이라도 해야 하는데 생각이 나지 않는다. 잊겠다고 되뇌이던 지난날은 그대로 시퍼렇게 눌려 있었나보다. 이젠 잊어지려는 시어의 꼬리를 붙잡고 조급해하지 않을 이유가 생겨 좋다.

　아직은 더 뻗어야 할 뿌리가 남아있어 좋고 아직은 바라보아야 할 하늘이 있어 좋고 더 불러야할 노래가 남아있어 행복하다. 망망대해만 바라보다 지친 나에게 따뜻한 화원으로 옮겨주신 손, 그 온기 잊지 않으며 튼튼한 꽃으로 피어나 보답해야겠다는 생각뿐이다. 잡아주신 담당선생님 관계자 여러분께 진심으로 감사드린다.

시 부문 동상

풍란

박경자

높은 수직벽이 그리 낯설지 않다
남진아해 추자도를 거쳐 해풍 속에 자란 몸
17층 계단을 올라도 괜찮을 향기 품으며
지구처럼 둥근 화분 위를 걸어가고 있다
걷는 길에 각도를 만나면 발바닥은
재빠르게 휘어지며 속도를 감지했지만
불 켜진 허공이 늘 어지러웠다
하지만 더 이상의 절벽은 없다
잠들지 못한 날은 때맞춰
유리창을 사이에 두고 이쪽과 저쪽을 오르내렸고
어느 지중해의 푸른 별이 겨드랑이 받쳐주고 있었기에
공포는 잠시 바들거리다 떨어졌다
순환 기후에 촉수를 세우는 일도 이젠 괜찮다
어디든 바람타고 날아 보던 기억 안고
별을 물고 잠시 흔들리던 슬픈 입술은
갈라진 숯덩이 사이에서 천천히 말을 꺼낸다

한 때 어느 밀림에서 피웠을 사랑
꽃으로 피운다고
이마에 햇살 노랗게 드리우고
깔깔대며 물방울 공중으로 튕겨본다

수상소감

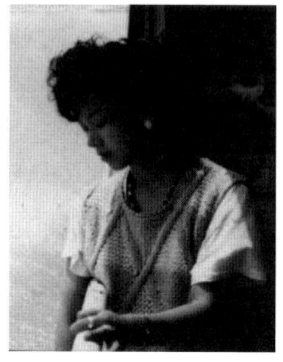

시 부문 동상

입덧

이혜순

나뭇잎이 하나, 둘

  나뭇잎이 하나 둘 물들어간다. 최초의 시간으로 여행을 떠나고 픈 날, 문득 어떤 전화를 받았다. 생각지 못한 소식이었다. 처음에 어떤 세상으로 여행을 떠나던 날이 생각나기도 했다. 문득 나는 지금 어디에 있는가 물었던가. 최초의 들판, 아름다운 풀들이 고개 내미는 그런 시간이라면 좋으련만. 우리는 지금 많이 지쳐있고 많이 힘들어하고 있었으므로 반가운 일이었다. 항상 내가 갖은 것들이 버겁다고 말한 친구가 생각났고, 그 친구의 슬픔이 생각났고 묘연한 그

의 말들이 생각났다. 풀과 풀이 자라나는 들판이라면 우리는 참 아름답게 생을 살아 갈 수 있다는 생각도 하면서. 가을 뜰을 잠깐 걸었다. 낙엽이 떨어지는 건 어쩌면 생을 소중하게 받아 안은 사람의 모습 같기도 하다. 바람 부는 거리를 걷는다. 지나온 길들이 결코 쉽지 않았기에 나는 지금 묘령의 시간 앞에 몸 둘 바 몰라 한다. 어떻게 남은 시간들을 견딜 것인가. 내게 주어진 삶의 진실들을 찾고 싶었다. 믿는 만큼 우리는 행복해 질 수 있을 것인가. 아니라고 말하는 시간이라면 그 또한 부정할 수 없음을. 낙엽이 지는 이 거리는 그래서 발길을 붙잡는다. 나뭇잎이 참 예쁘다. 이 예쁜 나뭇잎 하나를 하늘에 띄우고 픈 날. 시의 길을 가는 그대들과 함께 이 기쁨을 나누고 싶다.

시 부문 동상

입덧

이혜순

달이 다녀간 뒤 내 몸에서는 달앓이가 시작되었다
입안 이곳저곳 자라나는 너의 손가락
나는 빈 들판처럼 아름다운 달빛을 내밀고 싶다

나의 꽃은 가장 작고 신비한 방, 꿈에 꽃술을 섞어 놓아 누군가 걸어 다니는 방, 오직 너만이 나의 배 위에 머리를 묻고 내 꿈을 엿듣는다 나는 손톱을 다듬고 너의 머리를 쓰다듬다 한 움큼 달빛을 꺼낸다

달빛 속에는 너의 어린 소년이 걸어 다닌다 소년의 다리 아래에는 아름다운 언덕이 있고 그 숲속에서 달빛이 점점 짙어져 우리의 몸을 지운다

이 잠은 너무 달콤해 너에게 배달할 수가 없다 너는 쌔근쌔근 내 눈 안에 손을 넣고 숨을 뱉는다 이 우물은 너무 깊어서 별을 가둘 수가 없다

달이 우물에 빠지던 날 달개비 꽃이 우물가 숲 속에 피어 있었지

내가 생각나 얼마큼 생각나 그늘진 길에 쌓인 비가 너무 따뜻해 길 위에 앉아 있을 수가 없다 너는 내 눈 속에 파란 잎의 꿈을 심는다

나의 몸이 파랗게 발효된다 나의 잠을 엿듣는 누군가의 눈빛에 파르스름한 달빛이 고인다

수상소감

시 부문 동상

뻘배

고영희

물가에서 부르는 노래

물가를 찾는 건 내 오랜 지병. 외로운 병이 도질 때면 으레 강가를 찾았다

심장소리 들리듯 꿈틀거리는 갯벌에서 망둥이의 젖은 길 따라 걸었다 숨구멍의 눈과 맞추며 농게의 집게손과 장난치는 건 더 없이 재미있었다

이렇게 떠나는 여행은 좋은 치료제가 되었다

내게 시는 아름다웠다가 때론 잔인하게 다가오는 검술사

같았다

  나비처럼 날다가 거미줄에 걸리면 꼼짝달싹 못하는 영어[泳魚]의 몸이 되었다

  그 노래 속에 온전히 나를 태울 수 있었던 날은 정말 행복했다

  나비의 날개를 갖고 싶었다

  그러나 당선 작품을 보면서 덜 여문 촉수로는 더 멀리 갈 수 없다는 생각이 든다

  부족한 제 시를 뽑아주신 두 분 심사위원 선생님들의 뜻은 더 열심히 하라는 의미로 받들겠습니다

  앞으로 더욱 예리하게 갈고 닦아서

  향기 짙은 미학으로 풀어놓겠습니다

시 부문 동상

뻘배

고영희

물때 맞춰 뻘배 들고 바다로 나가는 어머니
노가 되어버린 오른발, 뻘 깊숙이 배를 밀고 나간다

숨구멍만 보아도 누구 집인지 알아
수많은 내력을 한 장 한 장 들출 때마다
손끝을 타고 오르는 감촉
뻘이 물컹 팔목을 휘감는다

무릎을 꿇어야만 제 몸을 열어주는 차진 뻘밭
빈 곳에 뿌려놓은 씨는 달이 품어
개흙의 심장소리로 키워낸 꼬막의 부챗살 무늬
어머니 눈가의 주름살과 닮았다

밀물 시간, 미처 챙기지 못해 떠내려가는 배 한 척
둥실둥실 멀어져 갔던 그날
아버지를 한 점으로 멀리 보내고

그만 가자하던 간기 빠진 목소리
갯골에 고인 갈매기의 울음, 하늘의 눈자위도 붉어진다

뱃고동소리 길게 눕는 어스름
만선의 배가 가라앉기 전 서둘러야 한다고
널에서 내려 긴 목을 뽑고 있는 어머니
뻘 묻은 생의 등 뒤로 파도가 달려온다

제11회
삶의 향기 동서문학상

수필 부문

스타킹	김경희
두 개의 문	이경화
속돌	안희옥
조각보	김제숙
포옹	손훈영
이별의 능력	권혁주

수상소감

수필 부문 금상

스타킹

김경희

  새벽처럼 깨어있고 싶었다. 삶이 막막할수록 정수리에 찬물을 퍼붓는 심정으로 정신을 가다듬었다. 흙 한 줌 없어도 악착같이 성벽을 기어오르는 담쟁이처럼, 바람을 팽팽히 삼킨 풍선덩굴이 씨앗을 품고 하늘로 오르듯 끊임없이 푸른 꿈을 꿨다. 녹록지 않은 삶이 나를 동사로 살도록 풀무질해 주었다. 그럴 때마다 글을 썼다.

  내 고향은 서해안. 모래언덕에 오르면 학암포 바다가 한 장의 수채화로 펼쳐졌다. 레이스 자락처럼 겹겹이 나풀대는 파도, 그 위로 가뭇없이 떠 있는 고깃배들. 고만고만한 섬들

 이 정겨운 마을을 이루는 듯한 포근한 풍경……. 어릴 적 나는 저물녘마다 해가 바다에 빠져 죽는다고 무르팍이 젖도록 울었다. 해가 가라앉는다고 훌쩍거린 것이 글을 쓰는데 보탬되게 한 이유일지도 모르겠다.

 부족한 내게 주어진 큰상은 심사위원님들의 차진 회초리로 받아들었다. 삶이 곧 글이 되도록 진솔하게 살고 노력하련다. '동서문학상'으로 눈물을 함빡 쏟게끔 기회 주신 동서식품에 마음 곡진히 바쳐 감사드린다. 보답할 수 있는 날이 왔으면 싶다. 이 자리에 오기까지 피붙이만큼이나 나를 챙겨주고 이끌어 주신 얼굴들이 떠올라 목이 멘다. 가슴에 고이 덮어두련다. 이 모든 것을 느낄 수 있는 살아있음이 좋다. 감사하고 싶은 분들이 많아 고맙고 행복하다.

수필 부문 금상

스타킹

김 경 희

　에로티시즘의 기호학은 여인의 다리에서 완성된다고 했다. 남자들은 여자들의 스타킹에 환호한다. 본다는 행위는 육감이 동원되기 마련이다. 다리의 아름다움은 스타킹에서 완성된다. 발끝서 엉덩이까지, 입었지만 말갛게 속살이 비치니 감각이 핀처럼 날카로워지는 걸까. 아슬아슬한 미니스커트에 유혹이 강렬한 원색 스타킹을 신은 여인이 계단을 오르면 남자들은 목이 탄다. 스타킹과 속살의 색이 극명한 대조를 이루며 특별한 자극을 선사한다. 늑대들의 심장박동이 다급해진다. 한 걸음 뗄 때마다 허벅지의 깊숙한 곳까지 숨바꼭질을 해대니 어질어질해지리라. 덩실 뜬 달도 내려와 핥고 싶어질 만큼 홀리는 아찔한 곡선에 남자들의 상상력은 꼭대기에 다다른다.

페티시즘도 스타킹에서 퍼지지 않았던가.《남자의 물건》으로 대박을 터트린 김정운 교수는 여자의 물건 중에 가장 알짬으로 스타킹을 꼽았다. 거리에서 망사 스타킹을 보면 흥분이 범벅돼 낚시가게 그물만 봐도 야릇해진다나?

입었지만 입지 않은 것. 스타킹은 만져지지 않는 살이다. 절제된 관능, 제2의 피부다. 미세한 올이 홀치고 얽혀 살결을 만날 때는 팽팽하고 도발적이다. 스마트폰 액정보호 필름처럼 살갗에 밀착되어 은밀하게 교섭한다. 발가벗겨 보여주지 않고 윤곽선만으로 부추기니 환상은 좀체 가라앉지 않는 농밀함으로 치닫는다. 오감을 찌릿찌릿 자극해 놓고 새침하게 경계를 긋는 얄궂은 천. 치명적인 매력과 유혹을 내뿜는 투명막이다.

스타킹을 입힌 다리는 비밀스럽게 말을 건다. 여우 같은 여자들은 스타킹이 남자를 유혹하는 뇌쇄적 무기라는 걸 안다. 영화에서 가터벨트를 한 여성이 거슴츠레한 눈빛으로 망사 스타킹을 벗으며 유혹하는 장면을 봤으리라. 처음엔 보온을 위해 스타킹을 신었겠지만 차츰 남녀의 육체적 사랑에 불을 붙이는 도화선, 아니 가스라이터로 변신한 듯하다.

거리에 투명한 스타킹을 신은 여자가 홀로 있다는 건 도전과도 같다. 19세기까지 여자들은 첼로를 켤 수 없었다. 말을 타고 전쟁터도 나갈 수 없었다. 다리를 벌리는 것은 무조건 금기였다. 남성의

지배와 억압, 여성의 성은 생식의 수단으로만 간주했을 뿐 섹슈얼리티는 철저하게 무시돼 왔다. 요즘은 광고에서 의도적으로 여자들이 다리를 벌린다. 매혹적인 스모키 메이크업에 블랙 스타킹을 신고 상품 옆에서 다리를 꼬거나 벌려 시선을 끌어당긴다.'원초적 본능'의 샤론 스톤의 다리 바꿔 꼬기는 얼마나 유혹적이고 긴장감을 안겨 줬던가.

스타킹은 소모적인 것이 매력이다. 손톱 가시랭이에 긁히면 앵돌아지게 올이 나간다. 가난한 처녀도 부담스럽지 않을 만큼 크게 비싸지 않으니 다행이다. 스타킹을 신을 때면 팽팽한 수평선을 끌어당기듯 허벅지에 올라올 때까지 몰입해 잡아당겨야 한다. 스타킹은 신축성과 색으로만 말하지 않는다. 하트, 도트, 다이아몬드, 꽃무늬, 화려한 장식… 시시때때 교태를 부리며 은밀하게 말을 건다.

여자들이여, 스타킹으로 도발하라. 스타킹은 세상으로 나가는 무기다. 햇볕에 문어처럼 축 늘어진다 싶은 날에 다리를 에로틱하게 입혀라. 잡아당기면 쭉 늘어나는 스타킹처럼 유연해지는 것이다. 지르퉁한 기분일 때 스타킹을 꺼내 다리를 화장하라. 밋밋한 살갗의 지겨움에 감각 있게 색칠하라. 남자들이 느끼지 못하는 그 촉감을 느끼고 아찔함을 맘껏 누려라. 싱싱하게 살지 않는 것은 생명에 대한 크나큰 대역죄다. 블링블링한 조명 아래서 현란하게 흔드는 댄서처럼 엉덩이를 실룩실룩 흔들며 문을 박차고 나가라. 스타킹에서 생명의 율동을 느껴라.

내가 아는 선배는 젊었을 때 망사스타킹 한번 신어보지 못하고 청춘을 넘겨버려 서럽다고 통탄한다. 누구도 선뜻 손 내밀지 않는 '화려한 뷔페상의 콩떡'같은 나이 오십이 넘고 보니 망사스타킹을 보면 지나간 청춘이 억울해 화가 치솟는다는 것이다. 더 늦기 전, 아니면 남자와 다툰 날, 에로틱한 망사스타킹에 굽 높은 힐을 신고 거리를 또각또각 걸어 보라. 꿀꿀한 기분이 날아가고 자유와 환희가 샘솟으리라. 스타킹은 동사다. 움직이는 것은 살아있게 한다. 당기고 끌며, 스며들고 번져나며, 조여들고 풀어지면서 사람의 마음을 움직이게 한다. 심장의 괄호를 여는 데는 여자의 스타킹만 한 것도 없다. 안 그런가?

수상소감

수필 부문 은상

두 개의 문

이경화

　두려웠습니다. 엄청난 두려움이 제 몸과 마음을 옥죄었습니다. 그러나 피할 수 없음을 잘 알기에 뱃속의 아이를 위해서라도 최선을 다해야겠다는 굳은 다짐을 마음에 새겼습니다.

　새벽부터 시작된 산고는 아침이 되면서 더욱 심해지기 시작했습니다. 남편과 병원을 향해 가는 동안 밀려든 두려움에 저도 모르게 눈시울을 붉히고 말았습니다. 그러나 출산의 고통 뒤에 찾아올 새로운 만남을 기대하며 최선을 다했습니다. 온 몸을 서슬 퍼런 칼로 난도질을 하는 듯한 고통 속에서도 저는 오로지 뱃속의 아이만을 생각했습니다. 끝이

　없을 것 같던 고통도 어느덧 사라지고 열 달 동안 품은 어린 생명을 세상에 내 놓는 순간 저는 하염없이 기쁨의 눈물을 흘렸습니다. 아이를 품에 안고 기쁨의 눈물을 흘리는 순간 또 하나의 기쁨이 제게 찾아들었습니다. 저의 부족한 문학 작품이 수상작으로 선정되었다는 기쁨의 소식이 제게 찾아들었습니다.

　수 없이 많은 날들 동안 문학의 바다 속에 빠져 허우적거렸습니다. 좋은 작품을 생산해야한다는 강박 관념 속에서 제대로 된 작품을 생산해내지 못하고 수 없이 많은 날들 동안 마음으로 방황했던 시간들이 주마등처럼 스쳐 지나갑니다. 하지만 결코 포기할 수 없었던 문학을 향한 열정이 드디어 작은 열매가 되어 제게 큰 기쁨을 가져다주었습니다. 비록 수 없이 많은 날들 동안 문학의 고통 속에 빠져 헤매었지만, 오늘 찾아든 수상의 기쁨은 그 동안의 고통을 말끔히 잊을 수 있을 만큼의 큰 기쁨임을 깨닫게 됩니다. 〈두개의 문〉은 사촌오빠가 겪은 일을 제 3자의 시선이 아닌 사촌오빠의 시선으로 바라보며 써 내려간 작품입니다. 이 작품을 쓰면서 사촌오빠와 많은 대화를 나누었으며 사촌오빠가 느끼고 있는 감정들을 진솔하게 표현하고자 노력했습니다.

수상소식을 전해들은 사촌오빠도 무척이나 기뻐하며 돌아가신 큰아버지 생각에 눈시울을 붉혔습니다.

어쩌면 좋은 작품을 생산해내는 것은 어린 생명을 뱃속에 잉태하여 출산하는 과정과 비슷하다는 생각을 문득 하게 됩니다. 열 달 동안 뱃속에 품었던 어린 생명이 제게 큰 기쁨을 안겨다주듯 심혈을 기울여 생산해 낸 저의 문학 작품 또한 제게 큰 기쁨을 안겨다 주는 것 같습니다.

앞으로도 뱃속의 어린 생명을 품는 마음으로 좋은 작품을 계속해서 마음으로 품어 생산해내겠습니다. 좋은 작품을 계속해서 생산해 내는 것이 제게 찾아든 수상의 기쁨에 보답하는 길이라 생각됩니다.

다시 한 번 부족한 저의 졸작을 수상작으로 뽑아주신 것에 대해 진심으로 감사를 드립니다. 또한 하나님께도 진심으로 감사를 드립니다.

수필 부문 은상

두 개의 문

이경화

　아침부터 시작된 장맛비는 오후에 들어서면서부터 빗줄기가 점점 굵어지기 시작했다. 장마가 시작된 지는 한참이나 지났지만 그동안 비다운 비가 내리지 않았다. 그런데 오늘은 비다운 비가 내리고 있다. 아침부터 나는 병실을 지키며 창밖을 주시하며 하염없이 내리는 빗줄기들을 바라보았다. 점점 어스름이 깔리기 시작하더니 검은 어둠이 온 대지를 감싸 안았다. 어둠이 온 대지를 감싸듯 내 온몸과 영혼도 감싸는 듯하다. 마음속에 시작된 고통은 온 몸으로 퍼져 육신의 고통으로 다가오는 듯하다.
　오랫동안 창밖으로 향해 있던 시선을 돌려 병실 침대에 삭정이와 같은 모습으로 누워 있는 아버지에게로 향한다. 병실 침대에 누워 잠들어 있는 아버지에게로 시선을 옮기자 나도 모르게 눈시울이 붉어진다. 빗줄기가 창문을 타고 흘러내리듯 눈물이 내 양 볼을 타고 흘러내린다. 흘러내리는 눈물을 닦지 않고 그대로 둔 채 아버지에게로 다가간다. 그리고 아버지의 손을 살며시 붙잡는다. 아버지의 손을 붙잡고 있으니 수년 전에 세상을 떠난 어머니의 모습이 눈앞에 아른거린다. 세상을 떠난 어머니도 어쩜 아버지를 많이 기다리고 있을 것이다.

　아버지는 인생의 마지막 문을 기다리고 있다. 이미 인생의 마지막 문이 열려 아버지가 들어오기만을 기다리고 있는지 모르지만, 아버진 나와의 마지막 약속을 지키기 위해 인생의 마지막 문에 들어서지 않고 악지스럽게 버티고 있는지도 모른다. 악지스럽게 고통을 참아내며 어렵사리 삶을 이어가고 있는 아버지의 모습이 처절하다. 차라리 마음 편히 보내드리고 싶지만, 아버지가 그토록 간절하게 바라보며 기대하고 있는 것이 있기에 선뜻 보내드리지 못하고 있다. 나 또한 간절하게 바라보며 기대하고 있는 것이 있기에 아버지를 보내드리지 못하고 있다. 아버지가 기다리고 있는 인생의 마지막 문은 바로 죽음의 문이다.

　일 년 전, 아버진 폐암 말기 판정을 받고 시한부 인생을 살아오고 있다. 지독스런 가난 속에서도 오로지 근면성실함으로 작은 부를 성취하였던 아버지의 인생은 아들인 내게도 큰 귀감이 되고 있다. 그러나 수 십 년 동안 고통 속에서 허우적거리던 아버지에게 작은 위로를 안겨주었던 담배는 돌이킬 수 없는 고통이 되어 돌아왔고, 결국 아버지의 목숨까지도 앗아가 버리고 말았다.

아버진 죽음을 묵묵히 받아들였다. 너무나도 태연하게 죽음을 받아들이는 아버지의 모습이 면구스럽게 느껴지기도 했다. 어차피 한 번은 겪어야만 하는 인생의 한 부분이기에 아버지가 편안하게 죽음을 맞이할 수 있도록 해드리는 것 또한 자식으로서의 도리라 생각되지만, 아버지에게 아들로서 마지막 선물을 해드리고자 아버지의 죽음을 허용하지 않고 있다.

"아버지, 오래오래 사시면서 손자손녀 품에 안아보셔야 됩니다."

기실 나는 할아버지와 할머니의 얼굴을 단 한 번도 보지 못했다. 그 흔한 사진 한 장 남겨지지 않아 할아버지와 할머니의 얼굴을 알 수가 없다. 아버진 소싯적에 부모를 모두 잃고 외롭고 고통스런 삶을 살아왔다. 어린 시절부터 할아버지와 할머니가 있는 친구들이 무척이나 부러웠었다. 그러기에 늘 먼 훗날 태어날 내 아이들 만큼은 할아버지와 할머니의 품에 안길 수 있도록 해주고 싶었다. 그러나 수년 전에 어머니가 교통사고로 세상을 떠나버렸고 이젠 아버지 혼자 남았는데, 그런 아버지도 인생의 마지막 문을 향해 달려가고 있으니 그토록 간절하게 원했던 소망이 물거품이 될까봐 내심 두려울 뿐이다.

한동안 아버지를 향해 있던 시선을 다시 창밖으로 옮긴다. 여전히 비는 추적추적 내리고 있다. 두 눈을 감고 아버지가 조금만 더 삶의 끈을 붙잡고 있기를 간절히 빌어본다. 인생의 마지막 문이 조금만 더 있다 열리기를 간절히 바라고 있다.

하루하루 시간이 너무도 더디 흘러가는 것만 같았다. 머지않아 다가올 새로운 만남을 기다리는 것은 그 어떤 행복보다도 값진 것이었다. 그러나 나는 새로운 만남이 하루속히 다가오기를 기다렸다. 이미 죽음의 늪에 빠져 버린 아버지가 너무도 안타까워 새로운 만남이 하루속히 다가오기를 간절히 원했다.

아내와 결혼한 지 6년의 세월이 흘렀지만 그토록 바라던 아이가 생기지 않아 고통스러웠다. 아이를 갖기 위해 온갖 방법을 동원해 보았지만 하늘은 우리에게 아이를 주시지 않았다. 그런데 그토록 바라던 아이를 얻게 되었다. 아내가 병원을 찾아 회임 사실을 알게 되던 바로 전날, 안타깝게도 아버지가 폐암 말기 판정을 받게 되었다. 아버지가 죽을병에 걸려 살날이 얼마 남지 않았다는 마음의 고통 속에 빠져 있을 때에 찾아든 아이의 회임 소식은 그토록 기다렸던 행복이었지만, 겉으로 표현할 수 없다는 것에 대한 안타까움에 나도 모르게 씁쓸한 웃음을 웃고 말았다.

아내와 함께 병원에 입원해 있는 아버지를 찾아갔다. 그리고 아버지 앞에 무릎을 꿇고 아버지의 손을 붙잡고 눈물을 흘리며 어렵사리 입을 열어 말했다.

"아버지, 곧 있으면 할아버지 되겠네요. 그토록 바라던 아이가 생겼습니다."

내 말에 아버진 고개를 주억거리면서 눈시울을 붉혔다. 크게 소리라도 지르며 기뻐하지 못하고 속으로만 기뻐하는 아버지의 모습이 너무 안쓰러웠다. 죽음을 향한 두려움, 그리고 새로운 생명을 기다리는 설렘이 아버지의 온몸과 육신을 감싸고 있었다. 한동안 아버지 앞에 무릎을 꿇고 소리 없이 눈물을 흘렸다. 그리고 마음으로 기도했다. 아이가 태어나는 날까지 만이라도 아버지가 죽음을 이겨낼 수 있게 해달라고…. 머지않아 태어날 아이를 아버지가 꼭 품에 안아볼 수 있게 해달라고 마음으로 기도하고 기도하고 기도했다.

남자는 결코 느낄 수 없는 출산의 고통이 아내의 온몸과 온 영혼까지도 뒤흔들기 시작했다. 온 몸을 칼로 써는 듯한 고통이라고 말하는 아내의 말에 나는 소스라쳤다. 얼마나 견디기 힘든 고통이기에 온 몸을 칼로 써는 듯한 고통이라고 말한단 말인가. 나는 내 자신이 너무도 부끄러울 따름이었다. 아내를 위해 아무 것도 해줄 수 없는 내 자신이 너무도 부끄러웠다.

점점 밤이 깊어지자 아내는 더욱더 극심한 고통을 느끼기 시작했다. 아내에게 찾아든 고통은 쉽사리 물러가지 않았다. 고통은 밤새도록 아내를 괴롭게 했다. 무통주사를 끊고 새벽 5시부터 힘주기를 시작했다. 자궁이 3㎝ 이상 열려야만 출산을 시도할 수 있다고 했다. 자궁을 3㎝ 까지 열리게 하는 것은 산모의 몫이라고 했다. 아내는 탈진상태가 되어 의식을 잃는 모습을 볼 수가 없어 분만실 문을 박차고 밖으로 나왔다. 거친 숨을 몰아쉬고 삶과 죽음의 경계선에서 아이를 품에 안아보고자 기다리고 있는 아버지의 모습이 생각났다. 삶과 죽음의 경계선에서 고통 받고 있는 아버지나 새로운 생명을 출산하기 위해 고통 받고 있는 아내가 너무 안타까울 뿐이었다.

'아버지, 조금만 참으세요. 곧 있으면 아이가 태어납니다. 아가야, 네 할아버지가 널 무척이나 기다리고 있단다. 조금만 빨리 세상에

태어나렴.'

 간호사가 아이가 나오려고 하니 빨리 분만실로 들어오라고 했다. 분만실로 들어가 아내의 머리맡에 섰다. 아내의 모습은 너무도 처참했다. 아내의 모습에 나도 모르게 눈물을 흘리고 말았다. 아내는 그토록 기다리고 바라던 아이를 세상에 내놓고자 마지막으로 안간힘을 썼다. 잠시 후, 아이의 뒤통수가 아내의 가랑이 사이로 보이는 것이었다. 드디어 만나는 구나. 드디어 우리 아가를 만나는 구나. 머리가 빠져 나오자 곧 이어 어깨가 빠져 나오고, 손이 빠져 나오고, 두 다리가 빠져 나오고… 아내의 자궁을 빌어 세상에 태어나는 아이의 모습은 세상 그 어떤 말로도 형용할 수 없는 경이로움이었다. 아이가 바구니에 놓여졌다. 울음을 터트리는 아이의 모습을 지켜보고 있으니 병실에서 아이를 기다리고 있을 아버지가 생각났다. 탯줄가위로 아이의 탯줄을 잘랐다. 탯줄을 자르는 순간 인생의 첫 번째 문을 열고 나오는 아이의 모습이 눈앞에 그려졌다.

 아이는 너무도 건강했다. 아이는 곧장 신생아실로 옮겨졌다. 잠시 후 아내는 다시 분만실로 옮겨졌다. 분만실에서 아이에게 젖을 물려주었다. 아이는 아내의 젖무덤을 찾아 본능적으로 작은 입을 가져다댔다. 아내의 젖꼭지를 물고 힘차게 빠는 아이의 모습은 너무도 아름답게 보였다.

 "어서 빨리 아이를 아버님에게 데려가세요. 아버님이 아이를 기다리시겠어요?"

 아내의 말에 고개를 끄덕이며 아이를 품에 안고 분만실을 빠져나와 아버지가 있는 병실을 향해 달려갔다. 아버지, 조금만 기다리세요. 아버지, 조금만 기다리세요. 당신의 손자가 지금 갑니다. 병실에 도착하여 조심스레 병실 문을 열고 들어서니 어김없이 아버진 병실 침대에 누워 있었다. 품에 안고 있던 아이를 조심스럽게 아버지의 품에 안겨주었다. 아버진 아이를 품에 안고 한동안 아이를 내려다보며 눈물을 흘렸다. 아이는 벙싯거리며 아버지를 향해 해맑은 미소를 건네고 있었다. 그리고 잠시 후, 한동안 아이를 내려다보던 아버진 잠을 자듯 두 눈을 지그시 감고 숨을 거두었다. 나는 아이를 품에 안고 인생의 마지막 문을 향해 걸어 들어가는 아버지를 바라보며 오랫동안 눈물을 흘렸다. 아이가 열고 나온 인생의 첫 번째 문과 아버지가 열고 들어가는 인생의 마지막 문이 서로 만나는 순간이었다.

세상엔 무수히 많은 문이 존재한다. 눈에 보이는 유형적인 문도 존재하지만, 눈에 보이지 않는 무형적인 문도 존재하기 마련이다. 하루에도 수없이 많은 공간을 들랑날랑 하기 위해 수없이 많은 문을 열고 닫지만, 정작 눈에 보이지 않는 문이 존재한다는 것을 우리는 제대로 인식하지 못하고 있는 듯하다. 처음이 있으면 마지막이 있듯 우리네 인생에도 시작이 있었으면 분명히 인생의 마지막이 있음을 우리는 인식을 해야 할 것이다.

아버진 삶과 죽음 사이에서 인생의 마지막 문을 열고 세상을 떠나셨고, 그토록 기다렸던 아이는 삶과 죽음 사이에서 인생의 첫 번째 문을 열고 세상에 태어났다. 아버지의 죽음을 통해서 본 인생의 마지막 문과, 아이의 출생을 통해 본 인생의 첫 번째 문은 결코 떼려야 뗄 수 없는 깊은 상관관계를 지니고 있음을 깨닫게 된다.

아버지가 그토록 바라던 아이를 품에 안고 세상을 떠나는 순간 아버지의 죽음과 아이의 삶이 하나가 되어 내 가슴 속에 자리 잡게 되었다. 아버지가 그랬듯 나 역시 언젠간 인생의 마지막 문을 열고 세상을 떠나야할 때가 분명 다가올 것이다. 그렇다면, 아이가 열고 나온 인생의 첫 번째 문 속에는 어떤 것들이 존재하는 것이며, 아버지가 열고 들어간 인생의 마지막 문 속에는 과연 어떤 것이 존재하는 것일까.

수상소감

수필 부문 은상

속돌

안희옥

  교정 앞 느티나무 가지 사이로 넘어 온 가을 햇살이 창가에 서성입니다. 창문을 활짝 열고 구름 한 점 없는, 시리도록 맑은 하늘을 참 오랜만에 올려다보았습니다. 어릴 적 친구들과 놀 땐 자주 올려다보던 하늘이었는데, 어른이 된 지금은 고개 숙인 채 앞만 바라보고 살아서인지 볼 기회가 별로 없었습니다. 앞으로는 자주 하늘을 바라보며 살아야겠다는 다짐을 했습니다.

  가을의 끝자락, 10월의 마지막 날에 입상 소식을 전해 들었습니다. 하늘 까마득하게 걸어놓았던 소망 하나가 한 걸음

한 걸음 다가오는 울림이 가슴 속에서 요동쳤습니다. 마음이 풍선처럼 부풀어 오르고 실없이 자꾸만 웃음이 나옵니다.

  몇 해 전 마른 삶에서 헤어나지 못하고 있을 때, 친구의 손길에 이끌려 문학 세상에 발을 담그게 되었습니다. 하지만 글쓰기는 내 삶을, 내 주변의 상처를 세상 밖으로 꺼내놓는 일이라서 늘 부끄럽고 두려웠습니다. 이제 문학은 내 삶을 밝혀주는 등불과도 같습니다. 외롭거나 힘들 때 위안을 주고 허기를 채워 주는 소중한 연인입니다. 앞으로 열심히, 치열하게 그러나 즐겁고 행복하게 글공부를 계속해 나갈 생각입니다.

  오늘이 있기까지 동리목월문예창작대학에서 열정적으로 가르침을 주신 홍억선 교수님과 곽흥열 교수님, '보리수필'의 문우님들, 늘 곁에서 힘을 실어주는 가족들, 특히 나를 엄마라는 빛나는 호칭으로 불러주는 두 아들 진섭이와 민섭이를 비롯해 저를 아는 모든 분들과 이 기쁨을 함께 하고 싶습니다. 그리고 설익은 글을 곱게 보아주신 심사위원님께 깊이 감사드립니다.

수필 부문 은상

속돌

안 희 옥

　겨울이 지나가는 바다는 부산하다. 끊임없이 물결을 만들어내는 바다와 하얗게 부서지는 포말, 얼굴에 부딪히는 갯바람이 봄을 재촉하듯 습습하게 불고 있다. 군데군데 잔설이 남아 있는 건너편 해안 풍경도 이제 손에 잡힐 듯 정겹게 다가온다. 바알갛게 부서져 내리는 노을만이 숨죽인 채 밤을 기다리는 해안가의 건물에 엷은 실루엣을 드리우고 틈틈이 비어져 있는 공간마다 어둠을 채워 나간다. 겨울이 가면 반드시 봄이 오는 자연의 섭리 속에 파도 소리만이 질펀한 삶의 눈물이 되어 내 가슴에 자박자박 녹아들고 있다.
　바다의 냄새에 한껏 취해 걷는데 뭔가 발에 툭 걸렸다. 돌이다. 돌은 붉은 노을빛에 몸을 말리는 듯 길게 누워 있었다. 돌을 집어

들고 이리저리 살폈다. 보드라운 모래밭이 펼쳐져 있는 이곳과는 전혀 어울리지 않는 독특한 모양이었다. 거무스름한 빛깔로 뒤덮인 길쭉한 등짝에는 기이한 무늬가 아래쪽으로 길게 아로새겨져 있고, 앞에는 벌집 모양의 크고 작은 구멍들이 숭숭 뚫려 있다. 구멍들은 끊어질 듯 말 듯 연한 주황색 줄들이 실핏줄처럼 가는 선으로 간신히 연결되어 조금만 힘을 주면 금방이라도 부서질 것처럼 애처롭다. 구멍 속에는 모래와 작은 조개들이 들어차 있기도 하지만 대부분은 텅 비어 뼛골만 남은 앙상한 형상이다. 구멍마다 숱한 사연이 들었을 법한 그 괴이한 모양에 마음이 붙잡혔다.

돌을 들고서 한참을 걸었다. 애착이 가긴 했지만 집까지 가져가기엔 썩 내키지 않아 한참을 망설이다 바닷길 옆 화단 안쪽에 세워 두고 왔다. 마음 가던 살림살이를 버릴 때처럼 미련이 일어 몇 번이나 돌아보았다.

그날 밤 꿈에 돌을 보았다. 참 이상한 일이었다. 돌은 자기를 버린 것을 원망하는 듯 슬픈 얼굴을 하고는 내게로 성큼성큼 다가왔다.

꿈 때문일까? 이튿날 하루 종일 두고 온 돌이 머리에서 떠나지 않았다. 괜한 것에 집착하고 있는 나 자신이 바보스러워서 짜증이 났다. 저녁때 쯤, 결국 그 자리에 다시 갔다. 돌은 마치 나를 기다렸다는 듯이 얌전히 웅크리고 있었다. 내심 반가웠다. 매서운 겨울바람에 얼음처럼 차가워진 돌을 두 손으로 받쳐 들고 집으로 돌아왔다. 화선지에 감싸서 거실 탁자에 올려놓았다. 돌이 나를 물끄러미 바라보고 웃었다.

애초부터 이런 모양은 아니었을 것이다. 반듯하고 매끈했으리라. 수많은 돌 틈에서 수려한 모습으로 우뚝 존재감을 나타내었을지도 모를 일이다. 어디서부터 어떻게 시작된 여행이었을까? 무슨 연유로 먼 이곳까지 와서 이런 모습으로 누웠던 것일까? 온갖 사연들을 구멍 하나하나에 꾹꾹 눌러 담고서 속으로 삭였을 그 아픔에 마음이 짠해진다.

돌을 다시 찬찬히 들여다보았다. 누군가를 참 많이 닮았다는 생각이 들었다. 바람이 지나가 속이 텅 빈 무처럼 애간장을 다 녹여낸 듯한 돌의 모습이 온갖 풍상을 속으로만 껴안은 시어머니의 고단한 모습을 참으로 많이 닮았다. 남편과 두 아들을 앞세운 곡진한 아픔을 떠안은 아린 세월들. 인생의 굽이굽이에서 만난 슬픔과 좌절은 시어머니의 몸에 메울 수 없는 구멍을 하나씩 하나씩 만들어 갔다. 한 서린 구멍구멍에 바람이 들어, 삭신은 지탱하기조차 힘들게 만들어 버렸다. 조금만 거친 숨결에도 부서져 내릴 것 같이 위태로운 모습이 되었다.

몇 십 년 만에 내린 폭설을 빌미로 오랜만에 안부를 물었다. 말이 없다. '웅' 거리는 약한 신호음만이 전화기가 연결되어 있음을 말해 주었다. 한참을 들고만 있다가 내려놓았다. 얼마 전 아들을 떠나보낸 서러움이 고스란히 나에게 전해져 왔다. 가슴 밑바닥에서 울컥하며 슬픔이 치밀어 오른다.

어머님은 열여덟 꽃다운 나이에 꽃가마를 타고 전라도에서 경상도 땅으로 시집을 왔다. 큰댁에서 분가할 때 받은 재산 하나 없었지만 천성이 부지런한 시아버지를 만나 알뜰하게 살림을 일구었다. 트럭 하나로 시작한 사업은 불붙듯 일었고 남편이 초등학교 다닐 때쯤, 운수업계에서는 알아주는 큰 사업체를 경영하게 되었다. 총명하고 건강한 아들들, 건실하고 가정적인 남편의 그늘 속에 어우러진 어머님의 속뜰은 향기로운 나날들이었다.

시댁의 정갈한 한옥 마당의 소담스런 정원에는 갖가지 꽃과 나무들, 둘레에 세워져 있는 여러 가지 모양의 정원석들은 집의 운치를 한껏 돋보이게 했다. 구멍 하나 없는 말끔하고 깨끗한 정원의 돌들처럼 가족들은 어느 것 하나 부러울 것 없는 삶을 살았다. 어머님은 시간이 나면 늘 화단의 꽃과 돌들을 정성껏 손질했다. 거칠고 모난 돌들이 반질반질 윤기가 났다. 화목한 가족들의 웃음소리가 화단의 꽃향기를 담고 따뜻한 햇살과 함께 담장 너머로 울려 퍼졌다.

따사로운 햇살로 영글어진 어머님의 행복은 그리 오래 가지 못했다. 직원으로 일하던 장조카의 죽음을 자신의 잘못으로 생각하신 아버님은 그날 이후부터 술독을 끌어안고 사셨고, 어느 날 새벽 차고로 가는 길바닥에서 영영 가족들 품을 떠나버린 것이다. 시아버지의 갑작스런 죽음 이후 맡게 된 큰 사업체와 고명딸 하나 없이 여자 혼자서 아들만 넷을 키워냈으니, 삶의 모퉁이마다 닥친 갖가지의 서러운 일들은 여린 시어머니를 모질고 억센 성격으로 바꾸어 버렸다. 다정다감하게 정을 나누는 것에는 인색했지만 대신에 가족들을 지키겠다는 일념만은 강렬한 분이었다.

내가 결혼할 당시만 해도 시어머니는 참 활기차고 당당했다. 카랑카랑한 목소리며 깔끔하고 부지런한 손놀림, 무슨 일이든지 척척

해내는 여장부였다. 남편과 주말부부인 탓에 시어머니와 함께 살긴 했지만, 그다지 살가운 고부 사이는 못 되었다. 며느리를 아끼고 살뜰하게 챙겨 주긴 했지만 몽총한 성격의 시어머니에게 가까이 다가가기란 그리 쉽지 않았다.

어머님은 늘 자식에 치여 살았다. 아비 없이 키운 자식들이 혹여 잘못될까 봐 늘 노심초사하며 애를 태웠지만 어머님의 삶은 녹록치가 않았다. 막내아들의 무리한 사업 확장에 어머니의 정갈한 한옥이 경매로 넘어가 버렸다. 사업 실패에 따른 아들네의 잦은 마찰은 결국 이혼으로 이어져 어머님의 가슴에 대못을 박고 말았다. '불행은 연달아 온다고 했던가?' 이듬해는 믿고 의지하던 종지아들과 큰아들마저 자신에게서 이어받은 병으로 인해 어이없이 떠나보내는 각골지통(刻骨之痛)을 또다시 겪어야만 했다. 천형(天刑)같은 삶에 카랑카랑하던 목소리가, 강단 있는 배짱이 점점 침묵으로 바뀌더니 급기야 맥없이 주저앉고 말았다.

그러나 가족 중 누구도 어머님의 굴곡진 삶을, 애달픈 심곡을 알아주지 못했다. 겉으로 드러난 무뚝뚝한 모습에 늘 투덜대고 불만만 토로했다. 원래 강한 분이니까 모든 걸 잘 감내하는 줄 알았다. 긴긴 세월 혼자서 삭혔을 그 질긴 아픔을 알아채지 못했다. 서리서리 쌓인 애달픈 마음을 거들떠보지 않았다.

화산 쇄설물의 하나로 마그마 중의 휘발성 성분이 조금씩 빠져나가서 수많은 구멍이 생긴 다공질 암석인 속돌처럼 상류에서부터 산과 들을 지나고 바위와 돌 틈을 어렵사리 흘러온 어머님의 질곡의 삶에도 하나 둘 구멍이 생겼다.

지천명의 나이를 넘기면서 나도 어머님의 강물처럼 지난한 삶을 끌어안고 세월의 강을 말없이 뒤따르고 있다. 믿고 의지하던 지아비를 먼저 보내고 자식마저 마음대로 되지 않아 오그라들고 응어리진 속내를 모두 어머님 탓이라고 여태껏 원망하며 외면했다. 샛강에서부터 모여든 강물이 하류에 이르러 넉넉하듯이 이제부터라도 고통의 시간을 이겨내고 흔들림 없이 내 삶을 다독이며 가고 싶다.

돌을 바라본다. 구멍에 들어 있던 조개껍데기와 모래가 후드득 떨어진다. 웅웅 속울음 소리가 들리는 것 같다. 긴 인생 동안 홀로 고통의 강을 건너온 어머님의 통곡의 소리다. 이제 점점 서쪽으로 기울어져 가고 있는 어머님의 남은 삶을 더 이상 외롭고 힘들지 않게 해야겠다. 고달프고 서늘해진 어머님의 마음속을 말갛게 발효시켜 행복의 색깔로 꽃을 피우도록 희망의 작은 등불 하나를 밝혀 본다.

정성스레 돌을 닦는다. 시어머니의 상처투성이 몸을 닦아 드리듯 정성을 다한다. 봄을 재촉하는 훈풍이 볼을 스쳐 지나가고 있다.

수상소감

수필 부문 동상

조각보

김제숙

좋은 책이란 다른 좋은 책을 읽게 하는 책이라 합니다. 좋은 글 또한 그와 다르지 않을 것입니다.

글쓰기가 인간의 진정한 가치와 삶의 궁극적 의미를 사유하는 것에서 출발하는 것이라면 마음을 열고 사유의 바다로 나아갈 것입니다.

좋은 글을 쓰고자 하는 열망만큼 이웃의 삶을 따뜻한 시선으로 바라볼 수 있기를 소망합니다.

이제 제 속에 있던 등불 하나를 내다 겁니다.

앞에 놓인 삶을 살아가면서 세상을 밝히고, 따뜻하게 하는 등불을 하나씩 걸겠습니다. 감사합니다.

수필 부문 동상

조각보

김 제 숙

　친구가 조각보 하나를 보내왔다. 다과상이나 찻상을 덮을 만한 크기이다. 상보로 쓰기에는 좀 작은 듯하지만 외출을 할 때면 남편의 상을 보아서 이 조각보로 덮어둔다. 남편은 밥과 국에 두어 가지 반찬이면 족한 사람이라 크기가 적당하다.
　젊은 시절에는 자질구레한 생활 소품들은 웬만한 것을 여러 개 두고 쓰기를 좋아했다. 바느질을 배워 손수 만들었다. 바느질하기를 좋아하는 탓도 있었지만 그런 것들을 일일이 사서 쓰기에는 생활이 바듯했다. 아이들 턱받이나 토시, 고무줄 바지, 전화기받침, 앞치마, 베갯잇, 커튼들을 만들었다. 이제 아이들은 자라서 집을 떠나고 우리 부부만 있어서 집안을 어지럽힐 일도 별로 없고, 매일 쓸고 닦아야 할 일도 줄었다. 아기자기한 소품들을 즐길 나이도 지나서 요즈음은 꼭 필요한 것만 제대로 된 것 하나를 사서 오래 쓰는 편이다.

조각보는 모시로 만든 것이었다. 겹보를 만들 때는 천과 천을 감침질로 이어 붙인다. 그래서 완성된 것을 보면 이어붙인 자리가 하나의 선으로 보인다. 그러나 모시나 삼베 조각보는 홑겹이라 쌈솔로 바느질을 한다. 감침질은 아무래도 미어질 염려가 있기 때문이다. 쌈솔은 시접을 접어 서로 맞물려 고정시키는 바느질법이다. 이어 붙여 바느질 한 자리만 두 겹이 되니 그 부분의 색깔이 좀 더 진하고 도드라져 보인다. 여러 조각을 이어붙인 그 자리들은 마치 미로(迷路)같다.

미로는 거칠 것이 없어서 똑바로 갈 수 있는 길이 아니다. 왼쪽이나 오른 쪽으로 꺾어 돌아야 하는가 하면, 가파른 길을 올라가야 하고, 다행히 완만한 길을 만나 잠시 숨을 고르고 나면 다시 벽을 앞에 두고 양 갈래의 길이 나타나 어느 길로 가야할지 망설이게 된다.

문득 내가 살아온 인생길을 돌아본다. 아픈 몸으로 대학에 다니고 있던 남자를 만나 결혼을 했으니 이미 고생을 각오한 출발이었다. 남편이 십 년 남짓 고등학교 교사로 봉직하면서 어려움도 겪었다. 교육은 무엇보다도 학생들의 인격 함양과 특성에 맞는 다양한 프로그램이 우선되어야 한다는 남편의 신념은 일류대학 진학률이라는 벽에 부딪쳐 수없는 좌절을 맛보아야 했다. 결국 학교를 떠났다.

그 즈음에 집안이 전소되는 화재를 당했다. 알뜰하게 쪼개 쓰고 여며두었던 얼마간의 돈으로 하나하나 장만한 살림살이들을 한순간에 잃어버리고 자칫 다섯 살 난 아들까지 가슴에 묻을 뻔했다. 겨우 수습하고 허리를 펴니 쉰 중반의 연세로 친정아버지와 어머니가 잇달아 돌아가셨다. 마음 한 자락 내려놓을 곳도, 잠시 등을 기댈 곳도 없었다.

조각보는 말 그대로 여러 조각의 자투리 천을 모아 만든 보자기이다. 손바닥만 한 큰 조각도 있고 아주 작아서 손톱만한 조각도 있다. 작은 조각을 이어붙일 때는 여유를 가지고 더 많은 정성을 들여 집중력을 발휘해야 한다. 작은 조각이라고 만만하게 보거나 지나치게 조바심을 내다가는 바느질이 곱게 되지 않는다. 그러면 전체의 균형은 깨어지고 만다.

그러나 각박한 현실에 부딪치면 한 땀 한 땀 바느질 하듯 느긋하게 걸어가기가 쉽지 않다. 남편이 새로운 일을 준비하느라 우리 가족은 여러 도시를 전전하며 살았다. 그러느라 아이들은 초등학교를 네 곳, 중학교를 세 곳이나 거쳐서 졸업을 하였다. 또래 집단에 속하여서 작은 사회를 배워가야 할 시기에 그렇게 전학이 잦았으니 마음을 터놓을 친구 한 명 사귈 여유도 없었을 터이다. 지금도 그 생각을 하면 나도 모르게 더운 울음을 삼키곤 한다.

가파른 길은 아무리 올라가도 끝이 보이지 않았다. 나는 언제 끝날지 모를 미로를 걷고 또 걸었다. 잠시만 방심하면 마음속에 고이는 어둠을 퍼낼 기력도, 자꾸만 꺾이는 허리를 다시 펼 희망도 희미할 때면 어서어서 세월이 흘러 인생의 황혼에 서고 싶었다. 그 무렵은 아마 내 인생에 있어서 손톱만한 조각 천을 잇대어야 하는 세월이었나 보다.

사실 조각보는 거창한 것이 아니다. 고이 모셔 두었다가 한 번씩 감상을 하는 작품이 아니다. 조각보는 이름 없는 아낙네들이 맨 처음 만들기 시작했을 터이다. 그냥 버려질 천 조각들이 아까워서 그것을 모아서 재미삼아 실생활에 필요한 물건들을 만들었을 것이다. 서툴면 서툰 대로, 솜씨가 있으면 솜씨 있는 대로 만들어 생활에 사용하였음을 짐작할 수 있다.

인생길을 가는 것은 조각보를 만드는 것과 같다. 솜씨가 서툴러서 바늘로 손가락을 수없이 찌르던 세월이 지나고 나니 이제는 제법 큰 조각들이 나에게 주어졌다. 바느질도 이력이 붙어서 한결 쉬워졌다. 이렇듯 인생 여정의 굽이굽이에 놓여있는 크고 작은 작은 문제들을 이기고 나면 그만한 힘이 생긴다.

이제 와서 돌아보니 미로를 걷는 것이 딱히 어려운 일만은 아니었다. 가파른 오르막을 만나 한발 한발 오르다 보면 숨은 턱까지 차오르지만 어느새 시원한 바람은 이마의 땀을 식히고 발은 두둥실 구름 위에 있는 것처럼 느껴진다. 세상 모든 것이 발아래 있는 것이다. 그러니 거칠 것 없는 대로를 순식간에 지나기를 바랄 일만은 아니라는 것을 깨닫는다.

같은 천 조각을 가지고도 그것을 어떻게 배치하고, 어떤 마음가짐으로 바느질 하느냐에 따라서 느낌이 다른 조각보가 된다. 조각보는 서로 다른 색깔을 사용하거나 아니면 같은 계열의 색깔들로 구성하기도 한다. 같은 계열의 색상이라도 각각의 조각은 색의 밝고 어두움과 조직의 곱고 거침에 따라 서로 다른 명도를 나타낸다. 자신만의 감각으로 색상과 크기 그리고 재질의 미묘한 차이를 잘 살려내면 남다른 조각보를 완성할 수 있다. 누구나 같은 인생을 살 수는 없다. 그러니 남의 조각보를 기웃거릴 일도, 내 조각보를 마다 할 일도 없는 것이다.

　잠이 오지 않는 늦은 밤, 은빛 비단을 펼쳐놓은 듯 달빛이 흐르는 창가에 서면 지나간 날들이 파노라마처럼 스쳐 지나간다. 시간은 물 흐르듯이 흘러가지만 어느 한 날의 기억들은 강의 작은 징검다리로 남는다. 남아서 오늘과 내일을 연결한다. 바로 조각보의 작은 조각들이 그러하다. 어느 한 조각도 허투루 버려질 것은 아니다.

　조각보는 작은 조각을 여러 개 붙인 것이 훨씬 아름답다. 크기와 색상과 조직이 다른 수십 개의 조각을 이어 붙였음에도 불구하고 산만하거나 무질서하다는 생각은 들지 않는다. 오히려 통일된 리듬과 질서를 느낄 수 있다. 거기에는 큰 조각 몇 개로는 당할 수 없는 아름다움이 있다.

　내 인생은 수많은 조각으로 만들어진 조각보라는 생각이 든다. 아직 마음에 날이 서 있던 시절에는 서투른 솜씨로 작은 조각들을 이어 붙이느라 고통스러웠다. 그러나 그 작은 조각들이 내 인생의 조각보를 만드는 데 없어서는 안 될 것이었다. 바로 역설의 삶이다.

　자질구레한 일상사와 몇 개의 상념, 몇 조각 감정의 무늬들이 모여서 하루를 이룬다. 그 하루하루가 날줄과 씨줄로 엮이면서 일 년이 되고, 십 년이 되고, 우리의 생애가 되는 것이 아닌가. 작은 조각 하나하나가 모여서 조각보가 되는 것처럼.

친구가 보내온 조각보에서 나는 살아온 인생을 본다. 그리고 앞으로 살아갈 인생을 본다.

수상소감

수필 부문 동상

포옹

손훈영

참을 수 없는 존재의 가벼움.
생의 한 가운데.
불안의 꽃.

나를 일깨우고 간 많은 '말'들이 있었다. 태초에 빛이 있었듯 '나'라는 인간의 시작에는 이런 말들이 있었다. 그 말들이 폭죽처럼 터져 가슴으로 떨어져 내리던 날로부터 내 속에 묻혀있던 어떤 것들이 깨어나기 시작했다. 하마터면 영원히 깨어나지 못하고 있는 줄조차 몰랐을 내 속의 좋은 것들이 이른 봄 새순처럼 돋아났다.

　내가 나라는 인간을 긍정할 수 있고 그 모든 것에도 불구하고 내 삶을 밀어 붙일 수 있게 해주는 어떤 원동력. 내 삶의 모든 에너지는 책으로부터 왔다. 좋은 책보다 더 나은 스승을 지금껏 만나지 못했고 어떤 위로도 책이 주는 완전함에는 미치지 못했다. '사람은 책을 만들고 책은 사람을 만든다' 그렇다. 적어도 나에게는 이 말이 거의 진실이다.

　하루하루 조금씩 나아지고 있다는 느낌이 매일 거르지 않고 글을 쓰게 한다. 기쁨도 슬픔도 없이 그저 묵묵히 책상 앞에 앉게 한다. 한발자욱씩 전진하는 글이 내 삶도 함께 이끌어간다. 언어를 켠다는 것은 마음을 켠다는 것.* 나에게 쓴다는 것은 내 안의 불 지피기이며 칠흑같은 어둠속에서 작은 반딧불 하나 가슴에 보듬는 일이다. "기록되지 않은 일은 일어나지 않은 일이다"라는 말이 있듯 내 삶이 아무런 흔적도 없이 공중분해 되어 버리지 않도록 마음을 다해 기록으로 남기는 것이다. 아무도 주목하지 않는 내 인생이 더욱 더 애틋해 지나가면 잊혀 질 일상의 부스러기들을 모아 하나의 의미로 재생시켜 놓는 일이다. 의미가 형상화 되도록 단어와 문장으로 치밀하게 엮어가는 지난한 수공예적 작업이다. 뜨겁고 뭉클한 나의 마지막 존재증명이다.

　머리에서 나오는 글이 아니라 심장에서 폭발하는 글을 쓰고 싶다. 밤처럼 검고 독약처럼 치명적인 글을 쓰고 싶다.
　내가 쓰는 모든 글들은 D에게 바치는 헌화가다. 지금까지 그랬었고 앞으로도 그러할 것이다.
　내 사랑 D, 열렬히 살고 사랑하면서 죽자.

　* "언어를 켠다는 것은 마음을 켠다는 것"
　　　- 시인 이기철의 말 인용

수필 부문 동상

포옹

손훈영

텅 빈 벽면에 흑백 사진 한 점이 걸려있다. 네 개의 팔로 세상의 위협과 폭력을 차단시키겠다는 듯 굳세게 끌어안고 있는 사진 속 두 남녀를 본다. 맞닿은 심장에서 솟구치는 힘찬 박동소리가 들린다. 그 박동소리에 몸을 실어 어딘가로 날아가고 있는 듯 여자의 입가엔 희미한 미소가 서려있다.

이 방의 이름을 지어주고 싶다. 서재라고 그냥 밋밋하게 부르기에는 방의 느낌이 너무 특별하다. 다갈색 벽지가 차분한 벽면을 따라 연한 검정 색깔의 나지막한 책장 두 개가 이어져 있다. 그 앞으로 놓여 진 폭이 좁은 긴 책상이 책장과 맞춤인 듯 어우러진다. 책꽂이의 책들은 피를 나눈 혈육들처럼 다정히 포개어져 있다. 스틸 프

레임이 심플한 데스크 탑과 하얀 색 복합기, 그것들이 이 방의 전부다.
　세평도 채 되지 않는 작은 공간이다. 단지 장식을 위한 것이거나 눈에 거슬리는 물건이라고는 단 하나도 없다. 반드시 있어야 할 것들로만 채워진 방이다. 잉여라고는 아무것도 없는 방, 읽고 쓰는 행위 외에 다른 어떤 행동도 할 수 없는 방이다. 우리 집 전체로 봐서는 제일 작은 방이지만 작아서 그런지 가장 아늑하다.
　혼자만의 공간이어야 한다는 것을 명시하듯 긴 책상 앞에는 단 하나의 의자만 놓여있다. 그 의자에 깊숙이 몸을 부려 놓을 때면 태초의 자궁이 이럴까 싶게 방과 나는 완전히 밀착된다. 방 전체가 두 팔을 벌려 나를 보듬어 안는 듯한 포근함과 평안을 느낀다.
　남편은 스스럼없이 포옹을 잘 하는 남자였다. 길에서건 음악 감상실에서건 나를 발견하는 순간 긴 팔을 둥그렇게 벌리고 흔연히 웃어 오는 사람이었다. 반가움의 표시가 꽤나 서구적인 남자였다. 얼마간 내성적이고 소심하던 나로서는 그런 외향적이고 열정적인 인사법이 어쩐지 계면쩍고 쑥스럽기도 했지만 환대로 열려진 그의 두 팔이 매번 감동적이기도 했다. 마악 연애가 시작된 청춘 남녀가 무얼 한들 감동적이지 않았을까마는 그의 사심 없는 포옹은 확실히 나를 사로잡은 결정적 무엇이 되어 주었다.
　그의 가슴과 나의 얼굴이 맞닿은 잠시 잠깐, 그 사이로 건네져 오던 담백한 체온은 이 남자와 함께라면 평화롭게 살 수 있을 것 같다는 확신 같은 것을 불러 일으켜 주었다. 날깃한 셔츠에서 풍겨오던 빨랫비누 냄새는 검박함과 소탈함이 그의 정체성임을 느끼게 해

주었고 나의 등을 토닥이던 정다운 손바닥은 삶의 그 어떤 격랑이라도 함께 헤쳐 나갈 수 있겠다는 믿음을 안겨 주었다. 날밤을 새며 나누었던 수많은 말들보다 격의 없이 열려지던 그의 포옹에서 그와의 미래를 더 확신할 수 있었다.

포옹이란 무엇인가. 어떤 것을 끌어안는다는 것은 그것을 전적으로 받아들인다는 말이다. 사랑을 듬뿍 받고 자란 사람이 사랑을 잘 베풀 수 있듯 누군가에게 전적으로 받아들여져 본 사람은 다른 그 무엇인가를 잘 받아들일 수 있을 것 같다.

결혼 후 나의 나날들이 그러했다는 생각이 든다. 한 남자로부터 전적으로 받아들여진 그 기억의 힘으로 어쩐지 지금까지 살아왔다는 느낌이 든다. 내 존재에 새겨진 그 따뜻한 느낌은 많은 것을 가능하게 해주었다. 죽도록 회피하고 싶은 혈육들을 끝끝내 저버리지 않게 해 주었고 나 자신 짐승으로 굴러 떨어지는 것을 막아 주었다. 그토록 질긴 권태와 무기력 속에서도 자기응시라는 한 가닥 끈을 놓지 않을 수 있었던 것도 생각해 보면 그 기억의 힘이었던 것 같다.

그와의 굳센 결속력이 없었더라면 아마도 지금쯤 나는 굉장히 황폐한 인간이 되었을 것 같다. 그와 일군 이 아름다운 방에서 세상과 접속하고 있는 한갓진 시간을 결코 누리지 못했을 것 같다.

편집증과 과대망상, 충동조절 기능이 망가진 혈육과 함께한 십수 년 세월은 문자 그대로 고통의 바다였다. 어떠한 논리나 개연성도 없는, 동생 머릿속 온갖 망상과 환청의 뒤죽박죽을 멀쩡한 정신으로 감내해야 했다. 지치지도 않고 돋아나는 망상의 잡초들을 애정과 연민을 다해 뽑아 줄 수 있으리라 생각했다. 동생이 쏟아내는 말도 안 되는 억측들을 일일이 바로 잡아 주려다보면 몸은 바닥없는 수렁으로 가라앉고 입에서는 독한 단내가 났다. 생지옥이 따로 없었다. 독 묻은 쇠사슬이 온몸을 죄어 오던 날들이었다.

누구보다 다감했고 긍정적이던 사람이 어둑하고 염세적으로 변하기에는 십년 세월만으로도 이미 충분했다. 의무와 억압이 어떻게 한 인간을 망가뜨리는지를 내가 나를 보면서 깨달을 수 있었다. 주민등록을 말소 하고 먼 먼 이국으로 탈주한다는 계획은 내 이성을 갉아 먹으며 무럭무럭 자라나는 뿌리 뽑기 힘든 독버섯이었다.

완전히 움켜쥐기도 그냥 놓아버리기도 불가능한 뜨거운 감자 같은 시간들을 겪으며 운명을 한탄하는 나의 울부짖음을 지켜보는 그의 심정은 어떠했을까.

한결같이 묵묵히 나를 포옹해 오던 그의 두 팔은 격랑을 만난 뗏목처럼 요동치던 내 삶의 튼튼한 닻이자 방파제였다. 그의 전적인 포옹이 없었더라면 이미 나는 난파했을지도 모르겠다. 삶의 어느 외진 기슭으로 떠밀려가 참담하게 부식되어 가고 있을지도 모르겠다.

방은 아늑하다. 사랑하는 사람과 포옹을 하고 있을 때처럼 외로움이 해소되고 불안감이 잠재워진다. 벽을 따라 놓여 진 자신들의 집에 편안하고 안전하게 자리 잡은 책들이 정답게 나를 바라보고 있다. 나에게는 가장 밀접하고 친근한 사물인 그들이 조용히 말을 걸어온다. 그들은 언제나 나를 환대한다. 마음 내키는 대로 들락거려도 내치는 법이 없다. 컴퓨터를 작동시킨다. 낡은 기계들 대부분이 그렇듯 켜자마자 우웅 소음을 뱉어낸다. 오래 길들여진 사물에

서 나오는 소리는 정든 식구들의 숨소리 마냥 친근하다.

 세상을 등지고 문을 닫아걸었던 시간의 갈피에 쌓인 묵은 먼지들을 털어 낸다. 세상에서 제일 편한 책상 앞 의자에 깊숙이 엉덩이를 들이밀고 책을 읽고 글을 쓴다. 책을 읽는다는 것은 세상을 들여다보는 것이고 글을 쓴다는 것은 세상을 향해 말을 건다는 것이다. 세상과의 소통과 교감을 생각하지 않는다면 책도 글도 아무 필요가 없을 것이다. 방의 전적인 호의에 힘입어 한 편 두 편 글을 쓸 때마다 무겁게 닫아 두었던 육중한 문을 조금 열고 깨끗이 빤 속옷 하나를 내거는 기분이다.

 '우웅~' 하는 컴퓨터의 소음이 마치 먼 세상을 향해 날아가는 비행기의 엔진 소리 같다. 그 소리는 나를 독려한다. 밀실에서 광장으로 한 발 내디디라고 주문을 건다. 끝없이 읽기만 하는 자폐적 만족에서 세상과 소통하는 광장적 기쁨을 맛보라고 나를 부추킨다. 주저하지 말고 세상을 향한 화해의 기록물들을 던지라고 나의 등을 떠민다.

 이 세상 어떤 공간이 있어 이 보다 더 나를 안정되게 감싸 준다는 말인가. 이곳은 높고 험준한 인생이라는 산을 오를 수 있게 하는 든든한 베이스캠프다. 이 방은 포옹과도 흡사한 가장 원초적이고 정서적인 어떤 것을 베풀어 줌으로써 나로 하여금 강력한 생의 에너지를 재생시킬 수 있게 하는 곳이다. 전적으로 나를 받아들여 줌으로써 그 확고한 힘에 의지해 세상으로 나아가게 한다. 이 방과의 완벽한 밀착감은 내 남자와의 굳센 결속과 함께 내 인생을 전진하게 하는 동력기의 양 날개다.

고통 없는 인생이 어디 있을까. 행복과 기쁨도 잠시, 생이 우리에게 줄기차게 요구하는 것은 슬픔과 아픔 그리고 그것들의 극복이다. 우리에게 주어진 것은 생의 이 엄혹한 조건들을 어떻게 변주할 것인가이다. 다만 어둔 밤을 넘어지지 않고 더듬어 가는 법을 깨우쳐야하고 포기하지 않고 삶의 격랑을 타는 법을 배워야 할 뿐이다.

아직은 풍랑이 멈추지 않았고 언제 끝날지도 알 수 없지만 포옹의 힘에 의지해 바람 부는 한 바다로 뛰어든다. 불안도 두려움도 없이.

수필 부문 동상

이별의 능력

권혁주

상처 앞에서 그 슬픔에 매몰되지 않고 다른 상상을 하는 힘을 감수성이라 합니다. 감수성이 여린 저는 그 상처들 때문에 때때로 숨 쉬는 것이 힘들었습니다.

오랜 기억속의 그림자 같은 슬픔 하나를 햇빛 속에 손잡고 나왔습니다. 모든 이념과 가치가 이익과 성장이라는 자본의 식민화가 된 전 지구적인 자본주의의 현실에서 문학의 가능성과 감수성의 힘을 믿는 동서식품의 기업정신에 감사와 경의를 표합니다.

　글을 쓴다는 것은 세상과의 손잡음이며 타인과의 사랑입니다. 나아가서는 온 우주와 에너지를 공유하는 일이며 그 흐름에 마음을 담그는 일입니다.

　제 어린 날의 상처, 선연한 핏자국 앞에 괜찮아 괜찮아 마음을 다해 손잡아 주신 많은 분들에게 아름다운 삶으로 보답하겠습니다.
　동서식품과 동서문학상의 행운을 기원합니다.

수필 부문 동상

이별의 능력

권혁주

생이란 사랑 외에 다른 소명을 지녔을까. 그건 생물이건 무생물이건 마찬가지여서 마음을 열어 서로를 확인하는 순간부터 크나큰 우주적 흐름 그 근원적 에너지를 공유하게 되는 게 아닐까. 엄마가 나날이 여위는 동안 나는 나이답지 않게 생각이 많아지고 엉성한 애어른이 되어갔다. 가마솥의 가장자리를 꼭 짠 행주로 문질러 닦아놓기도 하고, 쇠죽 끓는 뚜껑을 뒤집어 물을 데우기도 하고, 여섯 살짜리 동생을 말갛게 씻겨 놓기도 하고, 저녁마다 등불 켜듯 떠오르는 별들을 하나하나 이름 불러 잠재우기도 했다. 그 애가 떠난 자리는 거꾸로 매달린 우물처럼 캄캄하고 아슬아슬해서 우리들 누구도 똑바로 들여다본다거나 다가갈 생각은 하지 않았다. 적당히

거리를 두고 돌아앉거나 먼 산을 바라보며 외면하려 했다. 사람에 겐 아픔이나 상처 같은 건 되새기고 싶지 않은 본능 같은 게 있는 모양이었다. 또래 아이들 속에서 이슬빛 눈망울이 깔깔거리며 달려 들 때마다 나는 안도의 숨을 내쉬곤 했다.

감나무 그늘에서 잠자다 깨어났을 때 그늘은 저만큼 물러나고 눈부신 햇살속의 나를 낯설게 바라보는 이전의 나를 만났을 때처럼, 한 번도 꾼 적 없는 생경한 꿈속을 술래가 되어 열을 세고 스물을 세는 동안, 다시 어딘가로 사라져 버릴까봐 그 작은 어깨가 숨어드는 짚더미며, 벽 모퉁이며, 금간 장독 뒤며, 늦은 햇살이 깔아 논 감나무 그림자 뒤로 눈길을 거두지 않았다. 엄마가 부르는 소리를 따라 하나 둘 집으로 돌아가고 난 뒤에도 여전히 술래였던 나는 무너진 담벼락에 기대 산등성이로 넘어간 별들과 풍뎅이처럼 윙윙거리는 기억들을 하염없이 따라 다녔다. 파리하고 작은 그림자에 기대 집으로 돌아오면 늦은 저녁밥을 불빛 아래 펼쳐 놓은 엄마가 아득한 시간을 끌어다가 탑이라도 한 채 쌓으려는 듯 달력의 숫자들을 거꾸로 세어보고 세어보고 하였는데 잊어버린 뭔가를 애써 상기하려는 것인지 아니면 무슨 비탈길을 하나하나 되짚어 새로운 강이라도 하나 새기려는 모양이었는지.

그 무렵 엄마는 달빛 아래 찔레꽃빛처럼 참으로 아슬아슬했다. 종잇장처럼 얇고 가벼운 시간들을 온몸에 펴 바른 듯 창백하고 우울한 그림자였다. 마음안의 즐거움이나 기꺼움들이 얼마나 사람을 빛나게 하는지. 스스로를 계획하고 충고하며 끊임없이 어디로든 데려가는 일은 아무도 대신 해 줄 수가 없다. 부모자식간이라 해도 그보다 더 가까운 사이라 해도 영혼이 지닌 힘이기도 하고 함정이기도 하다.

 특별히 다정하지도 냉정하지도 않은 아버지는 마음의 풍경을 거의 읽을 수 없었다. 책을 읽어주고, 얘기를 들려주고, 풀잎이나 꽃송이 같은 걸로 놀잇감을 만든다거나 맑은 울림을 지닌 풀피리 같은 걸 만들 때 유독 다정해지거나 무심해지지 않은 것처럼 그저 고요하고 잔잔했다. 마당의 감나무 그림자가 온종일 제자리걸음만 하다가 저녁때쯤 산들이 마을로 내려와 지친 그림자를 한 겹 두 겹 쌓아 올리는 시간이 오면 고삐에 매인 염소처럼 아버지는 돌아왔다. 때로는 늙은 암소를 느릿느릿 몰고 푸성귀를 한 짐 출렁거리며 묵은 나그네처럼 마당으로 들어섰다. 그럴 때면 우리 마당은 금방 잠에서 깬 우물이듯 덩달아 출렁거렸고, 고삐를 받아 매고 지게의 작대기를 받치는 아버지를 도와 푸성귀 사이에서 익은 산딸기나 산앵두 같은 것을 찾아내기도 하였다. 수풀 속에서 새빨갛게 익어가는 그것들을 따 모으며 마음은 무슨 시간들을 떠올렸을까? 두레박처럼 길어 올린 생각들은 어디에 머물던 것이었을까? 무심한 것들이 얼마나 사람을 아프게 하고 숨 막히게 하는지, 가라앉는 것들이 들여다볼수록 아득하고 아득하듯이. 깊은 산속의 외딴 호수처럼 홀로 깊어가고 홀로 저물어가는 그런 존재의 적막을 품은 아버지, 세상의 모든 아버지란 이름들.

하찮은 미물이라도 생명이란 생명들은 다 귀하다 여기는 아버지는 참으로 경건한 사람이었다. 새털만큼의 가벼움도 깃들지 않았지만 특별히 종교적이지도 않았다. 시간이 사람을 속이기도 한다는 걸, 하지만 그런 일은 해 지는 일만큼이나 자연스러워서 억울해 할 수도 없는 일이라 했다. 비 그친 여름날 온 동네 사람들이 물길 어귀마다 통발을 치느라 수선을 피워도 언제나 시큰둥했는데 무슨 마음에선지 양동이 가득 통통하게 살 오른 미꾸라지들을 건져다 놓았던 날이 있었다. 우리는 서로 뒤엉켜 거의 하나가 된 것 같은 찰진 생명의 덩어리를 눈앞에서 만났다는 게 믿기지 않아 물속에 손을 넣어 미끄러운 감촉을 느껴도 보고 몇 마리쯤 건져 올려 안절부절 하는 그놈들을 아득하게 바라보기도 하였다.

어떤 경우에도 자기를 완전히 감춘다는 건 불가능해. 누군가는 반드시 찾아내고 말거야, 잡기도 하고 잡히기도 하는 세상은 술래놀이 같아, 이것들을 우리가 찾아낸 것처럼 또 누군가는 우릴 찾고 있을 거야 끊임없이 열려있는 생명의 신비로운 여정, 유한성을 넘어 어딘가로 가고 싶은 저 미끄럽고 유연한 길들의 잔치 같은 것. 저렇게 서로 엉키어 한 발자국도 나아가지 못하면서도 우주를 다 여행하는 중이라우기는 저 것들처럼.

영영 찾을 수 없는 곳에 숨는다는 건 놀이의 규칙에 어긋나지. 한 번, 두 번, 세 번 적어도 그 이상은 술래를 휘돌게 해선 안 되지. 누구나 술래가 될 수 있으니까, 자기 차례가 오면 실망하지 않을 만큼 그렇게 자기 스스로를 믿어 주는 게 중요해, 술래가 지치거나 화가나 놀이를 팽개치고 엄마 품으로 달려가기 전에 옷자락이나 머리카락쯤 들켜 주는 게 미덕이라구. 내가 가르쳐준 술래잡기의 규칙이었다.

 운명은 참 칼날 같았다. 여덟 해, 세상의 검은 구름 한 점 곁눈질 하지 않은 나이 호기심 많은 것이 아무도 몰래 낫을 찾아 풀 베는 시늉을 한 게 화근이었고, 흐린 땅바닥에 떨어진 순결한 핏방울들을 어느 발자국이 흔적 없이 지워버렸는지, 지나는 바람이 감추어 버렸는지. 손가락의 상처를 봉합하고 아물기를 기다리는 동안 하늘의 한 쪽 모퉁이가 빗물처럼 땅속으로 사라지는 중이라는 걸 아무도 눈치 채지 못했다. 닷새쯤 지났을까. 열이 오르고 헛소리를 해대어도 손가락의 상처로 숨어든 세균이 뇌 속까지 다다른 것이라고는 생각지도 않았다. 무슨 열병이거니 한 며칠 지나면 거짓말 같아지려니 다들 그랬다.

 병원에서 하룻밤도 못 넘기고 큰아버지 등에 업혀 온 아이는 더 이상 술래는 아니었다. 일러 준 술래의 규칙들을 한순간에 모조리 깨뜨려버린 뒤였으므로. 그날부터 우리는 스스로 술래임을 아무에게도 말하지 않고 마음을 술래마당처럼 폈다 아버지는 아버지대로 어머니는 어머니대로 나는 또 나대로. 찾아도 찾아도 늘 제자리인 마음속의 그 마당은 해가 지지 않는 불멸의 영토였다. 두레박을 내려도 내려도 수면이 닿지 않는 캄캄한 우물이었다.

제11회
삶의 향기 동서문학상

아동문학 부문

하늘에 닿은 종이비행기	이영아
등이 굽은 이유	하미경
세 번째 눈	임관오
혼잣말	최은정
꼬마 요리사	최빛나
월정사 잣나무	조계향

아동문학 부문 금상

하늘에 닿은 종이비행기

이영아

하나님께 감사와 영광을 돌립니다.

겁도 없이 '동화'라는 숲으로 들어갔습니다. 아무것도 모르니 당연히 겁도 없었습니다.

숲속으로 들어갈수록 이 길이 맞는 건지, 제대로 가고 있는 건지 겁이 나고 위축되기 시작했습니다.

그쯤에 날아든 '당선'이라는 소식에 비로소 희망을 품었습니다. 늘 모자라다고 생각했기에 더욱 더 큰 선물이라 느껴집니다.

글을 쓴다는 것은 나 자신을 돌아보고 깨달음을 얻는 일인 것 같습니다. 이제 막 알을 깨고 나온 아기 새처럼 세상

 을 배워가며 나를 다듬는 일을 멈추지 않겠습니다.
 제 동화의 숲에 나침반이 되셨던 김재원 선생님께 머리 숙여 감사드립니다. 또 동화공부에 큰 힘이 되었던 센동 문우들에게도 진심으로 고마운 마음을 전합니다.
 부족한 저를 언제나 사랑으로 보듬어 주시는 부모님께 감사드리며 특히, 제 삶의 동반자인 남편과 응원을 아끼지 않았던 예쁜 딸 여진이에게 사랑을 전합니다.
 마지막으로, 희망의 길을 열어주신 심사위원님들께 감사드립니다. 멋진 동화로 보답하는 시간이 빨리 왔으면 좋겠습니다.

아동문학 부문 금상

하늘에 닿은 종이비행기

이영아

새벽공기가 얼음처럼 차갑습니다.

찬바람이 어두운 골목을 휘저으며 한바탕 먼지를 일으킵니다. 할아버지는 목을 잔뜩 움츠린 채 빠르게 걷습니다. 빈 손수레가 덜그럭거리며 할아버지 뒤를 쫓아갑니다.

모퉁이를 돌던 할아버지는 기운이 쫘악 빠졌습니다.

얌체 할머니가 벌써 와 있습니다. 쓰레기더미 위에 앉아 박스의 테이프를 뜯으며 할아버지를 힐끔 봅니다.

'저 할망구는 잠도 안자나?'

할아버지는 투덜거리며 주위를 휘익 둘러봅니다. 쓸 만한 재활용품도 이미 다 골라낸 듯 쓰레기봉투마다 입을 쩍 벌리고 있습니다. 다른 날보다 더 일찍 서둘렀건만 헛수고를 한 기분입니다.

할아버지가 퉁명스럽게 내뱉었습니다.

"저번처럼 폐지만 쏙 빼가지 말고 말끔히 치우고 가이소. 괜히 내까지 욕먹게 하지 말고."

할머니는 대꾸도 않습니다. 박스를 납작하게 접어 손수레 안에 차곡차곡 쌓기 바쁩니다.

할머니는 가끔씩 대형 마트에서 빈 박스를 몰래 싣고 나옵니다. 길거리 생활정보 신문도 통째로 들고 가버립니다. 아무리 말을 해도 할머니만 지나가면 텅 빈 배포대만 남습니다. 할머니의 얌체행동 때문에 할아버지까지 오해를 받는 거 같습니다.

할아버지는 못마땅한 눈으로 할머니를 노려보며 시장골목으로 수레를 돌렸습니다. 시장 바닥에 널브러진 종이와 빈병들을 보이는 대로 모읍니다.

새벽이 안개처럼 걷히고 어느새 날이 훤하게 밝아 있습니다.

할아버지는 햇볕이 자리 잡은 계단에 앉았습니다. 얼었던 손과 발이 한꺼번에 스르르 녹아내리는 거 같습니다.

품속에서 작은 종이쪽지를 꺼내 펼쳐듭니다. 알지도 못하는 영어가 적혀있습니다. 몇 년 전 미국으로 간 아들 집 주소입니다. 드물게 오던 전화도 끊기더니 이제는 연락도 안 됩니다.

할아버지는 죽기 전에 아들을 만나 보는 게 소원입니다. 돈을 모아 미국에 가면 아들을 만나볼 수 있을 것만 같습니다.

"할아버지."

누군가 부르는 소리에 할아버지는 촉촉해진 눈가를 얼른 훔칩니다. 가끔 폐지를 모아 주는 아주머니입니다.

"안 보는 책이 있어서 문 앞에 내놓았어요. 가져가세요."

할아버지는 몇 번이나 고맙다 인사를 하며 걸음을 옮겼습니다.

주택가 대문 앞에 도착한 할아버지 눈이 번뜩 뜨였습니다. 얌체 할머니가 손수레에 책 박스를 낑낑대며 싣고 있었습니다.

"그거 여기 있던 박스 아닌교?"

할아버지는 대문 앞을 가리키며 소리쳤습니다. 할머니는 들은 척도 안 하고 서둘러 손수레를 끌었습니다.

"내 줄라고 모아 났다 켔는데. 와 남의 걸 가져 가는교?"

할아버지가 할머니 길을 막아섰습니다.

"비키소. 먼저 줍는 사람이 임자지. 니꺼 내꺼가 어딨는교?"

할머니가 눈을 부라립니다. 얼굴 가득한 주름 사이로 심술이 덕지덕지 붙어 있는 것 같습니다. 굽은 허리를 억지로 세워 할아버지를 흘겨봅니다. 말이 통할 거 같지가 않습니다.

"마, 가소. 할매 붙잡고 말 해봐야 내 입만 아프지."

할아버지가 손사래를 칩니다. 할머니는 '카악'하고 땅바닥에 가래침을 내뱉고는 돌아섭니다. 정말 마귀할멈이 따로 없습니다.

뉘엿뉘엿 해가 집니다.

할아버지는 온종일 모은 폐지를 재활용수집센터에 가져다주고 돈을 받습니다. 은행통장의 깨알 같은 검은 숫자들이 커질 때마다 안 먹어도 배가 부른 거 같습니다.

빈 수레를 끌고 막 놀이터를 지날 때입니다. 종이비행기 하나가 할아버지 앞에 사뿐히 내려앉습니다. 선우의 종이비행기입니다. 선우는 유치원에 다니는 얌체 할머니 손자입니다. 하지만 할아버지는 선우가 좋습니다. 선우를 보면 미국에 있을 손자 생각이 나기 때문입니다. 종이비행기를 줍는 선우의 손끝이 빨갛습니다.

"춥다. 빨리 집에 들어가거라."

할아버지가 선우의 머리를 쓰다듬습니다. 뒤돌아 선 선우의 어깨가 축 처져있습니다. 작년 이맘때쯤인가 선우 엄마가 집을 나갔다고 했습니다. 그 뒤로 선우 표정이 자꾸만 더 어두워지는 것 같습니다.

집으로 가는 할아버지 뒤를 어둠이 성큼성큼 따라갑니다.

빈 집에서 혼자 할머니를 기다리고 있을 선우를 생각하니 발걸음이 무겁습니다.

늦은 저녁을 먹던 할아버지가 숟가락을 탁 내려놓습니다. 가슴이 체한 듯 답답한 느낌입니다.

할아버지는 알약 한 알을 꿀꺽 삼키고 자리에 누웠습니다.

매서운 바람이 창문을 흔듭니다. 할아버지도 밤새 이리저리 몸을 뒤척였습니다.

아침이 되어도 바람은 물러 설 줄을 모릅니다. 차가운 바람이 온종일 골목을 서성였습니다.

갑자기 불어온 바람에 눈 안으로 티끌이 들어갔나 봅니다. 할아버지가 골목에 잠시 멈춰 섰습니다. 눈에 들어간 티끌을 빼내려고 눈을 깜빡여봅니다.

허둥지둥 골목 어귀에 들어서던 얍체 할머니가 화들짝 놀랍니다.

"아이고, 깜짝이야. 있는 기척이라도 하지."

할머니가 가슴을 쓸어내릴 때입니다. 뒤쫓아 온 아주머니가 할머니 어깨를 붙잡았습니다.

"할머니, 혹시 제 지갑……."

아주머니는 말을 하다말고 할머니 손에 들린 지갑을 빼앗듯 낚아챘습니다.

"이 할머니, 완전 도둑이잖아!"

아주머니가 할머니를 위아래로 노려보았습니다.

"저, 정류소 의자에서 주웠어예."

헝클어진 하얀 머리카락 아래로 할머니의 눈동자가 이리저리 흔들렸습니다.

"나, 참 기가 막혀서……. 제가 전화 받는 사이 가져가신 거잖아요."

아주머니가 목소리를 높였습니다.

할머니는 야단맞는 아이처럼 어찌할 바를 모릅니다. 핏줄이 불거져 나온 앙상한 손을 바르르 떨고 있습니다. 허리는 새우처럼 굽고 몸은 너무 말랐습니다. 할머니 그림자는 더 작습니다.

"뭔가 오해한 거 같은데…… 이 할매가 지금 경찰서에 가는 길이라 카던데."

할아버지가 끼어들었습니다.

"경찰서요?"

"지갑 주웠다카면서 경찰서 갖다 주러 간다고……. 내한테 방금 그랬다 아인교?"

할아버지가 할머니에게 눈짓을 했습니다. 할머니는 어리둥절한 눈으로 할아버지를 바라봅니다.

"뭐 없어진 거 있나 먼저 확인해보이소."

아주머니가 지갑 안을 살피더니 말했습니다.

"다 그대로예요."

아주머니는 할머니를 의심스런 눈으로 노려보더니 되돌아갔습니다.

간신히 서 있던 할머니가 그 자리에 털썩 주저앉습니다. 움츠린 몸이 마른낙엽처럼 금방이라도 바스스 부서져 버릴 것만 같습니다.

"아무리 힘들어도 그러지는 마이소. 선우 생각해서라도……."

할아버지가 손수레를 돌리며 말했습니다.

"어린 거 데리고 길바닥 나앉을 생각에……내가 확 돌아삡는갑다."

할머니가 한숨 섞인 소리로 중얼거렸습니다. 할아버지가 걸음을 우뚝 멈추었습니다.

"무슨 일 있는교?"

한참을 멍하니 있던 할머니가 겨우 입을 열었습니다.

"그동안 집세가 많이 밀려서……. 아무리 사정을 해도 이제 더 이상은 봐줄 수가 없다카데예. 며칠 전부터 어디 갈 곳이라도 있나 알아보고는 있는데……."

할머니 목소리에 기운이 하나도 없습니다.

"아무튼 고맙심더."

할머니가 끄응 소리를 내며 무릎을 짚고 일어났습니다.

매서운 바람이 빈 나뭇가지들을 후려칩니다.

할머니는 녹슨 수레를 끌고 천천히 골목 안으로 사라져 갔습니다. 할머니의 뒷모습이 바람에 휩쓸려 가는 검은 비닐봉투처럼 위태로워 보입니다. 손수레에 걸터앉아 음료수 하나 없이 마른 빵을 꾸역꾸역 먹던 할머니 모습도 자꾸만 머릿속을 맴돕니다.

할아버지도 모르게 발걸음이 놀이터를 향하고 있었습니다.

선우가 하늘을 보고 있습니다. 할아버지를 보자 선우가 먼저 아는 척을 했습니다. 다른 날과 다르게 들떠있었습니다.

"할아버지 내 종이비행기가 하늘로 날아갔어요. 저쪽 하늘로."

선우가 커다란 나무 뒤쪽을 가리켰습니다.

"이제 내 소원이 이루어질 거예요."

"소원?"

"네. 종이비행기에 소원을 적어서 하늘로 날리면 소원이 이루어진대요. 오늘은 정말 하늘까지 날아갔어요."

선우의 까만 눈동자가 병아리 같습니다. 매일 종이비행기를 날린 이유를 이제야 알 것 같습니다.

"선우 종이비행기에 뭐라고 적었는데?"

"이사 가기 전에 엄마가 오게 해달라고요. 내가 이사 가면 엄마가 못 찾아오잖아요."

선우의 목소리가 작아지는가 싶더니 이내 환하게 웃습니다.

"그래도 이젠 걱정 없어요. 곧 소원이 이루어질 거니까."

선우는 토끼처럼 깡충거렸습니다.

선우가 가고 할아버지는 나무 밑에서 종이비행기를 주웠습니다. 나무에 걸려있던 선우의 종이비행기가 바람에 떨어졌나 봅니다. 그것도 모르고 선우는 종이비행기가 하늘로 갔다고 믿고 있었습니다.

가슴이 또 답답해옵니다. 할아버지는 가슴을 탁탁 두드리며 집으로 향했습니다.

며칠째 가슴 속에 뭔가가 꽉 막힌 느낌입니다. 약을 먹어도 통 나아지는 거 같지가 않습니다. 할아버지가 크게 숨을 내쉬었습니다.

골목어귀에 얌체 할머니가 보였습니다. 수레도 없이 빈 몸입니다. 마치 정신이 나간 사람처럼 두리번거리고 있었습니다.

"호, 혹시 우리 선우 못 봤는교?"

할머니는 할아버지를 보자마자 붙들고 물었습니다.

"선우요?"

"집주인이 당장 집을 빼라캐서……하는 수없이 이삿짐을 쌌어예. 처음엔 어디서 놀겠지 했는데 아무리 찾아도 안 보이고. 우리 선우한테 무슨 일이라도 생기면……"

할머니 눈언저리가 벌게졌습니다.

"무슨 일이야 있겠는교. 내도 찾아볼 테니까 걱정 마이소."

할아버지는 수레를 세워두고 선우를 찾아 나섰습니다. 거리에 가로등불이 하나 둘 켜지기 시작하자 할아버지도 점점 조바심이 났습니다.

한참을 찾아 헤매던 할아버지는 버스 정류소에 쪼그리고 앉아있는 선우를 보았습니다.

선우는 버스가 설 때마다 내리는 사람들을 뚫어져라 보고 있었습니다.

"선우야, 니 여기서 뭐하노? 어디 다친 데는 없나?"

할아버지는 선우를 꼭 껴안았습니다.

"할머니가 내일 아침 일찍 이사 간다고 했어요. 그러니까 오늘은 꼭 올 거예요."

선우가 흐르는 콧물을 소매에 스윽 문지릅니다.

"누가 온단 말이고?"

"우리…엄마요."

선우 목소리가 기어들어갑니다.

"종이비행기가 하늘로 날아가면 소원이 이루어진다고 했는데……."

선우가 눈물을 글썽이더니 고개를 푹 숙입니다. 눈물방울이 바닥에 '투두둑' 떨어졌습니다. 할아버지의 가슴 한구석이 불에 데인 듯 따끔거렸습니다. 할아버지는 선우 볼을 어루만집니다. 볼이 얼음장처럼 차갑습니다.

"아이고, 선우야!"

멀리서 할머니가 굽은 허리로 힘겹게 달려오고 있었습니다.

할아버지는 품속에서 은행통장과 도장을 꺼내 선우 손에 꼭 쥐어주었습니다.

"선우야, 이거 있으면 이사 안 가도 된다. 그러니까 앞으로는 이런 데 혼자 나오지 말거라. 알았재?"

"이게 뭔데요?"

"너거 할머니 주면 알아서 할끼다."

할아버지는 방그레 웃으며 뒤돌아섰습니다.

하늘에는 어느새 별이 총총 박혀있습니다.

등 뒤에서 당황한 할머니 목소리가 들립니다. 할아버지 입가에 슬며시 미소가 번집니다. 할아버지는 걸음을 멈추지 않았습니다.

그렇게 든든했던 통장이 없는데도 전혀 허전하지 않습니다. 오히려 마음 깊숙이 뭔가가 가득 차오르는 느낌입니다. 그러고 보니 체한 듯 답답했던 속도 뻥 뚫린 듯 후련합니다.

할아버지는 품에서 아들의 주소가 적힌 종이쪽지를 꺼냈습니다. 투박하고 거친 손으로 천천히 종이비행기를 접습니다. 하늘에 닿으면 소원이 이루어진다는 선우의 목소리가 귓가에 아른거립니다.

"자, 하늘 끝까지 날아가거래이."

할아버지는 종이비행기를 힘껏 날렸습니다. 할아버지의 소원을 담은 종이비행기가 하늘높이 높이 날아올랐습니다.

수상소감

아동문학 부문 은상

등이 굽은 이유

하미경

"선생님, 아몬드가 죽으면 뭐게요?"
"음~ 몰라. 공부나 해."
"다이아몬드요."
"킥 킥 킥킥킥……"
웃음이 뻥하고 터졌습니다. 공부는 하지 않고 쓸데없는 소리나 한다고 나무라던 저도 귀가 솔깃해졌습니다. 잠시 뒤에 또
"선생님, 콜라와 사이다를 섞으면 뭐게요?"
이번엔 저의 구겨진 체면을 세워보고 싶어서 심각한 표정을 지으면

"엄마한테 혼나요오~ 킥킥킥킥."

아이들과 함께 쫀드기를 먹으며 마이쭈를 먹으며 생활한 지 10년이 넘었습니다. 성경에는 "어린 아이의 마음이 되어야만 천국에 들어간다."고 하였는데 저는 날마다 천국에서 살았습니다.

아이들에게 '조용히 해!'라고 말하면 '조용히 해!'와 동시에 오른팔이 올라가고 왼쪽 다리가 흔들리고 엉덩이가 들썩들썩합니다. 아이들에게는 가만히 있으라고 하는 게 가장 큰 형벌입니다. 그래서 저는 활동 수업을 많이 합니다. 동시를 쓰고 그림을 그리고 색칠을 하고 코팅을 해서 붙여주고……

아이들은 참 재미있습니다. 표정도 수시로 변하고 옷도 알록달록 예쁘게 입습니다. 마치 크레파스와 같습니다. 그런데 이런 아이들이 어른들로 인하여 상상력이 사라져갑니다. 입시위주의 공부를 하다 보니 공부 이외의 이야기를 하면 '넌 무슨 그런 엉뚱한 이야기를 하니?'라고 혼을 내는 게 어른입니다.

저는 아이들이 상상을 하고 꿈을 꾸며 살아가면 좋겠습니다. 세상의 발전도 상상에 의해서 현실로 이루어졌기 때문입니다.

　오늘 이렇게 과분한 상을 주신 동서문학상에 감사드립니다. 항상 글을 쓰도록 채찍질해주시는 정양 교수님, 안도현 교수님 그리고 사랑하는 아이들에게 감사의 마음을 전합니다.

아동문학 부문 은상

등이 굽은 이유

하 미 경

우리 할머니는
등이 굽었어요
시장에 가보고 나서야
알게 되었어요

할아버지가 돌아가신 뒤
시장에 나가
밥도 쭈그려 앉아 먹어요

한 숟갈 떠놓고
깻잎 사라고 외치고
한 숟갈 떠놓고
오이 사라고 외치고
한 숟갈 떠놓고
고추 사라고

지나가는 아줌마
바지를 잡았어요
그래서 우리 할머니는
등이 굽었나 봐요

수상소감

아동문학 부문 은상

세 번째 눈

임관오

아직도 수상 소식을 들었을 때의 그 기쁨과 긴장감이 머릿속에서 가시지 않았습니다. 생애 첫 수상인 지금의 이 기쁨과 벅참은 영원히 잊지 못할 것입니다. 한마디로 얼떨떨했습니다.

작년 봄, 오랜만에 새로운 것을 배운다는 기대감으로 동화 창작교실에 등록했습니다. 첫 수업 때의 선생님 말씀이 아직도 생생합니다.

"……, 이 과정을 마치면 최소 동화 한 편은 완성될 것입니다."

　그때는 대학을 졸업하고, 졸업할 때의 나이만큼이나 긴 시간 동안 어떤 일에 파묻혀 책도 제대로 읽지 않았던 내가, '어떻게?' 하는 마음이었습니다. 하지만 3개월의 과정을 마치고 나니 정말 한 편의 동화가 완성되었습니다. 같이 공부했던 글벗들의 글을 모아 제본된 책을 보면서 신기해했던 기억이 납니다. 벌써 1년 전 일입니다. 그 후, 우리는 일주일에 한 번씩 모여, 서로의 글을 읽어주고 있습니다.

　덜컥 수상했다는 소식과 함께 글벗들의 얼굴이 동시에 떠올랐습니다. 바쁜 와중에도 매주 모여서 서로의 글을 읽어주고 합평해 온 글벗들이 있었습니다. 모두 이제 시작한 초보들이지만 성심성의껏 서로의 글을 읽어주고 느낌을 말해주었습니다. 부족한 제 글을 읽고 합평해주는 글벗들이 있어서 계속 글을 쓸 수 있었습니다.

　아이들에게 꿈과 희망을 뿌려주고 상상력을 키울 수 있는 그런 동화를 쓰는 작가가 되고 싶습니다. 그때까지 열심히 노력하겠습니다. 이제 '내가 쓴 동화를 읽어주는 동화 할머니'로 살아가고 싶은 저의 소망이 조금씩 가까워지고 있음을 느낍니다.

  처음 동화 쓰기 길을 보여주신 신현수 선생님, 그동안 같이 걸어온 글벗들, 동서문학상 멘토링 게시판을 통해 좋은 조언을 해주신 이경혜 선생님, 진심으로 감사드립니다. 그리고 늘 마음으로 옆에서 성원해준 가족들에게도 감사합니다.

아동문학 부문 은상

세 번째 눈

임관오

슈퍼에서 나오는데 누군가 내 발 사이에 지팡이를 꾹 찔러 넣었다. 간신히 넘어지지는 않았지만 내 손에 있던 컵라면 봉지가 공중으로 휙 날았다.

"미안합니다. 미안합니다."

이상한 억양의 존댓말 소리에 나는 컵라면을 집으러 가다 말고 고개를 돌렸다. 대학생 같아 보이는 누나가 쪼그리고 앉아서 땅바닥을 더듬고 있었다. 긴 머리카락을 늘어뜨린 하얀 얼굴이 하늘을 향한 채.

'시각장애인?'

내 발에 걸려 멀리 날아간 지팡이와 떨어진 빨간 손지갑을 집어

들었다. 반 쯤 열려 있는 가방에 물건들이 곧 쏟아져 나올 듯 위태로워 보였다. 아직 더듬고 있는 누나의 두 손 근처에 지팡이와 가방을 내밀었다.

"저 이거요. 그, 그리고 가방이 열려있어요."

이상하게 떨리며 말이 잘 나오지 않았다. 예쁜 누나는 지갑을 한 손으로 더듬거려 가방 안에 넣으며 말했다.

"어머, 언제 가방이 열렸지? 꼬마였구나. 몇 학년이니?"

"5학년이요. 아, 안녕히 가세요."

얼른 컵라면을 주워들었다. 높은 음에 갈라지는 이상한 목소리가 듣기 어색했다. 더 말을 시킬까봐 어정쩡하게 인사를 건네고 집으로 내달렸다.

며칠이 지났다.

"개다!"

한 아이가 소리치자, 모두 문 쪽으로 고개를 돌렸다. 교실에 누런 개가 들어오고 있었고 그 뒤에 누군가 따라 들어왔다.

'어? 그때 그 누나?'

교실은 순식간에 조용해졌다. 그러나 곧 높고 갈라지는 낯익은 억양이 그 고요함을 깨트렸다.

"얘들아! 여기 5학년 2반 맞지?"

"네!"

아이들은 호기심이 어린 표정으로 차분하게 대답했지만, 서로 쳐다보며 '시각장애인이 선생님?' 하는 얼떨떨한 표정을 지었다.

"내가 오늘부터 너희 담임이야."

선생님은 책상 위에 놓인 기계를 꾹꾹 누르며 말했다. 아까부터 선생님 컴퓨터에 키보드 대신 연결된 이상한 기계가 궁금했는데, 그 기계를 누르자 교실 한쪽에 붙어있는 모니터에 글씨가 나타났다.

"내 이름은 강한영이야. 너희를 만나 정말 기뻐."

선생님은 마치 우리 얼굴이 보이는 것처럼 말했다.

"조용한 걸 보니 모두 놀랐구나? 맞아. 난 1급 시각장애인이라 앞이 안 보여. 그래서 뒤쪽에 서 계시는 조미정 선생님과 함께 반을 이끌어 갈 거야."

아이들이 뒤쪽으로 고개를 돌리자 또 다른 선생님이 웃으며 손을 흔들었다.

"선생님이 두 명?"

"시각장애인이 어떻게 담임을 ……?"

아이들이 여러 가지 반응을 보이며 웅성거리기 시작했다.

"조용, 조용! 내가 세상을 보는 방법은 너희와 달라. 나는 손으로, 귀로 세상을 본단다. 그리고 숨겨놓은 세 번째 눈으로도."

"세 번째 눈이요?"

"응. 이건 비밀인데, 나는 그걸 세상 사람들 속에서 숨겨놓았어. 5학년 2반에도……. 곧 우리는 서로에게 익숙해질 거고, 또 너희가 내게 도움이 필요할 때 날 도와줄 거라 믿어. 그렇지?"

"네!"

모두 어리둥절한 표정이었지만 이번에는 힘차게 대답했다.

"아까보다 목소리가 밝아졌네. 그럼 한 사람씩 만나볼까? 김영미."
"네!"
"김도영."
"네!"
……

선생님이 손가락으로 출석부를 읽는 것을 신기해하다가 내 이름을 듣지 못했다.
"야, 왕주먹 너 부르잖아."
앞에 앉은 이기정이 손가락으로 내 얼굴을 쿡 찔렀다.
"왕주명 없니?"
"네, 여기 있어요."
대답하며 손을 번쩍 들자, 아이들이 키득거리며 내게 속삭였다.
"이 바보야. 보이냐?"
아이들이 말하는 소리를 들은 것일까? 선생님이 잠시 고개를 갸우뚱했다.

새 학기가 시작된 지 한 달이 되어가는 데도 아이들은 쉬는 시간마다 선생님 얘기를 했다.
"시각장애인이 어떻게 선생님이 됐지?"
"아이들이 딴 짓해도 모른다니까."
"개가 교실에 있으니 신경 쓰인다. 그 치."
아이들은 귀를 쫑긋거리는 나를 힐끔 쳐다봤다.
"왕주먹 같은 애들만 살판났지. 더러운 옷을 입어도 손톱을 길러도 모르잖아."

"야! 너희 내 욕하지 마?"

나는 벌떡 일어나며 주먹을 불끈 쥐었다.

"왜 너 또 주먹 날리려고? 이번엔 누구 코뼈를 부러뜨리게?"

작년에 내 주먹에 코뼈가 부러진 이기정이 나서자, 다른 아이도 거들었다.

"너 한 번 더 싸우면 학교에서 쫓겨날걸?"

엄마가 눈물 흘리시며 기정이 엄마한테 용서를 빌던 모습이 생각났다. 쥐었던 주먹을 펴고 자리에 앉자, 이기정이 다시 약을 살살 올렸다.

"야, 주먹이 펴졌네. 이제는 왕보자기라고 해야 하나?"

아이들이 한꺼번에 웃기 시작했다. 그 모습이 보기 싫어 책상에 엎드리려 고개를 깊이 파묻었다. 그런 나를 무시한 채 아이들의 수다는 계속되었다.

"얘들아, 선생님이 보지 못하니까 불편해, 우리를 왕주먹 같은 애와 똑같이 대하는 것도……."

이기정은 반장으로 선출이 안 되어 그런지 선생님에 대한 불만이 많았다.

"맞아, 이거 엄마가 새로 사준 옷인데, 선생님은 얼마나 예쁜지도 모르잖아."

다른 여자아이가 맞장구쳤다.

"복도에서 선생님 만날 때 인사하면서 이름 말하는 것도 정말 이상해. 그리고 선생님 목소리도."

나도 그런 생각을 한 적이 있지만 듣다 보니 화가 났다. 다시 주먹이 불끈 쥐어졌는데 수업 시작종이 울렸다.

교실은 여전히 시끄러웠다. 선생님이 뒤돌아서 소곤거리고 있는 기정이를 불렀다.

"기정이 앞에 보자."

우리 선생님은 소리만 듣고도 누가 떠들었는지 정확히 안다. 몇몇 아이들이 고소하다는 표정을 지으며 키득거리자 기정이 얼굴이 뻘게졌다.

선생님의 안내견 기프트와 놀고 싶어 청소가 끝나고 아이들이 모두 돌아갔는데도 혼자 남아서 눈치를 살폈다. 엄마는 가게 문을 닫아야 집에 오시기 때문에 그때까지는 집에 가도 어차피 혼자다.

선생님 빈 의자 옆에서 꼼짝하지 않고 있는 기프트에게 다가갔다. 기프트가 우리 집에서 살았으면 좋겠다는 생각을 하며 목덜미를 쓰다듬었다. 그때, 이상하게 생긴 기계가 눈에 들어왔다. 선생님은 이걸 점자 노트북이라고 했다.

점들이 붙어있는 버튼을 한번 눌러봤다. 신기하게 모니터에 글씨가 나타났다. 글씨를 잘 만들지는 못했지만 그래도 재미있었다.

기프트가 다리를 툭툭 쳐서 고개를 돌리니 꼬리를 흔들고 있었다. 그때 선생님 말소리가 들렸다.

"어? 어떡하지? 큰일 났다."

급하게 모니터를 끄려다가 나도 모르게 팔꿈치로 점자 노트북을 밀었다.

꽝!

바닥에 기계 떨어지는 소리가 나자 이마와 등에 식은땀이 쭉 흘렀다. 난 떨어진 기계를 얼른 올려놓고 교실을 나가려 했다.
"아야! 얘 조심해야지."
들어오던 조미정 선생님 가슴에 내 딱딱한 머리가 푹 파묻혔다.
"에구, 죄송합니다. 선생님."
"너 주명이구나."
내 목소리를 듣고 그 뒤에 서 계시던 담임선생님이 이름을 불렀다.
"아, 안, 안녕히 계세요."
선생님이 나를 알아보았다. 아니 내 목소리를 안 것이다. 나는 순간 기쁘면서도 '어쩌지?' 하는 걱정이 스쳤다. 고개를 갸우뚱하는 선생님 모습과 너 주명이구나 하는 목소리가 집까지 따라왔다.

다음 날 아침 조미정 선생님이 당황한 얼굴로 뭔가를 찾고 있었다.
"얘들아, 점자 노트북 못 봤니?"
흩어져 재잘거리던 아이들이 자기 자리로 돌아가며 말했다.
"못 봤는데요! 없어졌어요?"
"어제 분명히 책상 속에 넣어 두었는데."
아이들이 웅성거리기 시작했다.
"점자 노트북이 없어졌나 봐?"
"누가 그랬지?"
"어제 마지막으로 남은 애 누구였어?"

내 몸은 저절로 움츠러들었다.

"선생님, 어제 제일 마지막에 남은 아이는 왕주먹 이었어요."

누군가 내 이름을 불렀다. 나는 고개를 푹 떨어뜨리고 있었지만, 아이들이 모두 나를 쳐다보며 수군거리는 것을 느낄 수 있었다.

'난 잘못이 없어! 난 어제 분명히 만지기만 했지 그대로 두었다고.'

나는 속으로 외치며 손으로 콩닥거리는 가슴을 있는 힘껏 눌렀다. 그래도 진정할 수가 없었다.

그때 담임선생님이 들어왔다. 조미정 선생님은 당황한 얼굴로 다가가 뭔가를 속삭였다. 잠시 후 얘기를 나누던 조미정 선생님 얼굴에 살짝 미소가 번졌다.

"난 그런 줄도 모르고……. 그럼, 오늘 수업은 어쩌죠?"

"괜찮아요. 오늘은 다른 수업을 준비해왔어요."

조미정 선생님은 얼른 교실 뒤쪽으로 갔다.

"안녕, 애들아. 어제 내 점자 노트북이 갑자기 말썽을 부려 수리를 맡겼단다. 오늘은 너희 속에 숨겨둔 세 번째 눈을 꺼내서 수업해야겠다."

나는 휴! 하고 안도의 한숨을 쉬었지만 노트북을 떨어뜨렸던 것이 계속 마음에 걸렸다. 그것 때문에 고장이 난 것은 아닐까?

출석을 부르기 시작하자 아이들은 어리둥절하며 선생님 손 쪽으로 눈길을 돌렸다. 선생님 손은 얌전히 책상 위에 놓여있고 그 밑에는 아무것도 없었다. 그런데도 선생님은 하나도 틀리지 않고 차례차례 우리 이름을 부르셨다.

"왕주명"

"네."

어제 일을 생각하느라 부르는 소리를 못 듣고 있던 나를 대신해 도영이가 장난으로 대답했다.

"왕주먹 안 왔니? 왜 도영이가 대답해?"

"아, 네 저 왔습니다."

선생님은 목소리만 듣고 나와 도영이를 구분해 내셨다. 나도 깜짝 놀랐지만, 아이들도 놀란 눈치다.

아이들 이름을 모두 부른 후 사물함에 있는 글짓기 공책을 꺼내라고 했다. 그 사이 선생님은 점자 노트북 대신 컴퓨터 키보드에 손을 올려놓고 더듬거리셨다.

"왕주먹, 모니터에 뭐라고 쓰여 있는지 읽어 볼래?"

"고마운 사람들."

"음, 타자가 틀리지 않았구나, 얘들아……, 어떻게 내가 교사가 되었을까 궁금하지?"

"네!"

아이들이 우렁차게 대답했다.

"그건 내 세 번째 눈이 되어준 고마운 사람들이 있어서야. 나대신 세상을 봐준 가족, 친척, 선생님, 친구들 그리고도 많은 사람이 있었단다. 내가 이 동네로 이사 오던 날도 어떤 고마운 아이를 만났지. 내가 떨어뜨린 손지갑을 나대신 보고 주웠단다. 그 속에는 이사할 집에 낼 보증금 수표가 들어 있었어. 그 아이 아니었으면 정말 큰일 날 뻔했었지. 그날 난 너무 놀라 고맙다는 말도 제대로 못 했단다."

'그 아이가 나였어요'라고 말하고 싶었다. 하지만 어제 일이 생각나 고개를 숙이고 말았다.

"오늘은 고마운 사람을 생각해보고 그 사람에게 편지를 쓰는 시간을 가져보려고 해. 선생님이 먼저 고마운 사람에게 인사를 전하고 싶구나. 왕주명! 고맙다. 어제 조 선생님과 부딪쳤을 때 허둥대는 네 목소리를 듣고 손지갑을 찾아 준 그 아이가 너라는 것을 알았지. 그래서 네 목소리가 늘 마음에 남았던 거였어."

"싸움대장 왕주먹이?"

반 아이들의 입을 모아 내 이름을 말했다. 나는 쑥스러워 고개를 숙이고 머리만 긁적거렸다.

수업 끝나고 집에 가려는데, 선생님이 부르는 소리가 들렸다. 선생님의 높고 갈라지는 목소리가 이제 이상하지 않았다. 오히려 멀리서도 잘 들려서 참 좋았다.

"주명이는 놀이동산에 가는 것이 소원이라며? 초대권이야. 이번 일요일에 조미정 선생님과 가기로 했는데 너도 함께 갈 수 있으면 좋겠다. 어머니께 말씀드려봐."

"저, 정말요? 고맙습니다."

나는 집에 돌아오는 동안 선생님이 주신 초대권을 몇 번이나 꺼내봤다.

선생님은 우리의 얼굴도, 옷도 아무것도 보지 못한다. 하지만 손가락과 소리만으로도 선생님은 대번에 우리를 알아보신다. 정말 선생님은 숨겨놓은 세 번째 눈으로 보시는 걸까? 나는 그런 선생님이 멋있고 좋다.

내일 선생님을 만나면 점자 노트북 떨어뜨렸던 것 꼭 말해야겠다. 오늘은 엄마가 가게 문을 일찍 닫고 빨리 오셨으면 좋겠다.

수상소감

아동문학 부문 동상

혼잣말
최은정

  가을이 저 좀 봐달라고 여기저기서 노랗게 빨갛게 웃고 있는 오후, 동서문학상 운영위원회에서 알려온 수상 소식은 내 마음도 알록달록 웃게 했다.

  아들이 어렸을 때 보다 아들이 어느 정도 자라 사춘기를 지나는 지금에야 아이들의 마음이 눈에 더 잘 보이기 시작했다.
  늘 아들이 언제 철이 드나 기다렸는데 사실 문제는 내가 철이 덜 들어서였나보았다. 미처 알아주지 못했던 마음을, 마흔이 넘어서야 조금씩 다른 아이들을 통해 알아가는 엄마

를 곁에서 지켜봐 준 아들에게 고마움을 전하고 싶다.

　주시는 상은 '시'를 꿈으로만 담아두고 막상 손으로 써내려가기 저어했던 나에게 주는 따뜻한 토닥임이 되었다. 이제 막 꿈 발자국을 뗀 나에게 힘을 주신 동서문학상 운영위원회에 감사드린다.

아동문학 부문 동상

혼잣말

최은정

나는 아빠보다 더 바빠요.
아빠는 회사 한 군데만 출근하지만
나는 매일 다섯 군데를 출근하니까요.
학교, 피아노학원, 바둑학원, 영어학원, 태권도장까지
내가 출근하는 곳마다 월급을 받는다면
우리 집은 벌써 부자가 되었을 텐데요, 하하.

나는 아빠보다 더 멋쟁이지요.
아빠는 하루 종일 한 가지 가방을 들지만
나는 시간마다 가방 따로, 옷도 갈아입어요.
학교 가방, 피아노가방, 바둑가방, 영어가방, 태권도복까지
바꿔 드는 가방 수로 패션 왕을 뽑는다면
나는 벌써 텔레비전에 나와 유명해졌을까요, 흐흐.

아침이면 회사 지각할까 서두르시는 아빠를 보면
마음이 짠해요.

학원 시간에 늦지 않으려고
급하게 밥 먹고 뛰는 게 얼마나 힘이 드는지
저도 매일 겪으니까요, 휴.

가끔 한숨 쉬며 회사를 그만 둘까, 말까
고민하시는 아빠를 보면
그 마음, 이해가 돼요.
학교를 끊을까 학원을 끊을까
저도 자주 고민하거든요
힘내세요, 아빠.
세상 살기가 참 쉽지 않은 것 같아요. 흠.

수상소감

아동문학 부문 동상

꼬마 요리사

최빛나

어렸을 때부터 동화를 참 좋아하던 아이였습니다. 그 아이가 어른이 되어 동화를 쓰겠다고 덜컥 펜을 잡았습니다. 좋아하는 마음 하나로 시작한 일에 이렇게 한줄기 빛을 보여주시니 정말 감사한 마음뿐입니다. 더 노력하고 채워나가는 것만이 보답하는 길인 것 같습니다.

소외된 이웃을 포근하게 안아주는 동화를 쓰고 싶습니다. 함께 사는 세상이 얼마나 따뜻한지 느낄 수 있는 동화를 쓰고 싶습니다. 물론 저의 힘만으로 되지 않을 것을 압니다. 능력주시는 자 안에서 모든 것을 할 수 있게 힘을 주시는 하나

님께 모든 걸 믿고 맡기겠습니다.

"좋은 일이야!"라며 언제나 긍정의 에너지를 불어넣어주시는 듬직한 아빠와 내가 진짜진짜 좋아하는 엄마, 친구보다 더 친구 같은 동반자 언니, 항상 고맙고 사랑합니다. 나에게 너무 특별한 수현이와 금난이, 좋은 가르침을 주신 임정진 선생님과 문우들, 부족한 글을 뽑아주신 심사위원님들과 동서 문학상에도 감사하다는 말씀 전하고 싶습니다.

아동문학 부문 동상

꼬마 요리사

최빛나

보글보글 새하얀 김치찌개가 상 위에 놓였다. 나는 두 눈이 휘둥그레져서 물었다.
"이게 뭐예요?"
"김치 너무 매워. 물에 씻었어. 빡빡."
서툰 한국말로 새엄마가 말했다. 수줍은 듯 씨익 웃어도 보였다. 아무리 그래도 김치찌개가 하얀색이라니, 쉽게 손이 가지 않았다. 아빠는 땀을 뻘뻘 흘리며 맛있게 드셨다. 나와 눈이 마주치자 찡긋 윙크를 하며 속삭이셨다.
"엄마가 해준 음식이니 감사한 마음으로 먹어야지?"
생각해보니 엄마가 해준 음식은 정말 감사한 일이었다. 새엄마가 오기 전까진 아빠가 해준 퉁퉁 불은 라면이랑 계란 프라이만 먹었다. 그거에 비하면 하얀 김치찌개는 최고의 음식이다. 고개를 끄덕이고 국물을 떴다. 뜨겁지 말라고 호호 불어 먹었다. 근데 맛이 좀 희한했다. 싱거운데, 짰다.
"맛있어?"
커다란 눈을 끔뻑이며 엄마가 바라봤다. 사실대로 말하면 안 될 것 같은 느낌이 들었다. 뭐라고 대답해야 할지 망설여졌다. 반짝반짝한 엄마의 눈빛이 대답을 졸랐다. 나는 대답 대신 슬며시 엄지손가락을 세워보였다.
"고마워! 아들."
새엄마가 어린 아이처럼 좋아하며 손뼉을 쳤다. 아빠도 껄껄 웃으셨다. 새엄마가 오고 나서, 아빠는 언제나 싱글벙글했다. 심지어 잠꼬대도 웃으면서 했다. 그러니까 나도 자꾸 웃음이 났다. 맛이 없어도 밥이 술술 들어갔다.

"웩."
밥을 먹던 새엄마가 화장실로 뛰어갔다. 며칠째 밥 먹을 때마다 엄마는 구토를 했다. 아빠는 그것이 '입덧'이라고 말했다. '곧 태어날 동생이 보내는 신호'라는 설명도 덧붙이셨다. 엄마가 남기고 간 밥그릇을 쳐다봤다. 반도 더 남았다. 동생이 생기는 건 좋지만, 새엄마가 밥을 못 먹는 건 싫다.
잠이 든 엄마의 배를 바라봤다. 조심스레 귀를 갖다 대봤다. 신호는 안 들리고 꼬르륵꼬르륵 소리만 났다. 가만히 듣다보니 조그맣게 콩닥콩닥 심장소리가 들리는 것도 같았다.

"신호 좀 그만 보내. 엄마 힘들잖아."

배에 대고 동생에게 어른스럽게 타일렀다. 말 들으면 제일 멋진 로봇을 주겠다고 꾀어도 봤다. 말 잘 들으라고 가만가만 배를 쓰다듬어 주었다.

도둑고양이처럼 살금살금 걸어가는 아빠의 뒷모습이 보였다. 아빠는 며칠째 창고를 들락날락거렸다. 나는 왠지 이상한 느낌이 들어 몰래 따라가 봤다. 아빠는 주위를 두리번거리다 나를 보곤 화들짝 놀라셨다.

"아이고, 깜짝이야!"

"뭐하는 거예요?"

내가 한발 앞으로 가며 물었다. 뒷걸음질 치는 아빠의 콧구멍이 심하게 벌름거렸다. 당황할 때 나오는 행동이었다. 나는 눈을 크게 뜨고 쏘아보았다. 아빠의 얼굴이 도깨비처럼 붉어졌다. 이내 곧 엄마가 자는 걸 확인하더니, 문을 꼭꼭 걸어 잠그고 나에게 와서 속삭였다.

"다음 주가 엄마 생일이잖니. 그래서……."

"다음 주가 엄마 생신이라고요?"

"내가 말 안했나? 정신이 없군."

아빠는 머리를 긁적이며 무엇인가를 꺼내 보였다. 귀여운 아기 침대였다. 그리고 그 위에는 예쁘고 깜찍한 아이의 옷과 신발 세트! 나도 모르게 소리를 질렀다가 입을 막았다.

"우와, 아빠가 다 준비한 거예요?"

"응. 멋지지?"

아빠가 자랑스러운 듯 물었다. 멋지지만 멋지다고 말하기 싫었다. 이건 반칙이다. 나한텐 말도 안 해주고 혼자만 저런 깜짝 선물을 준비했다니, 배신당한 기분까지 들었다. 내 마음도 모르고 아빠는 손가락을 입에 대고 '쉿' 했다.

"엄마에겐 비밀이다."

확 말해버릴까 생각했다.

'아, 나도 선물해야 하는데……'

그때부터 머릿속에는 오로지 선물 생각밖에 나지 않는다. 아빠보다 더 좋은 선물을 해주고 싶다. 친구들한테도 물어봤지만 하나같이 평범한 것들 뿐. 터질 것 같은 돼지 저금통을 들고 방안만 왔다 갔다 했다.

"벳남 포 무온안." [베트남 쌀국수 먹고 싶다.]

오랜만에 새엄마가 베트남어로 말하는 소리가 들렸다. 뭐라고 한 거지? 나는 엄마에게 가봤다. 엄마는 내가 온 줄도 모르고 텔레비전에 빠져있다. 그 속엔 김이 폴폴 나는 국수가 나왔다. 자막엔 '베트남 쌀국수'라고 적혀있다. 엄마를 닮은, 삼각형 모자를 쓴 사람들이 국수를 후루룩 먹기 시작했다. 그걸 보는 엄마의 커다란 눈에 그렁그렁 눈물이 담겼다. 물이 툭 떨어지는 순간, 나와 눈이 마주쳤다.

"언제 왔어?"

엄마가 손등으로 눈물을 쓱 닦았다. 나는 얼굴이 뜨거워져 얼른 방으로 들어왔다. 그리고 엄마가 흘린 눈물의 의미가 뭘까, 곰곰이 생각해봤다. 얼마 전 베트남 칼국수 집을 찾은 엄마가 깊은 한숨을 쉬며 "이건 베트남에서 먹던 맛이 아니야."라며 실망했던 기억이 번쩍 떠올랐다. 컴퓨터를 켜 검색창에 이렇게 더듬더듬 쳐보았다.

[베트남에서 먹던 맛이랑 똑같이 베트남 쌀국수 맛을 내는 법]

생각보다 많은 정보들이 쏟아져 나왔다. 나는 하나하나 천천히 소리 내어 읽었다. 마지막까지 다 읽고 난 후, 나도 모르게 무릎을 탁 치며 외쳤다.

"그래. 바로 이거야!"

신이 나서 얼른 요리 방법을 옮겨 적었다. 그리고 구구단처럼 열심히 외웠다. 그러니까 나는 지금 음식점에서 파는 그저 그런 쌀국수가 아닌, 엄마가 원하는 진짜 고향의 맛을 선물하려는 거였다. 혼자 하는 요리는 처음이라 조금 떨렸다. 하지만 깜짝 놀랄 엄마를 생각하니 마음이 붕붕 떴다.

'할 수 있어. 파이팅!'

활짝 웃고 있는 돼지 저금통과 눈이 마주쳤다. 나도 따라 웃었다. 이 날만을 기다려왔다. 눈을 질끈 감고 수술하듯 조심조심 배를 갈랐다. 가슴이 콩닥콩닥했다.

"엄마는 잘 계시지?"

시장에 도착하자마자 아주머니가 말씀하셨다. 새엄마는 이미 동네에서 유명한 사람이 되었다. 엄마랑 어딜 가면 처음 보는 어른들도 아는 척을 했다. 처음엔 그게 창피하기도 했지만, 엄마가 외국 사람이니까 궁금한 건 당연한 거라고 아빠가 말해주었다. 그럴 때 일수록 내가 더 어른스럽게 엄마를 챙겨야 한다고도 하셨다. 어른스럽다는 말은 내 마음을 좋게 했다.

"엄마 심부름 온 거니?"

"아뇨. 제가 요리하려고요."

쑥스럽지만 사실대로 말씀드렸다. 종이를 꺼내 보여드리니 아주머니가 알아서 이것저것 내어주셨다.

"정말 효자구나."

사람 좋은 아주머니가 숙주나물을 한주먹이나 더 담아 주셨다. 인심 최고다! 나중에 알면 엄마도 좋아하겠지? 날개가 달린 것처럼 한달음에 집으로 뛰어갔다.

도착하자마자 엄마의 신발부터 확인했다. 아직 집에 있다. 엄마가 나가야 요리를 하는데 나갈 기미가 없다. 한국어학당 갈 시간도 지났는데 무슨 일이지? 문을 살짝 열어 훔쳐봤다. 국어 공부를 하다 말고 꾸벅꾸벅 졸고 있는 엄마가 보였다. 까치발을 하고 살금살금 엄마에게 걸어갔다. 엄마의 팔뚝을 쿡, 찌르고 방으로 뛰어왔다.

"아차! 늦었네!"

밖에서 엄마가 부랴부랴 옷 입는 소리가 들려왔다. 성공이다. 히죽히죽 웃음이 났다. 곧 엄마가 성큼성큼 내 방으로 걸어왔다. 터져 나오는 웃음을 꾹 참고 시치미를 뗐다. 엄마가 싱긋 웃으며 말했다.
"엄마 어학당 가요. 사올까? 맛있는 거?"
나는 목구멍까지 '햄' 자가 튀어나오는 걸 꾹 참았다. 햄버거가 무척 먹고 싶지만 오늘은 참아야 한다. 고개를 푹 숙이고 가만히 고개를 저었다. 엄마는 그 모습이 조금 이상하다는 듯 고개를 갸우뚱거리더니 밖으로 나가셨다.
쾅! 문 닫히는 소리가 들리자마자 벌떡 일어났다. 드디어 요리할 때가 온 거다. 화분 뒤에 꽁꽁 숨겨놓았던 재료를 꺼내 부엌으로 가져왔다. 제일 먼저 머릿수건이랑 앞치마를 둘렀다. 앞치마가 발목까지 내려와 거치적거렸지만 상관없었다. 거울 속의 나는 누가 봐도 그럴듯한 꼬마 요리사로 보였으니까!

가스레인지 앞에 섰다. 심장이 세차게 뛰었다. 혼자 하는 건 오랜만이라 그렇다. 친엄마가 살아 계셨을 때 알려준 걸 떠올려봤다. 손잡이를 돌리고 속으로 5초를 센 후, 천천히 손을 뗐다. 잠시 후 타다닥, 소리와 함께 파란 불꽃이 올라왔다.
'성공이야!'
고기가 삶아지는 동안 고추와 양파를 썰기로 했다. 나는 미리 준비한 파란색 물안경을 꺼내들었다. 양파를 썰 때마다 눈물을 줄줄 흘리는 엄마를 보고 생각한 아이디어인데, 역시 나는 대단하다. 눈물이 하나도 안 났다.
그런데 문제는 다른데서 생겼다. 칼을 쥔 손이 자꾸 덜덜 떨리는 거다. 엄마처럼 똑같은 크기로 하고 싶은데 들쑥날쑥했다. 나도 모르게 손가락에 피가 나는 끔찍한 상상을 하고 말았다.
"아얏!"
상상만 했는데도 비명이 나오더니, 오줌까지 찔끔 샜다. 순간 나는 얼굴이 뜨거워져 내가 왜 이러는 걸까, 골똘히 생각해봤다. 아무래도 마음이 급해서 그런 것 같았다. 창밖을 내다봤다. 엄마가 올 기미는 전혀 없었다. 조금 천천히 하기로 마음먹었다. 그러는 사이, 고기 국물이 보글보글 끓고 있다.
"이상하네."
국물 맛이 맹맹했다. 적은 대로 소금 두 스푼을 넣었는데도 마찬가지였다. 이건 뭐가 잘못된 건지 도통 알 수가 없다. 그동안 새엄마가 한국 요리를 못하는 게 이해가 안 갔는데, 직접 해보니 수학 문제보다 더 어려운 게 요리라는 걸 알게 됐다. 그때 번쩍 엄마가 싱거울 때 간장을 넣었던 것이 떠올랐다.
'그래! 간장을 넣는 거야!'
조금 붓는다는 게 엄청나게 쏟아졌다. 순식간에 국물이 까매졌다. 숟가락으로 마구 퍼봤지만 소용없었다. 맛도 심각하게 짰다. 이걸 어떡한담? 국자를 들고 한참 고민했다. 그런데 하루 종일 서 있었더니 다리가 욱신욱신 아파왔다. 일단 의자에 엉덩이를 걸치고 앉아 천천히 생각하기로 했다.
창밖으로는 어느새 해가 뉘엿뉘엿 지고 있다. 흘러가는 구름이 심술궂은 도깨비 얼굴처럼 보였다. 순간 엄마만 신경 쓰느라 까맣게 잊은 아빠가 떠올랐다. 불길한 예감이 들었다. 벌떡 일어나 창밖을 내다봤다. 나를 향해 손을 번쩍 쳐드는 아빠와 눈이 마주쳤다.

'죽었다!'

가스레인지 만진 걸 알면 불같이 화를 낼 거다. 옛날에도 계란 프라이를 먹으려고 불을 켰다가 엉덩이를 맞고 반성문도 썼다. 이번에는 그걸로 안 끝날지도 모른다. 의자랑 책상으로 현관문을 막아버릴까 생각한다. 하지만 생각일 뿐, 힘없이 문을 열어줬다.

"아이쿠, 이게 무슨 냄새야?"

아빠가 겉옷도 벗지 않고 부엌으로 성큼성큼 걸어갔다. 두 눈을 크게 뜨고 탐정처럼 여기저기를 훑어봤다. 맙소사! 나도 모르는 사이에 부엌이 뒤죽박죽 난장판이 되어있다. 아빠의 얼굴이 순식간에 무서운 도깨비로 변했다.

"뭐하고 있었어?"

목구멍에서 뜨거운 것이 올라와 대답이 나오지 않았다.

"베트남 쌀국수 요리 방법?"

아빠가 요리법을 적은 종이를 휙 낚아채갔다.

"해준이 너, 지금 요리를 하려고 했던 거야?"

고개를 푹 숙였다.

"엄마 생신 선물로?"

아빠가 무릎을 꿇고 앉아 내 얼굴을 바라봤다. 나도 고개를 들어 아빠의 눈을 가만히 바라봤다. 거짓말을 할 수가 없다. 고개를 끄덕였다. 그런데 이상했다. 불이 일어야 할 아빠의 눈이 반달 모양으로 변했다. 그러더니 곧 "우하하하!" 하고 큰소리로 웃어젖히며 나에게 말했다.

"이렇게 하고?"

거울을 가져와 내 모습을 비춰줬다. 그제야 나는 물안경을 벗지 않아서 개구리처럼 튀어나온 내 눈을 보게 됐다. 아빠는 꽉 조이고 있던 물안경을 벗겨주고, 헝클어진 내 머리를 가지런히 정리해줬다. 나는 머쓱해서 웃음이 나려는 걸 꾹 참았다. 눈 주변을 따라 빨갛게 동그라미가 생겼다. 물안경 모양 그대로. 빨간 판다처럼.

"우리 해준이, 다 컸네."

갑자기 내 몸이 하늘로 번쩍 들렸다. 나는 깜짝 놀라 두 눈이 휘둥그레졌다. 아빠가 내 몸을 들어 어깨에 올린 거였다. 그리고 아빠는 뭐가 그리 신나는지 껑충껑충 뛰면서 "자, 엄마가 오려면 얼마 안 남았어! 얼른 힘을 합치자!"라며 소매를 걷어 올리고, 국자까지 집어 들었다.

나는 당황스러워졌다. 작년에 계란 프라이를 한다고 했을 때랑 너무너무 다르기 때문이었다. 엄마 선물이라고 하니까 그러는 거겠지? 하면서도 나보다 엄마를 더 많이 사랑하는 것 같아 기분이 나빠지려고 했다. 나중에 단단히 따져야겠다고 마음먹었다. 그래도 지금 당장 아빠가 화를 내지 않은 건, 뭐 다행이라고 생각한다.

"자, 이제 뭘 하면 되지?"

반짝반짝 빛나는 아빠의 눈빛은 내가 시키는 건 뭐라도 할 기세였다. 나는 간장을 넣은 얘기는 건너뛰고, 팔팔 끓는 물에 면을 삶을 차례라고 친절히 알려줬다. 아빠는 조수처럼 얌전히 내 옆에서 면을 삶았다. 나는 또 고기도 얇게 썰으라고 가르쳐줬다. 고기를 써는 아빠의 얼굴엔 웃음이 떠나질 않았다.

딩동!

드디어 엄마가 집 앞에 도착했다. 나는 숨을 죽이고 불을 껐다. 잠시 후, 엄마가 들어왔다.

"생일 축하합니다."

아빠와 내가 씩씩하게 합창했다. 예전에 엄마가 베트남에서 가져온 삼각형 모자도 사이좋게 나눠 썼다. 아빠가 쑥스러운 듯 준비한 선물을 내어 보였다. 엄마는 감동받았는지 아무 말도 못했다. 아무래도 상관없다. 자, 그럼 이제 내 요리를 맛볼 시간이다.

꺼무접접한 베트남 쌀국수가 상 위에 놓였다.

"이게 뭐야?"

새엄마는 두 눈이 휘둥그레져서 물었다.

"베트남 쌀국수예요. 싱거워서 간장 조금……."

나는 병아리 눈물처럼 작은 목소리로 말했다. 민망해서 씨익 웃어도 보였다. 가만히 보던 엄마가 까르르 웃음을 터뜨렸다. 조심스럽게 국물을 한 숟가락 떴다. 나는 뜨겁지 말라고 옆에서 호호 불어줬다.

"맛있어요?"

잔뜩 궁금해져서 엄마를 바라봤다. 새엄마가 대답을 망설였다. 3초가 30분처럼 길게 느껴졌다. 아빠도 잔뜩 긴장되는 얼굴로 엄마를 봤다. 엄마의 대답을 기다리다 목이 빠질 것 같았다. 침이 꼴깍 넘어갔다.

잠시 후, 엄마가 엄지손가락을 번쩍 치켜들며 말했다.

"최고야. 너무 맛있어!"

긴장이 풀렸는지 눈물이 찔끔 나왔다. 갑자기 아빠가 껄껄 웃으셨다. 엄마도 깔깔 웃으셨다. 울다가 웃으면 엉덩이에 뿔나는데, 나도 모르게 씨익 웃음이 났다.

아동문학 부문 동상

월정사 잣나무

조계향

창작이란 것이 온몸 온마음의 에너지를 다해 출산하는 산고의 고통만은 아니라는 것을 알게 된 날이 있다.

마음으로는 히말라야 산꼭대기를 몇 번을 넘고 태평양 바다 속, 제일 깊은 곳까지 곤두박질치던 삶의 여정을 지나던 어느 날이 바로 그랬다.

어느 순간 사물들이 내게 이야기를 걸어오고 또 詩가 저절로 나에게 온 것이다. 그때 반가운 친구를 맞이하듯 내게 다가왔던 그 이야기들과 그 시들을 글자 속에 한 자 한 자 박아 두었다. 〈월정사 잣나무〉도 그 중 하나였다.

　그때 내가 느낀 그 느낌과 감동을 누군가와 소통할 수 있게 되어서 무엇보다 기쁘다. 소통을 한다는 것은 흐른다는 것. 이제야 비로소 살아 움직이는 생명력을 갖게 되었다는 것이다. 그런 의미에서 이 작품을 눈여겨 봐주신 심사위원께 감사한 마음이다.

　세상은 마음으로 연결되어 있다는 것을 확인시켜 준 우리 집의 고양이 츄츄네 가족과 병원에서 힘겹게 투병중인 듀이, 그리고 날마다 아침 산책길에 만나는 동물 친구들인 닌야, 후공주, 또또, 초롱이와 이 기쁨을 함께 나누고 싶다. 그리고 이 세상에 신맛, 단맛, 짠맛, 쓴맛, 매운맛을 두루 알게 해준 내가 아는 혹은 나를 아는 모든 이들과도 함께 나누고 싶다.

아동문학 부문 동상

월정사 잣나무

조 계 향

바람이 휘링 휘링 울어대고
장대같은비 투룽투룽 쏟아지던
어느 깜깜한 밤
덜크덩 덜크덩 덜크덩덩
월정사 제일 나이 많은 잣나무
그만 숨을 거뒀대

보는 이들 모두 천년 세월 무너졌다며
안타까운 마음에
가슴 동동 발 동동

하지만 우리 할머니 고개를 끄덕이며
나한테 해주시는 말씀.

그건 말여~
긴긴 세월 참고 또 견뎌 온

천년 묵은 천년 구렁이가
번쩍 번쩍 번개가 밝혀주는
하늘 길 따라
용이 되어 하늘로 올라간 것이여

그건 옛날 얘기라며 피식 웃는 나한테
속이 텅 비었을 거라며 드러누운 잣나무 속을 보라고 하신다.

쓰러진 잣나무 속을 보니
어, 정말 할머니 말이 맞다. 정말이네.

비밀얘기인 양 할머니는 내 귀에 대고 얘기하신다.
그건 말여
용의 몸 받아 승천하기 전
뱀이 벗어놓은 허물인 거여

할머니의 옛이야기 속
구 백 구 십 구 년 묵은 이무기의 한 풀고
정말로 용이 되어 승천한 흔적일까?

할머니와 함께 찾아간 월정사
기다란 길처럼 쓰러져 누운 잣나무

제11회
삶의향기 동서문학상
수상자 명단

소설

수상명	부문	수상자	작품명
대상	소설	전성옥	늙은 뱀 이야기
은상	소설	윤정은	갑을의 시간
은상	소설	한진수	자두 맛 사탕
동상	소설	이하정(이숙희)	실타래
동상	소설	김소연	달콤한 꿈
동상	소설	이현미	시간의 끝
가작	소설	조수정	임종
가작	소설	정예인	창밖을 보세요
가작	소설	이진	시인이 멸종되는 과정
가작	소설	김경이	그리고, 봄
가작	소설	고문희	맷집
가작	소설	김희진	쥐잡이
가작	소설	이희영	현무암
가작	소설	김창애	불가사리
가작	소설	박선희	집착
가작	소설	강애영	나방무덤
입선	소설	박은송	이식
입선	소설	이슬민	간이역으로 가는 길
입선	소설	박지기	바람이 머무는 집
입선	소설	배수정	인간슬래그
입선	소설	정미라	돌아보면 인연

제11회 삶의향기 동서문학상 수상자 명단

수상명	부문	수상자	작품명
입선	소설	박경아	4시 15분
입선	소설	박정민	달수의 다방
입선	소설	하경미	르네
입선	소설	정양선	티베트의 그녀
입선	소설	신주희	소녀의 난
맥심상	소설	강경임	그 여자의 시간은 거꾸로 간다
맥심상	소설	강설희	로사의 증인
맥심상	소설	김도경	스탠바이, 큐!
맥심상	소설	김명자	미란의 사과
맥심상	소설	김민영	스스로 꼬리를 자르는 도마뱀
맥심상	소설	김민정	선인장
맥심상	소설	김민지	소녀상
맥심상	소설	김보미	소행성 134340
맥심상	소설	김선화	손 안의 창세기
맥심상	소설	김송영	흰 옷의 소년
맥심상	소설	김은영	멍꽃
맥심상	소설	김은옥	숲속의 빈터
맥심상	소설	김인정	햇살 아래 미끄러지다
맥심상	소설	김희은	까마귀
맥심상	소설	남유진	벽
맥심상	소설	노경자	달팽이 그림자

소설

수상명	부문	수상자	작품명
맥심상	소설	박경민	옥스의 집
맥심상	소설	박덕경	하이힐
맥심상	소설	박분필	검은여 바위
맥심상	소설	박아남	여자의 가을
맥심상	소설	박연경	진주 귀고리
맥심상	소설	박윤숙	크게 소리 내어 웃다
맥심상	소설	박윤정(민경석)	마녀들의 만찬
맥심상	소설	박이수	노란 신호등
맥심상	소설	박해동	커피 환타지
맥심상	소설	박혜경	달콤한 휴일
맥심상	소설	서애리	Mr. Copyright
맥심상	소설	석연옥	낮잠
맥심상	소설	석연주	인어의 별
맥심상	소설	손경미	나와 그들
맥심상	소설	손솔지	누군가의 러브레터
맥심상	소설	손행님	옥상
맥심상	소설	손행란	그들의 소리
맥심상	소설	신노윤	초콜릿 케이크
맥심상	소설	신미자	붉은 눈 비둘기
맥심상	소설	신희연	벽
맥심상	소설	심옥주	느시의 거리

제11회 삶의향기 동서문학상 수상자 명단

수상명	부문	수상자	작품명
맥심상	소설	안명자	살구꽃
맥심상	소설	안소연	엄마의 부재
맥심상	소설	안현정	캘리포니아면 웨스턴리 1113번지
맥심상	소설	오지민	나쁜건 복숭아다
맥심상	소설	원유정	폭죽
맥심상	소설	유나경	사랑에 지쳐 커피를 탐하다
맥심상	소설	유성우	기억 퍼즐
맥심상	소설	유영희	연필과 베이글
맥심상	소설	유일선	꽃잎 지듯
맥심상	소설	윤남희	상처의 기원
맥심상	소설	윤방실	M/W 교수 해부하기
맥심상	소설	이경순	아름다운 이별
맥심상	소설	이미옥	밥
맥심상	소설	이석례	가족
맥심상	소설	이성희	가족
맥심상	소설	이슬아	자화상
맥심상	소설	이영숙	유리나방
맥심상	소설	이옥수	낙원
맥심상	소설	이은영	식칼 떨어지는 소리
맥심상	소설	이은주	밀가루빵 한조각과 커피 한잔
맥심상	소설	이지윤	말을 조각하는 여자

소설

수상명	부문	수상자	작품명
맥심상	소설	이지은	결핍의 냄새
맥심상	소설	이지현	마고
맥심상	소설	이채민	길 잃은 아이
맥심상	소설	이청	2시의 아메리카노
맥심상	소설	이현주	토탈 리콜
맥심상	소설	이혜경	화해
맥심상	소설	이효원	이혼 계획서
맥심상	소설	이후남	출입금지
맥심상	소설	임민지	카스트로폴로스
맥심상	소설	임송이	가족의 탄생
맥심상	소설	임은경	내 두 번째 남편 최땡땡
맥심상	소설	임은영	그녀의 아파트
맥심상	소설	임은지	마네킹
맥심상	소설	장명숙	새 광장
맥심상	소설	전슬기	야한소설을 쓰는 우리
맥심상	소설	정미경	더 이상 기억나지 않는다.
맥심상	소설	정상이	가면
맥심상	소설	정옥연	혼자 길을 걷다
맥심상	소설	정윤서	어치
맥심상	소설	정정애	비밀 레시피
맥심상	소설	조계희	카페, 메데이아

제11회 삶의향기 동서문학상 수상자 명단

수상명	부문	수상자	작품명
맥심상	소설	조명신	그와 그녀가 수상하다
맥심상	소설	조봉경	성게
맥심상	소설	조수현	유리
맥심상	소설	조수현	지금 이대로가 좋아요
맥심상	소설	조옥연	플라토닉 불륜
맥심상	소설	조용렬	생존자
맥심상	소설	차길화	재희씨
맥심상	소설	차은숙	이명
맥심상	소설	천선희	고리
맥심상	소설	최정은	마녀, 울다
맥심상	소설	최한나	목잘린 사람
맥심상	소설	최형아	히스테라
맥심상	소설	함복희	바람꽃
맥심상	소설	허현경	고속도로를 달리는 그녀
맥심상	소설	홍예진	까마귀가 나는 밀밭
맥심상	소설	홍은경	환각고리

시

수상명	부문	수상자	작품명
금상	시	임미형	모시옷 한 벌
은상	시	조여랑	몸으로 시를 쓰는 아기
은상	시	김수화	풍경
동상	시	박경자	풍란
동상	시	이혜순	입덧
동상	시	고영희	뻘배
가작	시	오유경	매듭의 우화
가작	시	손호경	옥상에 펼쳐진 낡은 풍경
가작	시	이숙희	빨래
가작	시	조미선	시골 간이역
가작	시	신영순	봉제공장 쑥부쟁이
가작	시	이복순	고향집
가작	시	김란희	청계사
가작	시	임순분	너무 긴 봄날
가작	시	박경옥	오래 된 골목
가작	시	신정순	꽃이 고와도 숭이여
입선	시	김명선	감자꽃
입선	시	고순자	찔레가 다녀가다
입선	시	윤옥란	바다도서관
입선	시	최덕순	감나무 아래서
입선	시	신상숙	조팝꽃 속의 엄니

제11회 삶의향기 동서문학상 수상자 명단

수상명	부문	수상자	작품명
입선	시	권오성	용유도에서 쓰는 편지
입선	시	주은화	역
입선	시	허연숙	헐렁한 사람
입선	시	고은별	방앗간, 돼지머리 웃다
맥심상	시	강보영	정적의 소녀여
맥심상	시	강산하	사막 속으로
맥심상	시	강순금	고향이 배달됐다
맥심상	시	강주연	겨울로 가는 주소
맥심상	시	고은희	꽃의 집중력
맥심상	시	구설영	오래된 책
맥심상	시	권영란	꽃등 그늘이 환하다
맥심상	시	권정은	창문 너머로
맥심상	시	권혜원	고향 집
맥심상	시	김건희	배경으로 서있는 바람처럼
맥심상	시	김미라	여행가방
맥심상	시	김미숙	우물
맥심상	시	김미형	국수가게
맥심상	시	김세희	숲
맥심상	시	김수정	5시
맥심상	시	김숙희	녹음
맥심상	시	김아름	황태 덕장

시

수상명	부문	수상자	작품명
맥심상	시	김영희	자유
맥심상	시	김은경	요가
맥심상	시	김은정	마른 꽃잎
맥심상	시	김은정	빈 집
맥심상	시	김정자	이불 꿰메는 날
맥심상	시	김종숙	멸치
맥심상	시	김지연	검지에 핀 으아리꽃
맥심상	시	김태숙	깍두기를 담그며
맥심상	시	나영란	아버지
맥심상	시	남혜숙	나는 너를 기억해야 한다
맥심상	시	목서연	사과를 깎으며
맥심상	시	문미정	기차는 가고 꽃은 핀다
맥심상	시	박길숙	그 여자의 레시피
맥심상	시	박봉희	개들의 시간, 재활용하실래요
맥심상	시	박상희	아버지
맥심상	시	박수미	풀
맥심상	시	박영녀	어머니의 볶음밥
맥심상	시	박은숙	구두병원
맥심상	시	박정영	한반도의 사군자
맥심상	시	박주영(박성환)	새
맥심상	시	박태선	왈츠와 돛단배

제11회 삶의향기 동서문학상 수상자 명단

수상명	부문	수상자	작품명
맥심상	시	박혜란	복숭아에 귀를 대고
맥심상	시	서애련	할머니의 입관식
맥심상	시	소영숙	식탁을 구성하다
맥심상	시	손규리	할머니의 나무
맥심상	시	송기임	어부의 일기
맥심상	시	심윤선	웅크린 단칸방
맥심상	시	심은혜	지구별 여행자
맥심상	시	안명희	숟가락
맥심상	시	안사임	북촌 마을에서 환해지다
맥심상	시	양은선	마음을 구부리면
맥심상	시	양은정	피노리정미소
맥심상	시	오명옥	호박
맥심상	시	유애경	자벌레 나방
맥심상	시	유원희	즐거운 제사
맥심상	시	유혜림	빗속의 오후
맥심상	시	유혜숙	저울
맥심상	시	윤망울	무성영화
맥심상	시	윤민희	개성사거리에서
맥심상	시	윤상아	외할머니의 봄
맥심상	시	윤인원	아버지
맥심상	시	이령	윤회

시

수상명	부문	수상자	작품명
맥심상	시	이문희	저수지에 오동나무가 서있다
맥심상	시	이미숙	오아시스
맥심상	시	이병숙	진눈깨비
맥심상	시	이복희	머리카락 해부학
맥심상	시	이송남	낡은 멜로디언
맥심상	시	이순화	새가 어둡다
맥심상	시	이은희	골목을 그리는 아이
맥심상	시	이지연	아버지 전상서
맥심상	시	이지영	유년의 노선
맥심상	시	이지은	행적
맥심상	시	이진원	장갑
맥심상	시	이청미	새떼에게서 온 편지
맥심상	시	이현숙	어머니의 홍시
맥심상	시	이현주	가구의 내력
맥심상	시	이혜숙	소나무
맥심상	시	임춘영	비닐장갑
맥심상	시	장채원	커피는 블랙홀
맥심상	시	장희지	딸의 이름을 부르는 엄마
맥심상	시	정문자	빌딩 유리에 서 있는 가로수
맥심상	시	정선희	잠귀
맥심상	시	정수미	고무장갑

제11회 삶의향기 동서문학상 수상자 명단

수상명	부문	수상자	작품명
맥심상	시	정승아	고등어
맥심상	시	정연주	산책
맥심상	시	정예선	소금꽃
맥심상	시	정옥자	철거민
맥심상	시	정희경	아버지의 리모델링
맥심상	시	조명숙	아버지의 바다
맥심상	시	조미경	세탁기
맥심상	시	조옥희	휘파람
맥심상	시	조하연	씨앗
맥심상	시	최분임	봄비
맥심상	시	최정희	골목
맥심상	시	최희주	아버지의 구두
맥심상	시	추영희	목관음을 열다
맥심상	시	한상례	봄
맥심상	시	허정열	몸으로 쓰다
맥심상	시	홍민희	1평 남짓 구둣방
맥심상	시	홍수경	조약돌
맥심상	시	황정애	와불
맥심상	시	황현자	연꽃의 마음

수필

수상명	부문	수상자	작품명
금상	수필	김경희	스타킹
은상	수필	이경화	두 개의 문
은상	수필	안희옥	속돌
동상	수필	김제숙	조각보
동상	수필	손훈영	포옹
동상	수필	권혁주	이별의 능력
가작	수필	서소희	철제 모루
가작	수필	김인애	빗방울, 그들에게서
가작	수필	최원실	천사가 사는 곳
가작	수필	최재영	행운목 두 그루
가작	수필	정기임	위대한 것은 말이 없다
가작	수필	우선옥	피랑
가작	수필	박동조	연
가작	수필	김명서	조각보
가작	수필	윤희순	유리그릇
가작	수필	서영희	눈물의 영산홍
입선	수필	변춘옥	가장 귀한 선물 1,2
입선	수필	채정순	공
입선	수필	임경희	보리
입선	수필	윤미경	잔향
입선	수필	한윤주	채칼

제11회 삶의향기 동서문학상 수상자 명단

수상명	부문	수상자	작품명
입선	수필	박선영	발치공포
입선	수필	김미화	교복입니까?
입선	수필	서명순	삼베
입선	수필	한정미	데칼코마니
맥심상	수필	강서연	통영이 건네준 특별한 선물
맥심상	수필	강향연	뿔테 안경
맥심상	수필	곽민경	만하
맥심상	수필	김경숙	눈물
맥심상	수필	김경순	만우절
맥심상	수필	김미애	질그릇 예찬
맥심상	수필	김미외	서울역 반경62M 지점에 계십니다
맥심상	수필	김미정	단팥빵과 소보로빵을 좋아하세요?
맥심상	수필	김민영	전어가 유영하는 태화강
맥심상	수필	김수정	삼신상
맥심상	수필	김순희	둘둘둘
맥심상	수필	김여은	철 지나 피는 꽃
맥심상	수필	김연수	그해 가을
맥심상	수필	김영원	추석 송편 만들기
맥심상	수필	김윤옥	나는 이렇게 저물고 싶다
맥심상	수필	김인숙	고추
맥심상	수필	김정숙	지음지기

수필

수상명	부문	수상자	작품명
맥심상	수필	김현숙	리즈의 독백
맥심상	수필	김형윤	국물
맥심상	수필	김화숙	살아있어 아름다운 날
맥심상	수필	남명숙	엄마의 신발
맥심상	수필	민숙기	겨자씨를 심는 사람들
맥심상	수필	박경화	이별 연습
맥심상	수필	박순회	틈, 사이
맥심상	수필	박은정	내가 그 계단을 오르지 못한 이유
맥심상	수필	박정순	메밀밭 이야기
맥심상	수필	박정주	대숲에 이는 바람
맥심상	수필	박지영	독신주의자의 변명
맥심상	수필	박혜명	제 자리를 찾다
맥심상	수필	방영미	산 중턱에서
맥심상	수필	배숙희	길을 걷다
맥심상	수필	서경애	설홍화
맥심상	수필	서한솔	어른 예찬
맥심상	수필	손미덕	어머니의 실크로드
맥심상	수필	송명주	오빠연
맥심상	수필	송은경	다큐멘터리
맥심상	수필	안미자	바람이 지나간 자리
맥심상	수필	안옥희	옹달샘에 커피한잔

제11회 삶의향기 동서문학상 수상자 명단

수상명	부문	수상자	작품명
맥심상	수필	안현숙	뒷면
맥심상	수필	안혜진	가족의 무게
맥심상	수필	엄선애	위대한 유산
맥심상	수필	연경실	쌀 한 가마니
맥심상	수필	오정순	바짝, 렌즈를 당겨봐
맥심상	수필	유미애	오카리나
맥심상	수필	유은아	커피로 배우는 인생
맥심상	수필	유재순	향기
맥심상	수필	유정임	낯선 남자의 향기
맥심상	수필	유태선	공중부양
맥심상	수필	윤영숙	내가 가진 최고의 보물
맥심상	수필	이경자	호박꽃이 피었습니다!
맥심상	수필	이규옥	불멸
맥심상	수필	이난희	발효 인간
맥심상	수필	이두금	두가리
맥심상	수필	이명순	음악으로 말하기
맥심상	수필	이미영	무시래기와 선짓국
맥심상	수필	이미영	춘앵무, 봄 꾀꼬리의 날갯짓
맥심상	수필	이병예	나는 마녀다
맥심상	수필	이승옥	마중물
맥심상	수필	이아은	엄마의 시

수필

수상명	부문	수상자	작품명
맥심상	수필	이애자	손님
맥심상	수필	이영숙	습지
맥심상	수필	이윤경	손바닥 지도
맥심상	수필	이은숙	꿈의 풍경소리
맥심상	수필	이은옥	빨래를 널며
맥심상	수필	이인심	바람
맥심상	수필	이정미	첫사랑과 사는 여자&첫사랑이 된 여자
맥심상	수필	이정순	꽃눈
맥심상	수필	임현구	그래, 난 촌년이다
맥심상	수필	장명화	할머니vs할머니 - 삶의 풍경
맥심상	수필	장미숙	고샅
맥심상	수필	장수영	꺼병이
맥심상	수필	장양숙	이혼 한 자의 위로
맥심상	수필	장희숙	든든한 사랑의 울타리
맥심상	수필	전계숙	사랑할 시간
맥심상	수필	정경혜	이 여름에 생각나는
맥심상	수필	정미영	만화경
맥심상	수필	정영란	만남
맥심상	수필	정옥경	늘목이
맥심상	수필	정지우	치유
맥심상	수필	정혜선	초침의 간격

제11회 삶의향기 동서문학상 수상자 명단

수상명	부문	수상자	작품명
맥심상	수필	조옥상	아파트 가로등
맥심상	수필	조윤희	따귀들
맥심상	수필	조화연	안분지족의 행복
맥심상	수필	조효빈	나누기
맥심상	수필	주예주	문제보는 나
맥심상	수필	최미옥	반려
맥심상	수필	최미정	고욤나무
맥심상	수필	최병희	옥수수가 영그는 건
맥심상	수필	최영선	길고 먼 노래, 혼자 부르는
맥심상	수필	최정희	추어탕
맥심상	수필	한경주	대추 나무
맥심상	수필	한경희	저무는 노을을 보며
맥심상	수필	한금순	그리운 소리
맥심상	수필	한연희	잘못된 만남
맥심상	수필	한초롬	작은물고기
맥심상	수필	허윤숙	마당
맥심상	수필	홍혜미	노년의 진정성에 대하여
맥심상	수필	황경화	인생의 한여름에서

아동문학

수상명	부문	수상자	작품명
금상	아동문학	이영아	하늘에 닿은 종이비행기
은상	아동문학	하미경	등이 굽은 이유
은상	아동문학	임관오	세 번째 눈
동상	아동문학	최은정	혼잣말
동상	아동문학	최빛나	꼬마 요리사
동상	아동문학	조계향	월정사 잣나무
가작	아동문학	김희동	호미
가작	아동문학	박영권	옥수수
가작	아동문학	김은경	손님
가작	아동문학	황유경	선인장
가작	아동문학	이호연	딱따구리 재봉틀
가작	아동문학	정현하	아기 별님
가작	아동문학	최진숙	파란토끼의 모험
가작	아동문학	박남희	쿠빌의 그네
가작	아동문학	이경희	빨간 단추
가작	아동문학	이은정	내 동생 금동이
입선	아동문학	박광희	질경이풀
입선	아동문학	배경숙	뻐꾸기
입선	아동문학	장현옥	아파트 이름
입선	아동문학	김미경	쉿! 조용히
입선	아동문학	김창인	행복한 아기나무

제11회 삶의향기 동서문학상 수상자 명단

수상명	부문	수상자	작품명
입선	아동문학	문영숙	반장
입선	아동문학	윤선아	강아지 학교
입선	아동문학	부영선	감자머리도 괜찮아
입선	아동문학	곽은영	멸치
입선	아동문학	강명희	어쭈와 파랑이
맥심상	아동문학	강영란	섬진강을 만났다
맥심상	아동문학	고려진	난 꼬리가 있어!
맥심상	아동문학	고미진	달 바라기
맥심상	아동문학	권명은	귀또르르
맥심상	아동문학	길정남	큰고래 포포의 세 가지 소원
맥심상	아동문학	김경련	목욕탕에서
맥심상	아동문학	김규연	안마
맥심상	아동문학	김기현	고운 해
맥심상	아동문학	김기화	손님
맥심상	아동문학	김나현	작은천둥, 여행을 떠나다.
맥심상	아동문학	김미선	새끼 손가락
맥심상	아동문학	김민유	숲 속의 우체통
맥심상	아동문학	김민지	샛노란 민들레 꽃핀
맥심상	아동문학	김봉수	봄빛 뜨개실
맥심상	아동문학	김서윤	늑대 엄마와 강아지 모모
맥심상	아동문학	김서하	짜장면

아동문학

수상명	부문	수상자	작품명
맥심상	아동문학	김선진	시간의 태엽
맥심상	아동문학	김소영	푸른 도끼 비비의 씨앗
맥심상	아동문학	김솔립	웃음자판기
맥심상	아동문학	김아람	친구가 되어줘
맥심상	아동문학	김영자	다섯 알 공기돌
맥심상	아동문학	김용아	담쟁이
맥심상	아동문학	김우정	동물들의 재판
맥심상	아동문학	김윤미	엄마를 찾아서
맥심상	아동문학	김은경	토비의 보물찾기
맥심상	아동문학	김정신	자전거
맥심상	아동문학	김정은	입학하는 날
맥심상	아동문학	김정자	소낙비 오는 날
맥심상	아동문학	김학인	도깨비고사
맥심상	아동문학	김한나	발자국
맥심상	아동문학	김형란	행복통장
맥심상	아동문학	김혜영	왕.따 세상
맥심상	아동문학	나현미	길고양이 '순대'
맥심상	아동문학	노귀분	손주걱정
맥심상	아동문학	노화순	달팽이 가출기
맥심상	아동문학	박동영	시래기국
맥심상	아동문학	박민영	아가씨앗!

제11회 삶의향기 동서문학상 수상자 명단

수상명	부문	수상자	작품명
맥심상	아동문학	박지연	졸음
맥심상	아동문학	박현숙	우렁이 할머니
맥심상	아동문학	박효연	바이올린 켜는 삼촌
맥심상	아동문학	배경애	대화
맥심상	아동문학	배정숙	옥수수
맥심상	아동문학	백정섭	엘리베이터 아래의 지옥
맥심상	아동문학	백정은	고양이 요미
맥심상	아동문학	성숙희	따로 또 같이
맥심상	아동문학	성윤진	메주
맥심상	아동문학	송춘화	녹색요정은 왜 산소 공장을 닫았을까
맥심상	아동문학	신의주	밖의 세상
맥심상	아동문학	심금섭	어른들은 몰라요
맥심상	아동문학	안효경	가을 동화
맥심상	아동문학	양지영	조약돌 편지
맥심상	아동문학	염서윤	불쌍한 아빠 셔츠
맥심상	아동문학	오현수	여름 낮
맥심상	아동문학	유명순	따라쟁이
맥심상	아동문학	유수현	마법의 핸드크림
맥심상	아동문학	유정미	윗층 토리
맥심상	아동문학	유현덕	구름놀이
맥심상	아동문학	윤은경	그게 바로 나래

아동문학

수상명	부문	수상자	작품명
맥심상	아동문학	윤지현	키가 커도 1학년
맥심상	아동문학	이고운	엄마 울렁증
맥심상	아동문학	이기현	팔랑개비 꿈
맥심상	아동문학	이기호	섬
맥심상	아동문학	이명성	이상한 집
맥심상	아동문학	이명화	우물과 친구들이야기
맥심상	아동문학	이명희	알 품는 어미 닭
맥심상	아동문학	이미애	몽당연필
맥심상	아동문학	이미영	필재 붕어
맥심상	아동문학	이성자	엄마 품에서 나는
맥심상	아동문학	이순금	비 오는 날
맥심상	아동문학	이영미	라면이 최고야!
맥심상	아동문학	이윤정	또각또각 구두소리
맥심상	아동문학	이은주	천사 라벨
맥심상	아동문학	이인애	수니의 봄
맥심상	아동문학	이정화	순희의 꿈
맥심상	아동문학	이현숙	이래도 몰라?
맥심상	아동문학	이현희	돌부처님께
맥심상	아동문학	이혜숙	필통
맥심상	아동문학	임수희	엄마 머리밭
맥심상	아동문학	정남환	아기 콩새

제11회 삶의향기 동서문학상 수상자 명단

수상명	부문	수상자	작품명
맥심상	아동문학	정미경	배
맥심상	아동문학	정아람	생각 훔치기
맥심상	아동문학	정안숙	클릭클릭
맥심상	아동문학	정예린	할머니의 명품가방
맥심상	아동문학	정은영	한라봉
맥심상	아동문학	조명옥	인사소리
맥심상	아동문학	조서윤	하루와 숲속친구들
맥심상	아동문학	조영주	놀리지 말아줘
맥심상	아동문학	조정금	잠든 아기 얼굴엔
맥심상	아동문학	최연재	택배 아저씨
맥심상	아동문학	최영희	등대
맥심상	아동문학	최지현	비오는 날에
맥심상	아동문학	한애자	신문나라
맥심상	아동문학	한자희	달빛 소나타
맥심상	아동문학	한정희	피아노가 있는 풍경
맥심상	아동문학	한지영	작별
맥심상	아동문학	홍민희	씨앗처럼
맥심상	아동문학	홍현주	무엇을 잘할까
맥심상	아동문학	홍희숙	우리, 라는 말
맥심상	아동문학	황영아	개구리왕국의 미션을 통과하라
맥심상	아동문학	황종금	우리 내일 또 만나서 놀까?

제11회 삶의 향기 동서문학상

동서문학상 연혁

동서문학상 연혁

수상	수상자	작품명	부문
1973년 주부에세이 공모			
대상	김근숙	커피와 행복	수필
1989년 제1회 동서커피문학상 제정(시·수필 2개 부문 공모)			
대상	유춘희	찻집에서	시
금상	김순남	滿船을 기다리며	시
금상	이준봉	직녀와 베틀과 커피	수필
1994년 제2회 (시·수필·콩트 3개 부문 공모)			
대상	박종운	커피의 내력	시
금상	진순효	사랑	시
금상	윤태희	사색하는 약	수필
금상	허은진	새벽연가	콩트
1996년 제3회 (시·산문 2개 부문 공모)			
대상	조윤희	풀 내음이 있는 커피 한잔	산문
금상	한소운	차를 끓이며	시
금상	신영미	충청도 커피	산문

수상	수상자	작품명	부문
1998년 제4회 (시·산문 2개 부문 공모)			
대상	노현희	미장원에서	산문
금상	문정운	어느 가을날 부르는 희망의 노래	시
금상	안윤주	나무의 視線	산문
2000년 제5회 (시·소설·수필 3개 부문 공모)			
금상	이영옥	우편함 속의 새	시
금상	유헬레나	솜저고리	수필
금상	최옥정	원의 중심	소설
2002년 제6회 (시·소설·수필 3개 부문 공모)			
대상	이미경	청수동이의 꿈	소설
금상	이선남	풍선	시
금상	전계숙	엄마의 저금통장	수필
금상	박영미	호랑나비 한 마리가 꽃밭에 앉았는데	소설

동서문학상 연혁

수상	수상자	작품명	부문

2004년 제7회 (시·소설·수필 3개 부문 공모)
대상과 금상, 〈월간 문학〉 등단 특전

수상	수상자	작품명	부문
대상	이은희	검댕이	수필
금상	조혜경	바느질	시
금상	김정혜	아랑이 내게 남긴 건	소설

2006년 제8회 (시·소설·수필 3개 부문 공모)
대상과 금상, 〈월간 문학〉 등단 특전

수상	수상자	작품명	부문
대상	황춘자	산수유 그늘 아래	소설
금상	정명옥	주전리 바다	시

2008년 제9회 (시·소설·수필·아동문학 4개 부문 공모)
대상과 금상, 〈월간 문학〉 등단 특전

수상	수상자	작품명	부문
대상	박인숙	침엽의 생존방식	시
금상	구자인혜	어머니의 정원	소설
금상	구본석	연경 침선장	아동문학

수상	수상자	작품명	부문

2010년 제10회 (시·소설·수필·아동문학 4개 부문 공모)
대상과 금상, 〈월간 문학〉 등단 특전

대상	김경희	코피 루왁을 마시는 시간	소설
금상	허이영	바지랑대	수필
금상	오희옥	택배를 출항시키다	시
금상	김현경	하나새가 준 선물	아동문학

2012년 제11회 (시·소설·수필·아동문학 4개 부문 공모)
대상과 금상, 〈월간 문학〉 등단 특전

대상	전성옥	늙은 뱀 이야기	소설
금상	임미형	모시옷 한 벌	시
금상	김경희	스타킹	수필
금상	이영아	하늘에 닿은 종이비행기	아동문학

제11회
삶의 향기 동서문학상

" 삶의 향기가 문학이 됩니다. "

제11회
 동서문학상
수상작품집

초판 1쇄　2012년 11월 20일

　지은이　전성옥 外
　발행처　동서식품 주식회사
　　주소　서울시 마포구 도화동 546
　　전화　02-3271-0114
　　팩스　02-3271-0101
　　ISBN　978-89-97955-29-9　23800

ⓒ 동서식품 주식회사, 2012, Printed in Korea.

　　- 이 책은 저작권법에 따라 보호받는 저작물이므로 무단전재와 무단복제를 금지하며, 이 책 내용의 전부 또는 일부를 이용하려면 반드시 저작권자와 도서출판 지식공감의 서면 동의를 받아야 합니다.
　　- 파본이나 잘못된 책은 구입처에서 교환해 드립니다.